ullstein

Das Buch

Kiara hat es geschafft! Sie hat ein Engagement eines renommierten Tokyoter Theaters in der Tasche. Alles, was ihr jetzt zu ihrem Glück noch fehlt, ist ein Mann. Auf einer Party trifft sie den aufstrebenden J-Rock-Star Hayato, in den sie sich auf den ersten Blick verliebt, obwohl er eigentlich gar nicht ihr Typ ist: arrogant, sexbesessen, dominant. Kiara dagegen ist zurückhaltend, und sexuelle Ausschweifungen sind ihr fremd.

Während sich Kiara noch gegen ihre Gefühle wehrt, schließt Hayato heimlich eine Wette mit seinem Bandmitglied Shouta ab: Hayato soll die unnahbare Schöne nicht nur verführen, sondern sie als seine Freundin in den »Palast der Wünsche«, einem Etablissement, das die sexuellen Wünsche der Reichen und Schönen Tokyos stillt, mitbringen. Dort soll Hayato – vor laufender Kamera – beweisen, wie viel Macht er wirklich über die junge Kiara hat …

Die Autorin

Sarah Schwartz (Jahrgang 1978) wuchs in Frankfurt/M. auf, wo sie nach dem Abitur Germanistik, Psychologie und Kunstgeschichte studierte. Nach dem Studium arbeitete sie in diversen Nebenjobs, um sich ihrer Hauptleidenschaft widmen zu können, dem Schreiben.

Von Sarah Schwartz ist außerdem in unserem Hause erschienen:

Tokyo Sins

Sarah Schwartz

TOKYO FEVER

Erotischer Roman

Ullstein

Besuchen Sie uns im Internet:
www.ullstein-taschenbuch.de

Umwelthinweis:
Dieses Buch wurde auf chlor- und säurefreiem Papier gedruckt.

Lizenzausgabe im Ullstein Taschenbuch
1. Auflage September 2009

Umschlaggestaltung: HildenDesign, München
Titelabbildung: © Raisa Kanareva/shutterstock
Satz: LVD GmbH, Berlin
Gesetzt aus der Berkeley Oldstyle
Druck und Bindearbeiten: CPI-Ebner & Spiegel, Ulm
Printed in Germany
ISBN 978-3-548-28089-9

Feuerblumen nur für Dich

In einer Nacht aus Samt gemacht
hab ich das Feuer Dir gefangen
und hab es für Dich mitgebracht,
zu stillen Dein und mein Verlangen.

Tanzen sollen Flammenreigen
aus Stängeln, Blüten, scharfem Duft,
sollen die Häupter vor Dir neigen,
schwebend in der lauen Luft.

Freude sollen sie Dir bringen,
Wärme, Lachen, Feuerschein,
Staunen auch und Glockenklingen,
Lichterglanz bei gutem Wein.

Feuerblumen schenk ich Dir,
heller noch als tausend Kerzen.
Ich pflanz sie in die Luft vor mir,
Rot und Gold aus meinem Herzen.

Feuerblumen schenk ich Dir,
ich hab sie nur für Dich beschworen.
Schau sie Dir an und glaube mir:
sind schön wie Du und auserkoren.

Hayato Takado

1

Jeder, der liebt, ist Soldat, und Cupido hat sein Feldlager;
glaub mir, mein Atticus, jeder, der liebt, ist Soldat.
Die Jugend, die zum Krieg taugt, ist auch für
Venus geschaffen.

Geschafft! Endlich geschafft! Kiara Evers hob stolz den Kopf und blickte dem wartenden Flugzeug entgegen. Die abflugbereite Maschine war im Inneren nicht größer als ein Kleinwagen.

Sie schob eine silberblonde Haarsträhne unter der Schutzbrille zurecht, die sie noch über der Stirn auf den zusammengebundenen Haaren trug. In ihrem Magen kribbelte es angenehm, und sie war sicher, bereits jetzt jenes glückselige Grinsen auf dem Gesicht zu haben, das einem Fallschirmsprung vorausging.

Während sie auf die laut brummende Propellermaschine zuging, betrachtete sie die Berge um sich herum. Deshalb war sie nach Japan gegangen, nach Tokio. Weil es hier alles gab: die schönsten Landschaften neben dem größten Moloch der Welt. Hier, nur wenige Kilometer entfernt, war nichts mehr zu spüren von der Hektik des Achtunddreißig-Millionen-Ballungszentrums. Grüne Hänge, silberne Bäche und ein tiefblauer Himmel feierten gemeinsam mit ihr ihren Triumph. Das helle Licht Japans, das sie oft genug zwang, eine Sonnenbrille zu tragen, machte die Farben intensiver, verlieh dem Leben einen Glanz, den Kiara in diesem Moment tief in sich spürte. Sie hatte ihre Schauspielausbildung mit Auszeichnung bestanden. Das Kami-Theater in Ginza hatte sie für drei Spielzeiten engagiert, um gemeinsam mit ihr Weltliteratur zu dramatisieren. Sie würde auf der Bühne stehen und dafür ordentlich bezahlt werden. Ein Traum, den sie bereits seit Jahren träumte, und der nun wahr wurde, schillernd und bunt.

Kiara schwang sich in den weißen Schulterdecker und rief dem Piloten fröhlich zu: »Abflug, Inagawa!«

Das Flugzeug rollte an. Noch einmal überprüfte Kiara, ob das Geschirr richtig saß. Ihre hellblauen Augen funkelten, als sie abhoben. Sie war allein in dem kleinen Innenraum der Cessna 182. Das war kostspielig, denn sie musste das gesamte Benzin zahlen, aber das war es ihr wert. Kiara sprang am liebsten allein. Sie genoss den Moment vor dem Sprung, den sie ganz für sich hatte.

Unter ihr wurde das Gebäude der Fallschirmschule immer kleiner. Die Schule lag auf einem sonnenüberfluteten Hügel. Sie war der einzige Gebäudekomplex weit und breit. In einem kleineren Haus waren die Schirme und die Ausrüstung untergebracht. Im großen Haupthaus befand sich ein Restaurant, von dem aus man durch eine breite Fensterfront den Landeplatz der Springer sehen konnte.

Ob Jessi schon da war? Sie hatte die Freundin fast ein Jahr lang nicht mehr gesehen; sich nur in ihre Ausbildung gestürzt und kaum Kontakt zur Außenwelt gehabt. Umso schöner war es, dass Jessica Parker sich heute für sie Zeit nahm und versprochen hatte, hierherzukommen.

Kiara schloss die Augen. *Jetzt habe ich alles, wirklich alles, außer einem Mann.* Sie grinste. Die Liebe wurde überbewertet. Beziehungen machten nichts als Probleme, außerdem waren sie zeitfressende Monster. Und wer blieb heutzutage schon mit seinem Partner zusammen? Sie lebte im Zeitalter des Individualismus. Es gab nur wenige Menschen, die bereit waren, sich auf Dauer auf die negativen Seiten des anderen einzulassen. Der Kompromiss war zu einer unakzeptablen Forderung geworden.

»Wir sind auf dreitausend!«, rief Hachiro Inagawa vom Cockpit.

Kiara öffnete die Augen und erhob sich. Das Flugzeug hatte die Absprungstelle fast erreicht. Sorgfältig rückte sie die Brille zurecht. Sie trat an die Tür und öffnete sie. Das war der Moment, in dem ihr Magen einen freudigen, erregten Satz machte, als könnte er es nicht mehr erwarten. Kiara wusste, dass viele Anfänger an diesem Punkt scheiterten: Wenn die Tür sich öffnete und man hinuntersah auf die winzige Spielzeuglandschaft, die unreal unter einem lag wie ein Fernsehbild. Das Brüllen des Motors und das kalte Fauchen des Windes zeigten aber, dass man sich sehr wohl in der Realität befand und einfach irre sein musste, da runterzuspringen.

Noch einmal schloss Kiara die Augen und konzentrierte sich. Hachiro musste ihr nichts mehr sagen. Es war der siebte Sprung, den sie alleine machte. Wann immer sie sich einen Sprung leisten konnte, nahm sie ihn wahr, weil sie damit ihr Leben zelebrierte.

Kiara atmete tief ein und blickte auf das winzige Land unter sich. In der Ferne lag Tokio, eine gigantische Staubglocke zwischen grünen Landflecken. Sie fühlte das Vibrieren der Maschine im Körper und ging leicht in die Knie. *JETZT!*

Sie sprang vorwärts ins Nichts, überschlug sich, spannte Arme und Beine an, um in eine stabile Position zu kommen. In Sekundenbruchteilen war sie ausgerichtet, stürzte der grünen Erde entgegen, und obwohl der harte Fallwind ihren Mund austrocknete, jauchzte sie. Ihr heller Schrei verklang über ihr, sie selbst hörte ihn kaum.

Leben, das ist Leben, dachte sie euphorisch, die Augen weit aufgerissen, um ja keine Sekunde des Falls zu verpassen.

Der süße Geruch von Rosen lag in der Luft. Das Anwesen Shanaya ruhte im Licht der Sommersonne. Das geräumige Haus mit den rotglitzernden Giebeldächern stand unschuldig zwischen Ahorn- und Kirschbäumen. Es war ruhig in dem großen japanischen Garten, selbst die Vögel flatterten nur träge hin und her oder saßen dösend im Schatten der Äste, die Köpfe unter die Flügel gesteckt. Die beiden Pfaue Rosenblüte und Buntauge lagen mit ausgebreiteten Fächern vor dem Teehaus.

Tagsüber war der Ort, den Jessica Parker mit ihren Freunden geschaffen hatte, beschaulich: ein exklusiver Club – offiziell ein Boutique Hotel –, in dem nach Absprache sexuelle Wünsche erfüllt wurden. Erst, wenn es dämmerte, erwachte das Haus zum Leben, und die hohen Mauern verbargen, was sich im Inneren des Anwesens abspielte.

Nur wenige hundert Meter vom Clubhaus entfernt stand ein zweites Gebäude, eine Spiegelung des ersten, ohne Swimmingpool und Balkone, dafür mit einem großen Parkplatz, auf dem auch die Gäste ihre Wagen abstellen konnten. Dort lebten Jessica, Takeo, Kazuya, Yukiko und Sakura. Sie alle waren Mitbegründer und Mitarbeiter des Clubs. Auch in dem Haus war es ungewöhnlich still, als ob die schwüle Sommerluft jedes Geräusch eindämmen würde.

Nur auf der Rückseite, auf der Terrasse vor dem großen Wohnzimmer, bewegte sich jemand. Ein gutaussehender junger Mann, Grund für zahlreiche Buchungen und Liebling vieler Kundinnen. Sein Name war Kazuya Sakaida. Sein weiches, feminines Gesicht mit der geraden Nase zeigte seine Sanftmut, die kleinen Fältchen an den Mundwinkeln die Lust am Lächeln. Sein dichtes schwarzes Haar war schulterlang, der Pony fransig geschnitten. Die Haare fielen ihm angeschrägt über die Stirn und das linke Auge, als wollte er einen

Teil seines Gesichts verbergen. Um seinen Hals wand sich eine schwarze Lederkette mit einem edel gearbeiteten Drachenanhänger aus Silber. Zwei rote Granatsteinchen bildeten die Augen des Drachen.

Kazuya hatte etwas entdeckt, das seinen Jagdinstinkt weckte, und sein Herz klopfte, während er mit katzenhafter Anmut einen Fuß vor den anderen setzte.

Kazuya bewunderte Yukikos milchig-weiße Haut, auf die die Schatten der Blätter geheimnisvolle Muster warfen. Ihre schwarzen Haare trug sie offen, sie fielen hinab auf ihre Ellbogen und Unterarme.

Yukiko lag auf der Terrasse hinter dem Haupthaus auf einem gelb-weiß gestreiften Sonnenstuhl. Das Holz des Parkettbodens fühlte sich warm unter Kazuyas Füßen an, als er auf die hübsche Frau zuging. Sie hielt ein Buch in den Händen und war scheinbar ganz in die Lektüre vertieft, aber Kazuya ließ sich davon nicht täuschen: Yukiko hatte ihn längst bemerkt.

Wie schön ihr Körper in dem dunkelroten Bikini war. Ihre zarten Brüste wurden von unsichtbaren Bügeln verlockend nach oben gedrückt, und er konnte nicht anders, als seine Hand nach ihnen auszustrecken. Ehe seine Finger die helle Haut berühren konnten, traf ihn das Buch mit ungeminderter Wucht.

Fluchend zog Kazuya die Hand zurück.

Yukiko sah argwöhnisch zu ihm auf. »Du kannst dich wohl kaum über zu wenig Aufträge beschweren, oder? Allein letzte Nacht hattest du drei Frauen.«

»Aber keine wie dich«, erklärte Kazuya inbrünstig. »Du bist wie ein Strahl der Sonne; eine Abgesandte der Götter, die nur auf die Erde geschickt wurde.«

»Du kriegst keinen Sex.«

Kazuya kniete sich neben den Sonnenstuhl und umfasste

ihre Knie mit den Händen. Der Blick seines sichtbaren Auges bannte den ihren.

»Willst du einen Liebhaber so schnöde abweisen? Wie lange ist es schon her, dass wir uns in wilder Lust durch den Garten rollten? Der Moment ist günstig: Jessi ist unterwegs, und Takeo telefoniert noch mindestens eine Stunde mit seiner Laura. Wir sind ganz allein.«

Yukiko legte das Buch zur Seite. »Und Sakura? Die müsste doch bald zurückkommen.«

»Beschwör keine bösen Geister, meine Angebetete.« Kazuyas Hände wanderten langsam von Yukikos Knien zu den Innenseiten ihrer Oberschenkel. »Spürst du nicht auch das Feuer der Leidenschaft?«

Yukiko sah ihn skeptisch an. Ihre dunkelbraunen Augen verengten sich misstrauisch. »Was liest du in letzter Zeit für einen Schund, dass du so geschwollen sprichst? Hast du dich an Jessis Erotikromanen vergriffen?«

Kazuya drückte ihre Beine leicht auseinander und sah keck zu ihr auf. »Es funktioniert doch.«

Seine Finger wanderten höher, zupften erst zurückhaltend, dann fordernder an den dünnen Trägern von Yukikos Bikinihose. Yukiko gab kaum merklich nach, stellte die Füße auf und drückte das Becken hoch. Langsam zog Kazuya das Höschen über ihre Beine. Er konnte sein Glück kaum fassen. Würde Yukiko ihm endlich die Freuden gewähren, von denen er so oft geträumt hatte? Es war wirklich lange her, dass sie einander geliebt hatten. Behutsam, um mit keiner hastigen Bewegung den Zauber zu brechen, streifte er das überflüssig gewordene Kleidungsstück über Yukikos Füße und beugte sich tief über ihren Schoß.

Yukiko stellte einen Fuß neben ihm auf dem Boden ab und rekelte sich genüsslich, die Arme bequem hinter dem Kopf verschränkt.

Kazuyas Zunge fand zielsicher, was sie suchte, teilte die warmen Schamlippen und traf auf den Punkt, an dem jede Frau seiner Meinung nach am liebsten berührt wurde.

Kiko seufzte glücklich, ihre Beinmuskeln waren geschmeidig und entspannt, Kazuya fühlte sie unter seinen Händen. Er streichelte aufreizend langsam über ihre Haut, während seine Zunge schneller wurde. Den Schmerz in den Knien ignorierte er, wenn er dafür nur bekam, was er schon so lange wollte: Er würde Yukiko mit in den Garten nehmen. Noch war es heiß und das Gras weich genug, um sie dort zu verführen. Unter den verworrenen Ästen der Bäume wollte er sie lieben, seine Kiko, seine Zauberin, die so aufregend und geheimnisvoll sein konnte.

Yukiko stöhnte leise auf, als er fordernder wurde. Sie kam ihm mit ihrem Becken entgegen, Kazuya packte ihre Hüfte. Nur noch ein paar Sekunden, und er hatte sie so weit. Siegessicher hob er den Kopf. Ihre Schamlippen waren feucht, glitzerten begehrlich. Seine Finger fuhren über ihre rasierte Scham, ein letztes Versprechen, ehe er sie nach oben zog, auf seine Arme hob und hinunter auf die Wiese trug.

Yukiko ließ es geschehen, spielte dabei mit ihren Fingern unter den Haaren an seinem Hals. Sie wusste, wo er gerne berührt wurde.

Kazuya setzte sie neben den Wegsteinen unter einem Ahornbaum ab und half ihr, auch das Oberteil loszuwerden. Geübt entledigte er sich seiner weichen Hose und des eng anliegenden Shirts. Er ging auf die Knie, hob ihr Becken an und wollte eben in sie eindringen … als er erstarrte. Seine Männlichkeit erlitt einen massiven Schock, der sich langsam bis zu seinem Gehirn vorarbeitete. Kazuya schnappte nach Luft.

»WAS, beim finsteren Reich Jigoku, ist das?!«

Direkt neben ihm, auf Augenhöhe, befand sich der dreieckige Kopf einer Anakonda! Das Tier hatte sich ein Stück aufgerichtet, Kazuya konnte die gelben Zentren der Augenflecken sehen. Die Schlange verharrte reglos und musterte ihn aus kalt glitzernden Augen.

»Beweg dich nicht!«, zischte Yukiko.

Kazuya sah mit schreckgeweiteten Augen zu dem olivgrünen Tier, das ihn unheilverkündend fixierte. Dann bewegte sich der schwere Schlangenkörper und glitt auf Kazuya zu, der einen kurzen Schrei ausstieß.

Eine ruhige Hand umfasste die Schlangenhaut und zog das Tier zurück. Sakura legte sich die mächtige Schlange um die Schultern. Das gut anderthalb Meter lange Tier hob sich ausdrucksstark von ihrem schwarzen Ledermieder ab. Es war ein Wunder, dass sie es tragen konnte, doch Kazuya wusste, wie durchtrainiert Sakura war. Wie immer trug sie aquamarinblaue Kontaktlinsen, ihre schwarzen Haare waren aufwendig zu kleinen Zöpfen geflochten, und sie grinste verächtlich auf Kazuya hinab. Ihre Stimme klang spöttisch. »Darf ich vorstellen? Narziss. Mein neues Haustier.«

Kazuya erhob sich bleich. Auch Yukiko stand langsam auf und fischte das Bikinioberteil aus dem Chinagras. Kazuya hob anklagend den Zeigefinger, denn Sakura hatte ihn um die Erfüllung eines Traums gebracht. »Das ist kein Haustier, das ist ein Monster!«

Sakura blieb unbeeindruckt. »Narziss ist eine Eunectes Murinus und ausgesprochen friedfertig. Meine Psychotherapeuten meinten beide, es sei gut, wenn ich mich mit Tieren auseinandersetze.«

»Aber doch nicht mit solchen!« Kazuya raufte sich die Haare. »Warum müssen deine Schlangen immer größer werden?!«

Sakura drehte sich um, als hätte sie ihn nicht gehört, und ging langsam in Richtung Haupthaus.

Kazuya warf seiner Männlichkeit einen bedauernden Blick zu. Dafür sollte Sakura in der Hölle schmoren.

Yukiko gab ihm einen aufmunternden Klaps auf das nackte Hinterteil.

»Sieh es doch so: Die Jagd geht weiter.«

Sie trällerte die Melodie eines Liebesliedes von Hayato Takado vor sich hin, während sie zurück in Richtung Terrasse ging, das rote Oberteil locker am Finger baumelnd.

Kazuya bückte sich fluchend nach seiner Hose.

2

Da ist keine bestimmte Gestalt, die mich zur Liebe einlädt, hunderterlei Gründe gibt es für mich, ständig verliebt zu sein.

»Jessi!« Kiara schloss die Freundin in die Arme. Sie standen an einem rustikalen Tisch im Inneren des Restaurants. Kiara fühlte die Euphorie des Sprungs in sich – ein Zustand, der sich noch Stunden hinziehen würde, und den sie sehr genoss.

Jessi drückte sie herzlich an sich – vielleicht ein wenig zu herzlich. Vor etwa drei Jahren, als sie einander kennenlernten, hatte Jessi versucht, Kiara zu verführen, aber die hübsche Blondine hatte schnell klar gemacht, dass sie nicht auf Frauen stand.

Die beiden setzten sich an den dunklen Tisch mit dem roten Blumengesteck.

»Ich gratuliere dir zu deinem Job«, meinte Jessi fröhlich. »Ich habe immer gehofft, dass du es schaffst.«

Kiara lächelte. »Wie geht es dir und den anderen? Kommt deine Schwester nun auch nach Japan?«

Jessi nickte glücklich. »Laura ist gerade in Deutschland, um ihre Angelegenheiten zu klären. Du kannst dir sicher vorstellen, wie Takeo drauf ist. Er vermisst sie ganz furchtbar. In zwei Wochen will er zu ihr fliegen. Wir haben im Moment so viel zu tun, dass ich gar nicht weiß, wie ich ihn entbehren soll.«

»Der Laden läuft also?«

Wieder nickte Jessi. »Aber lass uns über dich reden.« Sie

hielt kurz inne und bestellte bei dem freundlich lächelnden Kellner eine Flasche Champagner. »Du warst in den letzten Monaten kaum ans Telefon zu bekommen. Wie lange ist es her, dass du dich richtig amüsiert hast?«

Kiara wurde rot. »Ich wollte meine Prüfungen gut bestehen. Aber jetzt habe ich noch zwei Monate bis zu meiner Arbeit beim Theater. Im Moment ist Sommerpause.«

Jessi fasste über den Tisch hinweg Kiaras Hand. »Großartig! Heute Abend ist eine exklusive Band-Feier in Yokohama auf einer Yacht von Shoutas Familie. Du kommst einfach mit.«

»Wer ist Shouta?«, fragte Kiara vorsichtig. Sie war ein bodenständiger Mensch, und Jessis Art zu leben war nicht unbedingt ihre.

»Shouta Osama, Leadgitarrist von *Tokyo Desire*. Yori spielt seit einem Jahr in der Band und Kazuya seit ein paar Wochen. Yori hat ihn dazugeholt, als ein anderer Musiker ausfiel.« Sie seufzte. »Gerade jetzt, wo so viel los ist. Aber ich kann es den Jungs schlecht verbieten. Immerhin gehen sie richtig in der Band auf, und die Proben sind wenigstens tagsüber.«

»Kazuya spielt in einer Band?«

»Am Klavier.« Jessi grinste. »Er ist eben ein Romantiker. Sakuhachi spielt er auch bei zwei Liedern. Aber du musst doch *Tokyo Desire* kennen! Seit vier Wochen sind sie der regionale J-Rock-Hit! Das Radio spielt besonders hier in Tokio ihr Lied ›Fever‹ rauf und runter. Der Sänger Hayato Takado ist immer wieder in der Presse.«

Kiara machte ein unglückliches Gesicht. »Wie bereits gesagt: Die letzten Wochen habe ich mich in meiner Wohnung mit vier Kilo Grüner-Tee-Schokolade eingeschlossen und gepaukt, tut mir leid.«

»Dann wird es Zeit, dass du dich ins Leben stürzt!«

Jessi nahm dankbar das Champagnerglas entgegen, das der Kellner ihr reichte. »Auf dich! Heute wollen wir feiern!«

Kiara lächelte und griff nach ihrem Glas. »Auf das Leben.«

Die Diamond war eine gut fünfundzwanzig Meter lange Motor-Yacht. Das weiße Schiff lag im Licht der Abendsonne. Lachen und Musik klangen über das Wasser, als Kiara und Jessi neben Kazuya, Yukiko und Sakura in das kleine Motorboot stiegen, in dem sie zu der Yacht hinausgefahren wurden.

Sakura und Kazuya stritten sich über eine Schlange. Kiara hörte nicht zu. Sie war ganz in den Anblick des Hafens von Yokohama vertieft. Die Diamond war eines der wenigen normalen Schiffe in diesem Hafenabschnitt. Kiara fragte sich immer wieder, warum bei den Japanern alles so übertrieben bunt sein musste. Einige der Touristenschiffe sahen aus, als wären sie frisch aus Disneyland eingeschifft worden. Schon öfter war es Kiara passiert, dass sie geglaubt hatte, ein kitschiges japanisches Kunstwerk sei eine Replik. Dabei handelte es sich um ein jahrhundertealtes Kulturgut.

Noch immer spürte Kiara die Endorphine, die der Fallschirmsprung freigesetzt hatte. Ohne sie hätte sie sich unwohl gefühlt, das wusste sie. Sie ging schließlich mit Jessica Parker auf eine Party, einer Frau, die aus Prinzip immer besser und teurer gekleidet war als sie selbst. Ihre Hand legte sich auf den winzigen Diamantanhänger der Weißgoldkette um ihren Hals. Ein Erbstück ihrer Großmutter und ihr teuerster Schmuck. Das lange hellblaue Kleid war ebenfalls das Beste, was ihr Kleiderschrank zu bieten hatte, und sie war froh, dass sie es vor einigen Wochen für das Vorsprechen am Theater gekauft hatte. In ihren normalen Klamotten wäre sie hier untergegangen. Sakura trug eine auffällige rote Lackhose und hohe Stiefel. Ihr dazugehöriges Oberteil war kaum erwähnenswert, so wenig bedeckte es. Man konnte ihre Bauchmuskeln arbeiten sehen. Jessi selbst trug ein schlichtes schwarzes Kleid, schulterfrei. In ihrem Ausschnitt hing an einem gewundenen schwarzen Kordelband ein teuer gefasster Aquamarin von der Größe einer Briefmarke. Yukiko war ganz in Weiß gekleidet, hochgeschlossen, aber hauteng.

Kiara hätte Kazuya fast nicht wiedererkannt. Es war gut ein Jahr her, dass sie ihn gesehen hatte, und nun war er stark geschminkt und trug die schwarzen Haare toupiert. Einzelne Strähnenspitzen standen in alle Richtungen ab. Wie es schien, war seine Band *Tokyo Desire* durchaus dem Visual-Kei zuzuordnen: Die Bandmitglieder stylten sich aufwendig und achteten besonders auf die Wahl ihrer Kleidung. Kazuyas schwarzer Toccami-Anzug saß perfekt und betonte seine schlanke Figur. Kiara ertappte sich dabei, wie sie mit der Zunge über ihre Lippen fuhr, während sie Kazuya betrachtete. Sie schüttelte den Kopf. Es musste daran liegen, dass sie Durst hatte. Kazuya und sie waren Kumpel, nicht mehr.

Sie betraten die Yacht und folgten einem weiß livrierten Bediensteten eine steile Treppe hinauf. Die Musik wurde lauter – irgendetwas Rockiges. Die Musik der Band selbst, und auch das Lachen und die Stimmen waren nun besser zu hören. Sie betraten ein großes Deck mit einem Swimmingpool, auf dem gut zwanzig Leute in kleinen Gruppen zusammenstanden und sich unterhielten. Die meisten hatten Cocktailgläser mit bunten Schirmchen in den Händen. Einige von ihnen rauchten.

Nach rechts führte der Weg über das Deck zu einer großen geöffneten Flügeltür. Die Musik drang aus dem Inneren der Yacht, in dem sich auch ein Restaurant befinden sollte.

Jessi hatte erzählt, die Yacht sei eine Restaurant-Yacht, die Shoutas Mutter für Feiern vermietete.

Kiara atmete tief ein. Erste Zweifel kamen in ihr auf. Wollte sie mit den Haien schwimmen? Die Menschen hier waren Neureiche, repräsentierten sich gekonnt und pflegten ganz andere Gewohnheiten und Verhaltensweisen als sie selbst. Sie schüttelte leicht den Kopf. Wofür war sie Schauspielerin? Diese Leute spielten doch nur ihre Rolle, und das konnte sie auch. Sie setzte ihr schönstes Bühnenlächeln auf und ging hinter Jessica in Richtung Restaurant, als ein plötzlicher Stoß ihr die Luft aus den Lungen presste. Sie versuchte verzweifelt, auf dem Holzboden Halt zu finden. Vor ihr drehten sich Jessi und Kazuya erschrocken um.

»Shit!«, hörte sie den Mann fluchen, der in sie hineingerannt war. Er sah auf das Kristallglas in seinen Händen. Kiara fand endlich ihr Gleichgewicht wieder. Sie spürte eine unangenehme Feuchte über ihren Brüsten. Ihr Gesicht rötete sich: Wein! Ein gutes Glas Rotwein hatte dieser Idiot über ihrem teuersten Kleid ausgekippt!

»Was für eine Schande!«, meinte der Fremde empört und starrte auf ihre Brüste. »Das war das letzte Glas Chianti!«

Kiara erholte sich von ihrem Schrecken und ballte die Hände zu Fäusten.

»Hallo auch«, schnaubte sie wütend. »Könntest du so freundlich sein, mir zu zeigen, wo ich mich waschen kann? Und Salz wäre nicht schlecht.«

Inzwischen starrten fast alle Gäste zu ihnen herüber. Einige kicherten. Der junge Mann mit den langen schwarzroten Haaren wirkte absolut nicht schuldbewusst. Seine dunklen Augen musterten sie mit mildem Interesse, als hätte er eben erst registriert, dass sein Hindernis ein Mensch war. Auch er trug einen schwarzen Toccami-Anzug, ähnlich dem von Kazuya. Das weiße Hemd mit dem weiten Kragen war leicht geöffnet und zeigte die haarlose Brust sowie einen Teil einer aufwendig verschlungenen Tätowierung. Es sollten wohl Dornenranken sein. Um den Hals trug er eine enge silberne Kette mit groben Gliedern. Er war geschminkt, die Augenlinien waren mit Kajal nachgezogen und die Haare kunstvoll frisiert. Ein einzelner geflochtener Zopf hing vor seinem linken Ohr hinunter und fiel auf seine Schulter. Das feminine Gesicht hatte genau den männlichen Zug von Überheblichkeit, der es unvergesslich machte. Schön. Einfach schön. Und sich dessen bewusst. Wie ein Model und dabei durch und durch Visual-Kei. Gackt hätte sich nicht besser herrichten können. Der Fremde musterte sie von oben bis unten, das leere Weinglas anklagend erhoben.

»Ich bin aus Prinzip nicht freundlich. Wer freundlich ist, stirbt früher.«

Ehe Kiara wutentbrannt antworten konnte, drängte ein anderer Mann mit kurzen, blondgefärbten Haaren sich zwischen sie und den gutaussehenden Rüpel. Sein Gesicht war breiter und markanter als das des Rothaarigen, und er hatte ein einzelnes Piercing in der Augenbraue. Wie Sakura trug er dunkelblaue Kontaktlinsen. Sein Gesicht war eindeutig von japanischen Zügen geprägt, was seine Augen besonders zur Geltung brachte und einen irritierenden Effekt hatte.

»Hör dem Idioten am besten gar nicht zu. Ich zeige dir das Bad.« Er bot Kiara galant den Arm, was ihr nun übertrieben vorkam, aber sie wollte fort von hier. Auf der Bühne wurde sie gerne von allen betrachtet. In der Freizeit, wenn man sich blamiert fühlte, machte das weit weniger Spaß.

Der breitschultrige Mann führte sie mit einem entschuldigenden Lächeln ins Innere des Schiffes.

»Mein Name ist Shouta Osama. Du musst Kiara Evers sein.«

Kiara nickte. Am liebsten wäre sie sofort nach Hause

gefahren. Was sollte sie noch hier? Den Fleck bekam sie niemals aus dem hellen Stoff heraus. Blöder Idiot! Das Kleid konnte sie wegwerfen! Wenigstens hatte sie den Job am Theater bereits sicher und brauchte ihr Kleid nicht für ein weiteres Vorsprechen.

Shouta führte sie eine Treppe hinunter in ein luxuriös ausgestattetes Zimmer. Galant öffnete er ihr die Badezimmertür.

»Fühl dich wie zu Hause. Ich gehe mal nachsehen, ob in der Suite noch Kleider von meiner Mutter sind. Sie ist etwas kleiner als du, aber vielleicht ist ja was Passendes dabei.«

»Danke.« Kiaras Blick traf seinen, und sie wurde rot. Er sah lange nicht so gut aus wie der Weinfetischist, aber sein Blick war eindringlich, und seine gesamte Körperhaltung drückte Präsenz aus. Er lächelte und ließ sie allein.

Seufzend trat Kiara vor den großen Spiegel neben der edlen Badewanne. »Schöner Mist.«

Das Kleid war wirklich hin. Ein bisschen enttäuschte es sie, dass Jessi nicht mitgekommen war. Aber was hatte sie erwartet? Jessica Parker musste sich auf diesem Schiff sehr wohl fühlen – mit und ohne Kiara Evers. Ob Jessi überhaupt noch daran dachte, dass sie, Kiara, auch hier war?

Vorsichtig zog Kiara das Kleid aus und beglückwünschte sich zu ihrer schwarzen Unterwäsche. Zumindest der BH ließ sich retten. Sie wusch das Kleid aus und hängte es an einen freien Handtuchhalter. Das leichte Schwanken des Bodens verriet, dass sie auf einem Schiff war, aber man spürte es kaum. Ob sie bald ablegen würden? Vielleicht sollte sie wirklich zusehen, dass sie von hier wegkam.

Es klopfte leise. Kiara fand es nun auch albern, sich zu bedecken. Sie trug noch immer ihre Unterwäsche samt der hellen Strumpfhose und hatte kein Problem mit ihrem Körper. Sie öffnete die Tür einen Spalt.

»Ich habe ein Kleid gefunden.« Shouta hielt es ihr hin, ohne sie anzusehen. Kiara musste grinsen. Das war nun wieder die typische japanische Erziehung. Wobei es ein durchschnittlicher Japaner wohl nicht geschafft hätte, mit einer halbentkleideten Fremden auch nur in einem Raum zu sein.

Sie nahm das dunkelrote Kleid und probierte es an. Der Stoff schmiegte sich kühl an die Haut. Sicher ein teures Designerstück. Das Kleid war etwas zu kurz, ihr Po wurde gerade bedeckt. Trotzdem fühlte Kiara sich in dem Kleid nicht billig. Es hatte einen schönen Schnitt, betonte ihre Figur vorteilhaft und war für japanische Verhältnisse schlicht gehalten.

»Kann ich das wirklich anziehen?«, fragte sie ihn zögernd, während sie in das Schlafzimmer trat.

Shoutas dunkelblaue Augen weiteten sich. »Sicher. Es ist mir eine Ehre, dich als Gast zu haben, Kiara.« Einen Moment schien es, als wollte er sich ihr nähern, dann lächelte er unverbindlich. »Lass uns einen Cocktail trinken gehen.«

Kiara spürte, wie das Schiff ablegte. Der Motor erwachte zum Leben. Für eine Flucht war es zu spät. Sie nickte.

Shouta stellte ihr einige seiner Freunde vor. Es gab einen eigenen Medienraum auf der Yacht, in dem eine Präsentation der Band lief.

An Shoutas Seite gesellte sich schnell eine Frau namens Mia – eigentlich Michia, aber niemand nannte sie so. Mia war auch ein Bandmitglied, hatte violettweiße Haare, deren Spitzen ihre Schultern berührten, und trug ein verspieltes schwarzes Kleid, eine Mischung aus Gothic und Lolita. Ihre Haare standen noch wilder ab als die von Kazuya, und Shouta nannte sie mehrmals »Strubbelhaar«. Für Kiara hatte

Mia nur einen abschätzenden Blick übrig. Sie fürchtete deutlich spürbar die Konkurrenz.

Kiara gönnte sich drei Cocktails und kam sich reichlich fehl am Platz vor. Auf einen zickigen Revierkampf hatte sie keine Lust. Shouta war ganz nett, und reich war er auch, aber er war nicht unbedingt ihr Typ.

Inzwischen ertönte auch draußen Musik aus Lautsprechern, und Jessi tanzte mit einigen anderen Leuten an Deck. Wie sie das trotz ihrer hohen Schuhe schaffte, war Kiara ein Rätsel.

Kiara hatte sich an die Reling zurückgezogen und starrte hinüber auf die Stadt, die im Dunkeln lag. Erste Sterne gingen auf, doch sie waren kaum auszumachen bei den hellen Lichtern der Hochhäuser, die alles überstrahlten. Ein Riesenrad tauchte zwischen den Hochhäusern am Ufer auf – ein Vergnügungsviertel. Kiara lächelte. Es war trotz allem ein netter Abend. Allein hier auf einem Schiff zu stehen und die Stadt bei Nacht betrachten zu können, war das Abenteuer wert. Sie hob das Cocktailglas in ihrer Hand leicht an, als wollte sie dem Riesenrad zuprosten.

Hinter sich hörte sie Schritte. Eine bekannte Stimme erklang. »Geht Mia dir auf die Nerven?«

Kiara drehte sich überrascht um. Es war der gutaussehende Fremde, der ihr Kleid ruiniert hatte.

»Ich wollte bloß ein wenig allein sein«, meinte sie brüsk. Er war ebenfalls ein Bandmitglied, so viel stand fest. Sie hatte auch sein Gesicht über den Bildschirm im Medienraum flimmern sehen, sich aber nicht darum gekümmert, welches Instrument er spielte.

Er machte nicht den Anschein, als hätte er sie überhaupt gehört. »Ja, Mia. Man braucht sich nur wenige Minuten mit ihr zu beschäftigen, um sich zu wünschen, sie nie getroffen zu haben.«

Kiara fand nun, der Satz passe besser auf ihn. Sie drehte sich ganz zu ihm um und stellte das Cocktailglas auf eine festgeschraubte Ablage neben sich. »Bist du nicht auch in dieser Band?«

Einen Augenblick war er irritiert. Kiara registrierte es erfreut.

»Natürlich bin ich in der Band.« Er sah sie zum ersten Mal wirklich an. »Tu nicht so, als ob du das nicht wüsstest.«

»Du hast dich noch nicht vorgestellt«, meinte Kiara schulterzuckend.

Er sah sie misstrauisch an, überwand sich dann aber. »Hayato Takado«, meinte er knapp. »Mit wem bist du hier? Ich habe dich noch nie gesehen.«

»Jessica Parker«, erwiderte Kiara spitz. Hatte er den Vorfall mit dem Weinglas bereits vergessen? Wie viel Ego konnte ein Mann haben?

»Ah!« Sein Blick leuchtete erkennend auf. »Das rote Kleid steht dir viel besser. Sehr sexy.«

Kiara war sprachlos. Ihr hellblaues Kleid war ihr ganzer Stolz gewesen. Wie konnte er das mit einem Satz wegwischen? Gut, er sah unwiderstehlich aus, aber er war unmöglich. Anscheinend legte er es darauf an, als Visual-Kei-Sänger jedes Klischee zu leben, das er erwischen konnte. »Hast du nicht einen netten weiblichen Fan, um den du dich kümmern kannst?«

Wenn er keinen Wert auf Höflichkeit legte, musste sie es auch nicht.

Er sah sie erfreut an. »War das ein Angebot?«

Kiara schnappte nach Luft. »Ich habe sicherlich Besseres zu tun, als mich irgendeinem arroganten Kerl an den Hals zu werfen!«

»Du hast ein Problem mit deiner Sexualität.«

»Du bist mein Problem!« Kiara war selbst überrascht, wie

heftig sie reagierte, aber der Typ brachte eine Saite in ihr zum Klingen, die besser stumm geblieben wäre. Und er hatte mit seiner überheblichen Art auch noch recht: Sie fand ihn ausgesprochen attraktiv, und sie würde gerne mit ihm schlafen. Aber bei dem Charakter war das völlig ausgeschlossen.

Hayato grinste. »Das ist gut. Die meisten Japanerinnen würden schon weinend vor mir auf den Knien liegen. Ich mag Frauen mit Selbstbewusstsein. Wie heißt du?«

Spielte er nur mit ihr? Es sah ganz danach aus.

»Du würdest es ohnehin wieder vergessen.«

»Meinen Namen weißt du ja schon.« Er sah sie auffordernd an. Allein dieser Blick. Wie viel Kraft darin lag, die Erwartung, das Eingeforderte zu erhalten. Sofort. Ihre Augen starrten ineinander, und Kiara wusste, sie würde verlieren und die Lider senken müssen. In seinen Pupillen lag eine unbezwingbare Härte, die Iris war dunkel wie eine Mauer aus schwarzem Marmor, die sich nicht überwinden ließ. Wie gerne würde sie ihr nachgeben. Ihr Körper sehnte sich nach seinem. Sehnte sich danach, genommen zu werden. Kiara hasste sich für das, was sie empfand. Wie konnte sie nur derart auf ihn stehen? Er war unmöglich! Das mussten irgendwelche Urinstinkte sein, die da in ihr wach wurden.

Sie senkte den Blick. »Kiara.«

»Freya«, sagte er im Näherkommen. Er stand nur noch eine Schrittlänge von ihr entfernt. Das Schlagen der Wellen war in der kurzen Stille zwischen seinen Worten zu hören. »Ich werde dich Freya nennen, wie eine Göttin der alten Germanen. Du bist doch Deutsche, oder?«

»Ich heiße Kiara.« Ihre Stimme klang rau, es kostete sie Kraft zu sprechen.

»Würdest du nicht viel lieber Freya heißen? Wie die Liebesgöttin?«

»Ach, Liebe ist doch ein veraltetes Modell.«

Seine Augen glitzerten auf. Er sah sie belustigt an.

»Veraltet? Hört, hört. Habe ich hier etwa einen Fan von künstlicher Befruchtung vor mir?«

Kiara wurde rot. »Natürlich nicht, aber ich finde es albern, wie viel Wind um die Liebe zwischen Mann und Frau gemacht wird.«

»Du findest meine Lieder also albern?« Er sagte es nicht, als sei er beleidigt, mehr so, als würde es ihm Spaß machen, sie in Verlegenheit zu bringen.

»Ich kenne keines deiner Lieder.«

»Du kämpfst mit Tiefschlägen. Was glaubst du, was hier den ganzen Abend läuft, Freya?«

»Kiara!«

Er war unbeeindruckt. »Vielleicht sollte ich dir ein Lied vorsingen. Eines über die Liebe.«

Sein Blick hielt ihren.

Verfluchte Idiotin, hör auf dahinzuschmelzen. Wütend wandte Kiara den Kopf ab. Sie hatten beide zu viel getrunken. Seine Hand berührte wie selbstverständlich ihr helles Haar, als hätte sie ihm längst die Einwilligung gegeben, sie zu besitzen. »Du bist wie ein Lichtstrahl, Freya, wie Mondlicht.«

Kiara stand ganz still und wagte nicht zu atmen. Sie fühlte sich, als wäre sie wieder sechzehn, und als wäre dies die erste Verführung eines erfahrenen Mannes, der sie ausgeliefert war.

Eigentlich war nichts Schlimmes dabei, ihn anziehend zu finden, aber Hayato hatte bereits gezeigt, was für ein Mensch er war: Er war J-Rock-Sänger. Mit Sicherheit lebte er seine Sexualität frei aus. Sie hatte keine Lust, eine Nummer auf seiner Liste zu werden.

»Ich freue mich, dass eure Band einen solchen Erfolg hat. Kazuya scheint es sehr gut zu bekommen.«

Er ließ ihre Haare los, als hätte die Erwähnung von Kazuyas Namen den Zauber gebrochen. Kiara war erleichtert und enttäuscht zugleich. Sie spürte die Hitze tief in sich.

»Es ist ziemlich verrückt«, ließ er sich endlich auf ein ernsthaftes Gespräch ein. »Ich habe selbst nicht geglaubt, dass ›Fever‹ so ein Hit wird. Es ist mir zu Kopf gestiegen.«

Eine Entschuldigung? Kiara betrachtete ihn misstrauisch. Warum fühlte sich ihr Magen plötzlich warm an? Wieso war da der Impuls, die Hand nach seinem Körper auszustrecken? Sich an ihn zu schmiegen? Als ob sein Rückzug nur eine weitere Taktik wäre, eine Verlockung, der sie zu folgen hatte.

Wieder sah sie auf das dunkle Meerwasser. Sie versuchte, zur Vernunft zu kommen.

»Es kann auch schwierig sein, mit Erfolg umzugehen. Wenn man jahrelang gekämpft hat, ist man plötzlich überrascht, am Ziel zu sein.«

Er starrte neben ihr in die Wellen. »Was machst du beruflich? Lehrerin?«

Sie wurde rot. »Ich bin Schauspielerin.«

Er stieß einen leisen Pfiff aus. »Das hätte ich nicht gedacht. Du wirkst so ... introvertiert. Film oder Theater?«

Kiara spürte Stolz und Sicherheit in sich aufsteigen. »Ich fange beim Kami-Theater an. Sie wollen in der nächsten Saison Ovid umsetzen. Die ›Amores‹.«

»Amore heißt doch Liebe, oder? Also doch Freya.« Er sah sie wieder an. Dieses Mal musste sie lächeln.

Eine zierliche Gestalt mit tiefrot gefärbten Locken kam vom Deck her auf sie zu. »Hayato? Hier steckst du also.« Die hübsche, europäisch aussehende Frau griff vertraulich nach Hayatos Hand. Kiara spürte einen unangenehmen Stich in der Brust. War sie neidisch? Sie kannte die Fremde flüchtig – Liz, ebenfalls eine Schauspielerin, aber eine, die Filme machte. Erotikfilme, soweit sie wusste. Kiara hatte sie auf einer Party bei Jessi getroffen.

Hayato Takado lächelte ihr noch einmal zu, dann ging er gemeinsam mit Liz zurück zu den anderen. Kiara stützte sich auf das Geländer und holte tief Luft. Sie hatte das Gefühl, einen Kampf ausgetragen zu haben.

3

Ich stehe in Flammen, und Amor herrscht über mein eben noch freies Herz.

Warum fühlte sie sich jetzt einsam? *Idiotin.* Kiara zog sich in den Schatten zurück, weit weg von den hell flimmernden Lämpchen, die in bunten Linien über dem Hauptdeck gespannt waren.

Hayato Takado. Das klang wie ein Künstlername. Wie konnte ein Mensch mit einem derart miesen Charakter so gut aussehen? Anscheinend ließen sich Aussehen und Charakter bei einem Mann nicht vereinen. Kiara setzte sich auf eine Holzbank und zog die Knie zur Brust. Von hier aus konnte sie einen Teil des Decks einsehen. Eben näherten sich zwei Menschen, und Kiara hoffte zuerst, Hayato würde zu ihr zurückkehren.

Es fehlt nicht viel, und ich werde wirklich zu einem sabbernden Fan.

Sie rutschte noch näher an die aufragende Wand, tiefer in den Schatten. Der salzige Geruch des Meeres umwehte sie, und ihr wurde allmählich kühl. Neben ihr auf der Bank lag eine graue Decke, die sie ergriff, um sie sich um die Schultern zu legen.

Shouta und Mia kamen engumschlungen auf sie zu. Sie schienen Kiara nicht zu bemerken, obwohl sie keine drei Meter von ihr entfernt waren. Shouta hatte sein Jackett ausgezogen. Sein weißes Hemd schimmerte in der Dunkelheit. Die hübsche Japanerin schlang ihre Arme um seinen Hals.

Mit einer Hand hielt sie sich in seinem Nacken fest, mit der anderen wollte sie den obersten Knopf seines Hemdes lösen. Shouta drückte ihre Hände fort.

»Du stehst doch nicht etwa auf diese deutsche Bohnenstange, oder?« Sie schmiegte sich eng an ihn, rieb ihre Hüfte an seinem Bein. Ihre Hand glitt tiefer, lag auf der schwarzen Hose in seinem Schritt. Kiara musste grinsen. In der Position sagte vermutlich kein Mann gerne die Wahrheit. Sie blieb neugierig sitzen und wollte wissen, was Shouta antworten würde. Er umfasste Mias Rücken, glitt mit den Händen über die gebräunte Haut in den tiefen Ausschnitt des schwarzen Spitzenkleides.

»Lass das, Mia.« Er hob sie hoch, schob den langen Rock des Kleides zurück und drückte sie gegen die Wand, während ihre Beine ihn umklammerten. Kiara konnte Mias hohe schwarze Stiefel erkennen, die bis über die Knie reichten.

Wenn sie jetzt gehen würde, wäre das nur peinlich für alle. Kiara bemühte sich, kein Geräusch zu machen. Sie atmete langsam ein und aus, während Shouta und Mia leidenschaftliche Küsse tauschten.

Wie lange hatte sie ihre Lippen vernachlässigt? Da war dieser One-Night-Stand vor anderthalb Jahren mit einem Kollegen. Sie hatte an einem kleineren Theater gejobbt und auf der Bühne seine Geliebte gespielt. Seitdem hatte sie sich zurückgezogen und ihre ganze Konzentration in ihre Ausbildung gesteckt. Ihre kleine Schwester zog sie am Telefon immer auf: Kiara, die Nonne.

Vielleicht sollte sie sich wirklich wieder in eine Beziehung stürzen. Oder zumindest mal wieder Sex haben. Ihr wurde heiß, während sie Mia zusah, die sich von Shouta löste und sich wie selbstverständlich entkleidete. Sie zog an einem versteckten Reißverschluss, der unter dem Stoff an der Seite eingearbeitet war. Das schwarze Spitzenkleid fiel achtlos zu Boden. Unterwäsche trug sie nicht und stand nur in ihren Stiefeln vor Shouta, der sie verlangend musterte.

»Mit wie vielen Männern hast du diese Woche schon geschlafen?«

Mia kicherte. »Soll ich lügen?«

»Ja.« Er zog sie an sich.

»Mit keinem.«

Wieder küssten sie einander. Kiara hoffte wirklich, die beiden würden sie nicht erwischen. Shouta war schließlich der Gastgeber der Party, und Mia neigte zur Eifersucht, obwohl sie es anscheinend nicht mit der Treue hielt.

Kiara spürte Erregung in sich aufsteigen, als Mia vor Shouta auf die Knie sank und seine Hose öffnete. Das war jetzt doch zu viel. Monatelange Abstinenz und dann das. Aber was hatte sie erwartet, wenn sie mit Jessica Parker loszog? Jessi versuchte seit Monaten, Kiara zu einem Besuch ihres Clubs zu bewegen, aber dafür hatte sie sich nie die Zeit genommen. Kiaras Beine fühlten sich taub an, doch sie wagte es nicht, sich zu rühren. Jetzt bloß keinen Laut machen. Mia würde ihr die Augen auskratzen.

Die Musik mischte sich mit dem Schlagen der Wellen und dem leisen Geräusch ihres Atems. Shouta musste nur ein Mal lange genug in ihre Richtung sehen, um sie trotz der Dunkelheit auf der Holzbank auszumachen. Ihre hellen Haare waren gefährliche Verräter. Eine falsche Bewegung würde genügen.

Er hielt Mias Kopf locker in den Händen und verstrubbelte ihre ohnehin schon wirren Haare.

Fahles Licht fiel auf Mias nackten Körper. Ihr Rücken bog und streckte sich, während sie sich bewegte. Shouta lehnte den Kopf zurück. »Wo hast du das gelernt? Letztes Mal warst du lange nicht so gut.«

Mia hielt kichernd inne. »Willst du wirklich wissen, wer es war?«

»Nein«, Shouta flüsterte das Wort. Es klang belanglos. Er war nicht wirklich verletzt. Kiara hatte eher den Eindruck, dass die beiden miteinander spielten. »Bestell ihm Grüße von mir. Er hat seine Sache wirklich gut gemacht.«

Mia machte sich wieder an die Arbeit. Kiara schluckte lautlos. Die Lust, die in ihr aufstieg, war schmerzhaft. Wie es wohl wäre, wenn sie auf diese Art vor Hayato kniete?

Idiotin, schalt sie sich. Aber sie musste an ihn denken. Sie träumte von seinen starken Händen, die sie hielten, die ihren Kopf packten. Von seiner Stimme, die ihren Namen flüsterte.

»Mia«, Shouta drängte sich noch dichter an sie. Eine Wolke schob sich vor den Mond, und die beiden verwuchsen in der Dunkelheit zu einem Gebilde. Mia begann leise zu stöhnen.

Ihre helle Stimme regte Kiara an, so, als würde durch ihr Stöhnen die Lust greifbar werden.

Shouta zog Mia an den Haaren ein Stück nach oben. Er drängte sie von sich, dirigierte sie auf alle viere vor sich auf den Holzboden. Sie zog ihm Schuhe, Socken und Hosen aus, ehe sie sich umdrehte. Er öffnete die obersten Knöpfe und streifte das Hemd ab. Als er in sie eindrang, stöhnte Mia laut auf. Shouta presste ihr die Hand auf den Mund.

»Leiser, mein Pferdchen. Ich will dich heute Nacht nicht teilen müssen.«

Kiara sah die beiden von der Seite, sah, wie Shouta sein »Strubbelhaar« lustvoll ritt. Seine Hand löste sich von Mias Mund. Er packte sie über der Hüfte. Kiaras Haut kribbelte, als würde er sie berühren und nicht Michia. Der Gedanke an Hayato wurde übermächtig. Wie er sich wohl in ihr anfühlte? Für einen Moment ertappte sie sich sogar dabei, sich an Mias Stelle zu wünschen, sich vorzustellen, wie sie sich Shouta auf allen vieren entgegenstreckte.

Hilfe, bin ich verzweifelt. Kiara verharrte reglos. Es war dringend angeraten, mal wieder einen One-Night-Stand zu haben. Sie spürte die Feuchte zwischen ihren Schenkeln.

Mia ging tief ins Hohlkreuz, während Shouta sie nahm. Kiara konnte ihr Gesicht kaum erkennen, doch sie war sicher, dass es einen gelösten und seligen Ausdruck hatte.

Die beiden ließen sich Zeit, waren ganz versunken ineinander. Haut schlug auf Haut, ein leises Klatschen zwischen der Musik, die bis zu ihnen drang, vermischt mit dem Gesang von Wind und Wellen. Als Mia schließlich kam, musste Shouta ihr erneut den Mund zuhalten, damit sie nicht das ganze Schiff alarmierte. Sein eigenes Stöhnen war verhalten, kaum zu hören zwischen dem Schlagen der Wellen und einem Klaviersolo.

Mia streckte sich wohlig und stand auf. Sie griff so routiniert nach ihrem Kleid, als sei nichts weiter vorgefallen. »Ich werd' dann mal ein Bad aufsuchen, du Lustmolch«, erklärte sie grinsend.

Shouta nickte und sah ihr zu, wie sie sich anzog. »Sei so gut und hol uns auf dem Rückweg etwas zu trinken.« Auch er zog sich an, während sie ihr Kleid richtete und an ihren Haaren herumzupfte. Langsam holte er aus seiner Jacketttasche ein Feuerzeug und ein silbernes Etui, nahm sich daraus eine Zigarette und zündete sie an. Kiara hörte Shoutas Atemzüge in der Dunkelheit. Kam es ihr nur so vor, oder paffte er den Rauch absichtlich in ihre Richtung?

Mia hatte sich angezogen und machte einen koketten Knicks. »Wie du willst.« Sie stolzierte erhobenen Hauptes in Richtung Restaurant davon.

Shouta blickte zur Bank hinüber. »Muss ziemlich unbequem sein.«

Kiara erstarrte.

Er nahm einen weiteren Zug. »Ich meine dich, Kiara. Ich

sehe recht gut im Dunkeln und deine Haarfarbe ist einzigartig auf dieser Yacht. Komm ruhig raus, solange Mia fort ist.«

Kiara spürte die Hitze in ihren Wangen. Sie war dankbar für den Schatten. Als sie langsam aufstand, fühlten sich ihre Beine steif an. Vorsichtig streifte sie die Decke ab.

»Ich wollte nicht …«

»Schon gut.« Er grinste. »Es hat mir gefallen. Und wer weiß, vielleicht revanchiere ich mich eines Tages. Geh jetzt lieber, bevor Mia zurückkommt.«

Kiara stolperte mit hochrotem Gesicht Richtung Deck. Warum hatte sie nicht bemerkt, dass er sie gesehen hatte? Er hatte sich mit keiner Geste anmerken lassen, dass er sie entdeckt hatte.

Sie nahm das erstbeste Cocktailglas, das sie bekommen konnte, und sah über der Reling die Lichter von Yokohama näher kommen. Hoffentlich konnte sie bald nach Hause, denn sie sehnte sich nach einer Jogginghose und nach ihrem Zwergkaninchen Corinna. Ihr Ausflug in diese bizarre Welt hatte lange genug gedauert.

Hayato saß im roten Salon und gönnte sich einen irischen Whiskey. Neben ihm lag Liz, den Hinterkopf entspannt auf seinem Schoß gebettet. Die große Couch bot genug Platz für sie beide.

Er prostete Jessi zu, die ihm gegenüber in einem roten Schalensessel saß. Sie erwiderte die Geste.

Im Salon war wenig los, die meisten befanden sich im Restaurant oder waren an der Bar, obwohl der Salon mit Sicherheit der schönste Ort auf der Yacht war. Hayato genoss den Prunk des großen Raumes. Geschliffenes Glas, wohin man schaute, schimmernde Leuchter und Spiegel, die den Salon optisch um das Doppelte vergrößerten. Dazu die eleganten roten Möbel auf dem dunklen Teakholzboden.

Nach dem Tod seiner Eltern hatte er lange auf Luxus verzichten müssen. Bei dem Erdbeben in Kobe war das Haus seiner Familie zerstört worden, und er war als Waise zu seiner Tante Nanami nach Tokio gezogen. Zwei Monate lang hatte er nicht gesprochen. Dann hatte er angefangen zu singen. Seit dieser Zeit drückte er all seine Emotionen am liebsten in seinen Liedern aus – die traurigen wie die lebensfrohen. Der Vorrat an Ideen ging ihm nie aus. Es gab nichts Schöneres als Inspiration, und was eignete sich dafür besser als Frauen?

Hayato konnte nicht aufhören, an Kiara zu denken, an ihr fahles Haar und die hellen Augen. Sie hatte etwas Ätherisches an sich, eine bezaubernde Schönheit, wie eine Elfe aus Tolkiens Romanen. Kühl und erhaben, unnahbar und doch getrieben. Er hatte ihr Verlangen gespürt und ihre Zurückhaltung. Den inneren Kampf, den sie gegen ihn ausgetragen hatte. Sie hatte sich besser geschlagen als so manch andere. Es war langweilig, sofort zu bekommen, was man wollte. Widerstand erregte ihn, weckte in ihm die Lust, sich zu beweisen. Er lächelte versonnen.

»Wo hast du die Kleine nur aufgetrieben?«

Jessi verstand sofort, wen er meinte.

»Kiara? Ich kenne sie noch aus Studienzeiten. Ich wollte sie verführen und bin kläglich gescheitert. Zuya und ich nannten sie scherzhaft eine Eisprinzessin.«

»Eisprinzessin«, Hayato fuhr über Liz' dunkelrote Haare, »sie ist wunderschön.«

Jessi grinste. »Ja, das ist sie, aber du bist dafür nicht der geeignete Kritiker. Für dich ist jede blonde Frau schön.«

Hayato stellte sein Glas auf dem dunkelbraunen Tisch vor der Couch ab. »Das ist nicht wahr. Ich erkenne Schönheit, wenn ich sie sehe. Was denkst du? Kann ich Kiara erobern?«

»Eigentlich sollte ich Ja sagen, denn ein Nein bedeutet Kiaras Verderben.«

Hayato streckte die Füße entspannt von sich. »Du glaubst also nicht, dass ich sie herumkriegen kann?«

Jessi wiegte den Kopf und nahm noch einen Schluck Whiskey. »Vielleicht. Aber es ist unwahrscheinlich. Und selbst wenn du sie zu einem One-Night-Stand überreden könntest, würde sie dich danach keines Blickes mehr würdigen.«

»Ach, ja?« Hayato lehnte sich vor. Er fühlte sich herausgefordert. »Ich wette, ich kann mit ihr schlafen und sie als Freundin behalten.«

»Du hattest noch nie eine Beziehung von Dauer.«

»Na und?«

Mit einem entschlossenen Schwung stellte Jessi ihr Glas zwischen ihnen auf dem Tisch ab. »In vier Wochen ist die Einweihungsfeier für den Anbau. Die zusätzlichen Zimmer sind fast fertig, außerdem feiern wir immer zum Sommerende. Wenn du es schaffst, zu der Feier zusammen mit Kiara als deiner Begleiterin zu kommen, dann wäre das schon ein Wunder.«

»Wenn ich es schaffe, musst du mein Gehalt verdoppeln.« Hayato hatte mit Jessi ausgemacht, auf der Feier zu singen.

Jessi hielt seinem Blick stand. Warum waren Lesben eigentlich immer hartnäckiger als andere Frauen?

»Um dein Gehalt verdoppelt zu bekommen, müsstest du schon mehr schaffen. Nein, so wie ich dich kenne, lockst du Kiara mit irgendeiner Lüge in meinen Club und machst mir etwas vor.«

»Ich könnte in einem der Clubräume mit ihr schlafen. Dann kannst du davon eine Aufnahme machen. Deine Räume sind doch alle kameraüberwacht, oder?«

»Man kann sie einsehen, ja.«

Hayato strich sich seinen Zopf hinters Ohr. »Na dann. Du hast selbst gesagt, dass die neuen Räume bis zum Fest fertig sind. Lass mich einen Raum einweihen. Ich mag es, der Erste zu sein, und du kommst durch die Aufzeichnung auch auf deine Kosten.«

»Das klingt schon interessanter.« Jessi sah verträumt aus. »Es ist wirklich bedauerlich, dass Kiara kein Interesse an mir hat, aber sie ist durch und durch Hete.«

»Dann gilt die Wette?«

»Wenn du es bis zum Beginn deines Auftritts nicht schaffst, musst du umsonst spielen. Nackt.«

»Da ich nicht verlieren werde, kann mir deine Forderung egal sein.«

Liz kicherte in seinem Schoß. »Ihr seid beide schon gut dabei. Hört euch mal zu.«

Hayato griff nach seinem Glas. »Ich bin einverstanden. Wette ist Wette.«

Jessi hielt ihm ihr Glas entgegen. »Auf Kiara und dich.«

Die Gläser stießen klirrend zusammen. Hayato trank sein Glas in einem Zug leer. »Kiara«, murmelte er, »Freya.«

Als die Yacht endlich wieder im Hafen anlegte, fühlte Kiara sich müde und ausgelaugt, aber zugleich seltsam wach. Sie hatte noch ein wenig getanzt und versucht, sich an Mineralwasser zu halten, trotzdem würde sie morgen mit Sicherheit Kopfschmerzen haben. Das Mischungsverhältnis dieser Cocktails war bestialisch.

Sie umarmte Shouta flüchtig, als sie sich verabschiedete. Auch Hayato stand in der Nähe. Er musterte sie aus dem Augenwinkel und trat zu ihr, ehe sie das Schiff verlassen konnte.

»Nimm die hier mit«, meinte er beiläufig und drückte Kiara zwei Karten in die Hand. »Wir spielen nächstes Wochenende im *Desire,* das ist im Roppongi, die Adresse steht auf der Karte.«

»Ich kenne das *Desire.*« Kiara bemühte sich, nicht zu abweisend zu klingen. Er schaffte es, sie selbst mit dem belanglosesten Satz zu treffen: Warum vermutete er, sie würde das *Desire* nicht kennen? Sie war eine Freundin von Jessica Parker, und im *Desire* bekam man weit mehr als nur Sex. Es war ein angesehener Nachtclub.

»Schön.« Er grinste. »Dann findest du ja den Weg.«

»Ich werde es mir überlegen, falls ich Zeit habe«, wich Kiara aus.

Sein Grinsen wurde noch breiter, als sei er sich seiner Sache ganz sicher. »Bis Samstag.« Er drehte sich um und ging zurück in Richtung Restaurant. Anscheinend war die Party für ihn noch nicht vorbei.

Kiara sah ihm mit den Konzertkarten in der Hand kopfschüttelnd nach. Er hatte es verdient, dass sie nicht kam – nur um ihn in seinem Stolz zu treffen.

Das *Desire* galt als Insidertipp und war besonders unter jungen Leuten sehr beliebt. Im Gegensatz zu einem Megaschuppen wie dem *Velfarre,* das gut dreitausend Gäste fasste, ging es hier beschaulich zu. Die Musik war eindeutig eher J-Rock als international, und hin und wieder traten auch Bands auf.

Im Widerspruch zu dem Konzept stand die Einrichtung – man glaubte sich in ein Italien der Renaissance versetzt. Kiara musste sich immer wieder daran gewöhnen, mitten in einem Hochhaus eine andere Welt zu betreten. In Deutschland war das nicht vorstellbar, doch hier in Japan gab es sogar Schwimmbäder im fünfzehnten Stock.

Wenn man den Aufzug verließ und dem roten Teppich zum Eingang folgte, gelangte man in eine Vorhalle aus weißem und schwarzem Marmor. Eine Reihe von Repliken italienischer Statuen wertete den Raum optisch auf, und an den Wänden hingen Gemäldekopien alter italienischer Meister. Durch ein großes geöffnetes Portal konnte man den Hauptsaal mit den zerschlissenen rotschwarzen Seidenbrokatwänden betreten. In regelmäßigen Abständen waren Lautsprecher angebracht. Der Saal fasste gut zweihundert Menschen und war auf eine große Bühne ausgerichtet. Mehrere Balkone ragten in den hohen Raum mit den Glasleuchtern hinein, von denen aus man die Bühne und das Treiben im Saal betrachten konnte. Es gab insgesamt zwei Tanzsäle, eine große Bar innen und eine auf einer auswärtigen Terrasse. Ein weiterer Raum lud zum Verweilen ein, in dem Sofas und Sessel in Blassgrün und Gold bequeme Sitzmöglichkeiten boten. Es gab zwei interne Aufstiegsmöglichkeiten in den nächsten Stock, den aber nicht jeder Besucher betreten durfte. Dazu musste man gesondert aufgefordert werden oder die richtige Begleitung haben. Zwei grimmig aussehende, breitschultrige Türsteher im Anzug standen neben den geschwungenen Treppen und bewachten sie.

Kiara war vor drei Jahren einmal oben gewesen. Einen Black-und-White-Room-Bereich gab es dort, eine Sauna mit Massage- und Waschangebot sowie mehrere kleinere Zimmer, in die man sich zurückziehen konnte. Ihr hatte damals am meisten das oben aufgebaute Buffet zugesagt, und sie hatte sich geschworen, nie wieder einen Sexclub zu betreten. Das war einfach nicht ihre Welt. Ihr damaliger Freund hatte ihr vorgeworfen, genauso spießig zu sein wie die Japanerinnen – es war das Ende ihrer Beziehung gewesen.

Mit einer wegwischenden Bewegung versuchte Kiara die Gedanken an die Vergangenheit zu verdrängen. Das war so lange her – es war schon gar nicht mehr wahr. Außerdem zwang sie niemand, nach oben zu gehen. Sie würde im offiziellen Bereich bleiben und sich das Konzert anhören. Leider hatte sie niemanden gefunden, der mit ihr kam. Jessi musste arbeiten. Aber immerhin war Kazuya auch in der Band, und er hatte ihr versprochen, nach dem Auftritt noch einen Sekt mit ihr zu trinken. Jetzt bereitete er sich auf das Konzert vor.

Kiara beobachtete die vielen Menschen, die bereits hier waren und die Tanzfläche bevölkerten. Viele von ihnen waren aufwendig gestylt und frisiert, die Haare schimmerten in allen Farben des Regenbogens.

Es lief ein Lied von The GazettE. *Filth in the Beauty,* wenn sie sich nicht täuschte. Die Stimmung war ausgelassen und erwartungsvoll. Es waren auffällig viele weibliche Fans im Saal, allesamt leicht bekleidet und mit strahlenden Augen, als wären sie Auserwählte, Prinzessinnen für eine Nacht.

Kiara ging zu einem der Balkone – dafür hatte sie eine Platzkarte. Was das betraf, war Hayato durchaus großzügig gewesen.

Es kamen noch einige Lieder, ehe der Besitzer des Clubs die Band ankündigte. Lauter Jubel antwortete ihm, und Kiara starrte hinunter auf die Bühne, auf der mehrere Instrumente aufgebaut waren. Rotes Licht ergoss sich über Kazuya, der als Erster die Bühne betrat und Platz nahm. Er setzte sich an den Flügel, der sonst in der Eingangshalle des Clubs stand, und spielte ein leidenschaftliches Intro, für das allein sich der Besuch gelohnt hatte. Kiara liebte Klaviermusik. Sie schloss die Augen und ließ die Töne tief in sich ein. Als das Intro endete, wünschte sie, Kazuya würde weiterspielen. Sie applaudierte mit den anderen.

Das Licht wechselte. Es wurde schlagartig still. Weiches

goldenes Licht hüllte die Bandmitglieder ein, die nun mit festen Schritten auf die Bühne traten und ihre Plätze einnahmen. Jeder von ihnen war ein Kunstwerk für sich, perfekt abgestimmt auf seine Umgebung. Die vorherrschende Farbe der Kleidung war schwarz, aufgelockert durch weiße Kontraste und die buntschimmernden Haare. Shoutas kurzrasiertes Haar glänzte wie Gold, während Yoris lange Mähne in einem grellen Blau aufleuchtete. Mias wild abstehende Frisur schimmerte violett und weiß. Sie setzte sich vor ein silberblitzendes Schlagzeug. Neben ihr stand ein weiteres Bandmitglied, das Kiara auch flüchtig auf der Yacht gesehen hatte: Amaya, eine Gitarristin mit hochaufgetürmten Haaren in einem fahlen Rosé. Beide Frauen trugen schwarze Spitzenkleider, während die Männer in Anzügen und weiten Hemden vor den Fans standen. Im Scheinwerferlicht wirkten sie überirdisch schön. Künstlich, aber nicht geschmacklos. Mehr wie ein zu Fleisch gewordener Manga, und das war es vielleicht auch, was sie sein wollten.

Shouta griff als Leadgitarrist als Erster in die Saiten. Es klang live noch wesentlich beeindruckender als von der CD. Die Akustik des Saales war erstaunlich gut. Yori fiel mit dem Bass ein, und bald spürte Kiara die Musik tief in sich, fühlte sie im Boden und um sich herum.

Hayato begann zu singen. Kiara konnte den Blick nicht von ihm abwenden, von seiner Präsenz, die den ganzen Raum beherrschte. Während er sang, gehörte ihm alles: die Band, die Fans, das *Desire;* all das war nur erschaffen worden, weil er es gewünscht hatte.

Es war ein langsames Lied, mit dem er einstieg, eine Ballade über Feuer und Blumen, und Kiara überließ sich ganz dieser Stimme, die sie einhüllte und umgab wie ein schützender Mantel aus schwarzem Samt. Weich, gebildet und zugleich tief männlich. Er kam nicht in die höchsten Tonlagen und auch nicht in die tiefsten, aber er fühlte, was er sang. Das machte aus ihm einen Sänger. Kiara stand ganz vorne am Balkon, umringt von anderen Frauen, und hörte zu, wie er seine Versprechungen machte, wie er beschwor und beklagte, lobpreiste und verriss. Die Hitze im Saal nahm mit jedem Lied zu, und die Fans wurden immer ausgelassener. Sie tanzten und sangen mit ihrer Band. Ein erster Höhepunkt war das Lied »Fever«, der Rock-Hit, der auch im Radio gebracht wurde.

Hayato nahm das schnurlose Mikro nah an seinen Mund und sah direkt zu ihr auf. Die Mädchen um sie herum begannen zu kreischen und zu winken – sie fühlten sich alle zugleich angesprochen, aber Kiara wusste, dass dieser Blick allein ihr galt. Längst hatte er ihr Gesicht gefunden, ganz vorne, zwischen den anderen. Der einzige ruhige Fleck zwischen den wogenden Leibern um sie herum. Ein silberblonder Schimmer zwischen schwarzen und bunten Haaren. Er lächelte betörend. Seine Worte waren sogar noch kraftvoller als sein Blick, und einen Moment lang wurde es Kiara schwindlig, während die Lautsprecher sein Lied in den Raum schleuderten:

Rote Rosen, voller Dornen,
meine Lippen bleich und weiß,
blasse Farben, ausgewaschen,
Dämmerzustand, quälend heiß.

Feuer, das mich ganz verzehret,
schloss das Herz mir züngelnd ein,
und es treibt mich, jagt mich zu Dir,
lässt mich ganz der Jäger sein.

Ein Fieber ergreift Besitz von mir,
ein Dämon aus Hitze und Lust,

ein Wahn, gegen den ich nicht kämpfen kann,
das hab ich schon immer gewusst,
das hab ich schon immer gewusst.

Denn wie ich des Feuers Beute,
bist du meine, ganz gewiss,
weißer Engel an dem Kreuze,
dessen Flügel ich zerriss.

Es war das Fieber, das mich jagte,
war der Dämon, der mich trieb,
war der Wahn, der mich besiegte,
mein Denken raubte, wie ein Dieb.

Und wenn ich hoffe, es wird anders,
wenn ich glaube, ich bin frei,
kommen wieder jene Schauer,
und mein Wille bricht entzwei.

Ein Fieber ergreift Besitz von mir,
ein Dämon aus Hitze und Lust,
ein Wahn, gegen den ich nicht kämpfen kann,
das hab ich schon immer gewusst,
das hab ich schon immer gewusst.

Es war nicht nur der Text, der sie gefangen nahm. Es war die Art und Weise, wie er ihn sang. Er lebte ihn. Kiara umklammerte das Geländer mit den Händen und fühlte mit Hayato, fühlte mit allen anderen, was er mit ihnen teilte.

Um sie herum tobten die Fans, doch obwohl viele laut mitsangen, hörte Kiara nur Hayatos Stimme. Sie übertönte alle anderen. Als das Lied endete, kam es zum ersten offenen Jubel, der Kiara in den Ohren schmerzte. Das Konzert war ein voller Erfolg. Jetzt gingen die Zuhörer richtig mit, das Eis war endgültig gebrochen, und ein Lied jagte das andere.

Kiara ließ sich gehen, wiegte sich mit den anderen im Takt der Musik und schloss immer öfter die Augen, um diese Stimme noch besser fühlen zu können. Auch Amaya sang. Mit ihrer ausdrucksstarken Stimme hätte sie gut und gerne zum Musical gehen können. Ihre Lieder waren klar wie Glas, hell wie die Strahlen der Sonne. Kiara war froh, dass sie es sich überlegt und Hayatos Angebot angenommen hatte. Das Konzert hatte sich auf jeden Fall gelohnt. Aber konnte sie ihm das auch sagen?

Als der letzte Jubel verebbte und die letzte Zugabe gespielt war, stand Kiara noch immer ganz vorne am Balkon und blickte fassungslos hinunter.

Ich will ihn – und ich liebe ihn.

Sie schloss die Augen. Das konnte nicht ihr Ernst sein! Sie konnte sich nicht tatsächlich in diesen Idioten verliebt haben! Am klügsten, sie schlug sich die Sache gleich wieder aus dem Kopf. Hayato würde sie bestenfalls besteigen, ein Häkchen hinter ihren Namen machen und sich nie wieder melden. Vielleicht war es besser, sofort zu verschwinden. Ihn jetzt hier zu treffen würde nur peinlich werden.

Nur weg.

Kiara konnte sich endlich wieder bewegen und schaffte es, sich Richtung Ausgang zu kämpfen.

4

Wenn er dich nicht kaufen wollte,
müsste man ihn kaufen.

In der Vorhalle herrschte dichtes Gedränge. Einzelne Bandmitglieder waren von Fantrauben umgeben und unterzeichneten Autogrammkarten. Kiara versuchte, sich durch einen etwas kleineren Pulk bei einer Venusstatue zu drängen, als sie Kazuyas Stimme neben sich hörte.

»Kiara!« Kazuya löste sich aus der Mitte der Gruppe und war mit wenigen Schritten bei ihr. Er umarmte sie flüchtig, was ihr viele eifersüchtige Blicke einbrachte.

Kazuya fasste wie selbstverständlich ihre Hand. »Großartig, dass du es geschafft hast! Du kannst gleich mitkommen!«

Seine Augen strahlten, er schien ihre Zweifel nicht zu bemerken und lotste sie durch die Menge hindurch. Der Auftritt hatte ihm einiges abgefordert, er war stark verschwitzt, das Make-up verlaufen, aber sein Lächeln ließ keinen Zweifel daran, dass es das alles wert gewesen war. Er wirkte auf Kiara so euphorisch wie ein Fallschirmspringer nach dem Sprung, und vielleicht war das, was er fühlte, sehr ähnlich.

Ehe Kiara noch recht wusste, wie ihr geschah, befand sie sich schon auf der Treppe nach oben. Sie stemmte sich kurz gegen seinen Zug – er war um einiges trainierter als sie und blickte verwirrt zurück. Als er die Zweifel in ihrem Gesicht sah, musste er lächeln.

»Keine Sorge. Wir haben da oben einen eigenen Raum für eine kleine Feier organisiert. Nichts Unanständiges.« Er zog sie weiter, und Kiara ergab sich ihrem Schicksal. An Kazuyas Seite war es kein Problem, die grimmigen Türsteher zu passieren. Ob es wenigstens wieder so ein gutes Buffet gab?

Ehe sie sich versah, war sie bereits durch den oberen Flur hindurch und trat neben Kazuya in einen weiten Spiegelraum mit Parkettboden und blassgrünen Wänden.

Es war tatsächlich ein Buffet mit Sektempfang aufgebaut worden, und Kazuya drückte ihr grinsend ein Glas in die Hand.

»Heute könnte ich die ganze Welt umarmen!« Er stieß mit ihr an und kippte den Inhalt des Glases in einem Zug hinunter. Kiara führte ihres vorsichtig an den Mund. Hatte sie nicht gehen wollen?

Nach und nach kamen auch die anderen Bandmitglieder, begleitet von Freunden und Bekannten.

Hayato betrat den Raum mit entblößtem Oberkörper, und Kiara konnte endlich die Tätowierung auf seiner Brust komplett sehen – ein paar sauber ausgearbeitete Engelsflügel, umrankt von Dornengeflecht. Er schnappte sich wie Kazuya ein Glas mit Sekt, den er durstig hinunterstürzte, und gab das Wort »duschen« von sich. Dann verließ er wieder den Saal.

Kiara nahm sich kopfschüttelnd Sushi und beobachtete die anderen Leute im Raum. Amaya und Mia unterhielten sich angeregt, während Liz entspannt in einem Sessel hockte und immer wieder zu Kiara hinüberblickte. Kazuya trank noch ein Glas Sekt mit ihr, ehe er von zwei hübschen jungen Japanerinnen in Beschlag genommen wurde.

Kiara gesellte sich zu Liz. Sie zog sich einen der hellgrünen Seidensessel näher und setzte sich erschöpft.

»Ein irres Konzert«, meinte sie befangen. Liz war um einiges besser gekleidet als sie selbst – und auch deutlich freizügiger. Während Kiara sich klassisch schwarz gekleidet hatte, trug die hübsche Frau ein mehrfach aufgeschlitztes weinrotes Kleid und ein teuer gearbeitetes Halsband aus Silber. Kiara blinzelte, als sie sah, dass man an dem Halsband sogar eine Leine befestigen konnte. Aber Liz hatte bereits bei ihrem ersten Treffen kein Geheimnis aus ihren sexuellen Vorlieben gemacht.

Die Engländerin prostete ihr zu. »Schön, dass du auch hier bist«, sagte sie freundlich.

Kiara erinnerte sich daran, wie Liz Hayato auf dem Schiff mit sich gezogen hatte. Sie schien seine Freundin zu sein oder zumindest etwas mit ihm am Laufen zu haben. Aber sie wirkte überhaupt nicht eifersüchtig. Vielleicht sah sie in ihr keine Konkurrenz?

Liz musste grinsen. »Deine Gedanken stehen auf deiner Stirn geschrieben, Kiara. Nein, ich habe keine feste Beziehung mit Hayato. Überhaupt ist Festigkeit nicht so mein Ding.« Sie lächelte. »Vielleicht, wenn Takeo mehr Interesse gehabt hätte, aber der hat ja nun seine Laura. Ich hoffe, die beiden schaffen es.«

Kiara versuchte, ihre Verlegenheit zu überspielen. »Du irrst dich. Mich interessiert Hayato wirklich nicht. Er ist viel zu arrogant.«

Sie sahen zu Hayato hinüber, der gerade mit feuchten Haaren und in einem frischen Anzug den Raum betrat. Liz strich sich eine Haarsträhne hinters Ohr.

»Es gibt jede Menge Frauen, die genau darauf stehen. Auch wenn sie es nicht zugeben können. Weil sie freiwillige Unterwerfung mit Unmündigkeit verwechseln und immerzu Angst haben, sie könnten ihre Gleichberechtigung verlieren, wenn sie zugeben, einen Sinn für männliche Stärke zu haben.«

Der Blick von Liz' blauen Augen war unangenehm intensiv. »Bist du sicher, dass du nicht ein klein wenig auf unseren hübschen Sänger stehst?«

Kiara wurde rot. »Ich hätte keine Lust, nur eine von vielen zu sein.« Sie spürte den Sekt in sich und das aufsteigende Gefühl von Schwindel.

Liz wandte sich ihr ganz zu. Sie rutschte zur Kante des Sessels und beugte sich zu ihr vor. Ihre langen Finger suchten Kiaras Wange. Sie glitten an ihrem Gesicht hinab bis zu Kiaras Hals. Kiara ließ es atemlos geschehen. Liz' Finger lagen leicht wie Federn über ihrer Halsschlagader. »So viel Stolz«, murmelte die Engländerin, während ihre Hand tiefer glitt und Kiara sich versteifte. Wie zufällig berührte Liz ihre Brüste, streifte über die Spitzen, ehe sie mit einem nichtssagenden Lächeln von ihr abließ.

»Dein Stolz kann dich um jede Menge Lust bringen. Ich hoffe, das ist dir klar.«

Kiara stand unsicher auf. Sie würde es keine Minute länger in diesem Raum aushalten. »Es gibt wichtigere Dinge als Lust.«

Liz lachte. Ein helles Lachen wie funkelnde Granatsteine, das Kiara noch verfolgte, als sie schon im Flur war. Was tat sie nur wieder? Was wollte sie in dieser bizarren Welt, in die sie einfach nicht gehörte? Ihr Kopf war gesenkt, ihre Schritte schnell auf dem dunkelgrünen Teppich im Flur. Sie hatte die Treppe nach unten fast erreicht, als ein Mann in einem dunklen Anzug aus einer Seitentür trat. Er stand so plötzlich vor ihr, dass Kiara nicht mehr anhalten konnte und in ihn hineinlief. Er packte sie an den Schultern und hielt sie fest, damit sie nicht stürzte. Sein amüsiertes Lächeln machte sie noch verlegener. Die kurzen blonden Haare schimmerten im Licht der Kristalllampen. Ihr Blick fiel auf das silberne Piercing in seiner Augenbraue.

»Shouta«, murmelte sie. »Ich wollte gerade gehen.«

Er beugte sich zu ihr hinab. Seine Lippen legten sich flüchtig auf ihre. Kiara schreckte zurück. »Ich …« Sie schüttelte den Kopf. Seine Hände hielten ihre Oberarme.

»Was ist los, Kiara? Bist du nur mutig in der Dunkelheit?« Er beugte sich erneut vor, streifte mit den Lippen ihren Hals. Sie spürte seinen warmen Atem auf der Haut.

Kiara ging einen Schritt zurück. »Das reicht jetzt.« Sie sah zu zwei jungen Frauen hinüber, fast noch Kinder, die am Treppenaufgang standen und mit großen Augen zu ihnen hinüberstarrten. Beide hatten auffällig gefärbte Haare – hellgrün und dunkelblau – und starrten Kiara so hasserfüllt an, dass ihr ganz anders wurde.

»Ich … ich muss gehen«, meinte sie nur, dann ließ sie Shouta stehen und stürmte die Treppe hinab, völlig verwirrt von ihren Gefühlen. Das Dumme war, dass ein Teil ihres nutzlosen Gehirns immerzu mit Hayato beschäftigt war. Wie er auf der Bühne stand, den Raum beherrschend. Wie er sich das Hemd auszog, die dunkle Tätowierung auf seiner Brust. Und immer wieder seine Stimme, die tief in ihren Gedanken noch immer zu singen schien, die fortdauerte und nur für sie ein nie enden wollendes Konzert gab.

Ich werde noch wahnsinnig!

Sie beschleunigte ihre Schritte weiter, floh aus dem Club, ließ die schwüle Hitze des *Desire* hinter sich.

Erst als sie die Straße erreicht hatte und in Richtung U-Bahn lief, wurde sie langsamer. Auf den Straßen war wenig los, trotzdem hörte man in Tokio immer irgendetwas: das Rauschen von dahinbrausenden Wagen, Musik, ferne Stimmen, das Rascheln eines Tieres, das den Müll durchwühlte. Kiara bog in eine schmalere Gasse ein, die Hochhäuser reichten direkt an die Straße heran. Sie hörte Schritte hinter sich. Leichte, schnelle Schritte. Angsterfüllt drehte sie sich um. Es war keine Einbildung: Sie wurde verfolgt. Ehe sie losrennen konnte, wurde sie von zwei unnachgiebigen Armen gepackt und in den Schatten eines Häusereingangs gezerrt.

»Dafür wirst du büßen«, keifte die helle Stimme eines

Mädchens. Vor ihr stand eines der Mädchen, die sie eben noch im Club auf der Treppe gesehen hatte. Warum waren sie ihr gefolgt?

»Was …?« Kiara wurde mit dem Rücken schmerzhaft gegen die verschlossene Eingangstür geschubst. Sie versuchte sich gegen das kleinere Mädchen zu wehren, doch es ließ nicht locker.

Neben ihr baute sich die Blauhaarige auf, die etwas größer war als ihre Begleiterin. Sie drückte Kiara die Handfläche ins Gesicht, mitten auf die Nase. Kiara keuchte überrascht auf.

»Was soll das? Seid ihr verrückt geworden?« Wieder versuchte Kiara die Arme zu heben, doch Grünhaar ließ nicht los. Ihre Stimme war unangenehm schrill.

»Wie kannst du Shouta Osama zurückweisen? Er ist ein Gott!«

Kiara stöhnte auf, als das andere Mädchen den Druck verstärkte. Sie hätte gerne eine Beleidigung hervorgestoßen, aber sie wollte die beiden Mädchen nicht noch mehr reizen. Ob sie Drogen genommen hatten? Verzweifelt versuchte sie, nach dem Bein der zierlichen Japanerin zu treten, doch die Kleine wich gekonnt aus. Ihre helle Stimme war unangenehm fanatisch.

»Du wirst uns dafür um Vergebung bitten. Auf den Knien.«

Ja genau, Kiara zerrte wütend an den Armen, die sie hielten, *sonst habe ich nichts zu tun.* Kochende Wut stieg in ihr auf. Was glaubten diese Weiber eigentlich, wer sie waren?

»Lasst mich gehen, oder ich sorge dafür, dass es euch noch leid tut!«

Die Blauhaarige lachte. Sie trug einen knappen roten Minirock und ein schwarzes Oberteil, das ihren flachen Bauch zeigte. »Du willst uns drohen?« Ihr Zeigefinger drückte nun spielerisch von unten gegen Kiaras Nase. Die Tür hinter ihr verhinderte, dass Kiara ausweichen konnte. Kiara wünschte sich, es würde jemand von innen öffnen, doch anscheinend war das der Eingang zu einem Bürogebäude. Im Innern regte sich nichts. Das blauhaarige Mädchen klang hasserfüllt. »Du hast Shouta überhaupt nicht verdient! Du bist hässlich! Blond und dürr! Nennst du das Brüste?« Sie packte Kiaras dünnes Spitzenoberteil und zerriss es an der Naht.

Kiara schnappte nach Luft, gleichzeitig war sie erleichtert, dass die Fremde ihre Nase losgelassen hatte. Die Stelle über ihren Lippen kribbelte unangenehm.

Das größere Mädchen zwickte ihr schmerzhaft in die Brust.

»Hör auf!« Kiara empfand noch immer keine Angst, nur Wut, irrsinnige Wut über diese vollkommen sinnlose Demütigung.

»Geh auf die Knie und bitte uns um Entschuldigung!«, keifte die helle Stimme. Das kleinere Mädchen zog sie von der Tür fort und verdrehte ihr dabei einen Arm. Kiara versuchte vergeblich, mit der freien Hand nach ihr zu schlagen. Sie erreichte ihre Gegnerin nicht.

»Ihr braucht echt gute Ärzte«, zischte Kiara schmerzerfüllt, während sie auf den Boden gedrückt wurde.

»Halt sie fest!«, befahl Blauhaar. Ihr Gesicht war hübsch, aber ein wenig ausdruckslos. Ein Gesicht, das man in der U-Bahn kurz betrachtete und dann wieder vergaß. Die langen Finger mit den rotlackierten Nägeln verschwanden in einer silbernen Handtasche. Kiara stockte der Atem. Sie würde doch kein Messer ziehen?

Ein Lippenstift erschien in der Hand der Fremden. Sie öffnete ihn grinsend. Während die Grünhaarige Kiaras Arm weiter auf den Rücken presste, beugte die andere Frau sich über Kiaras Brüste, die sich vor ihr hoben und senkten. Sie betrachtete lächelnd den Lippenstift in ihrer Hand.

»Lasst mich los!« Kiara bäumte sich mit aller Kraft auf, doch die kleinere Frau hatte sie gut im Griff.

»Lass die Hure bloß nicht los, bis ich fertig …« Die Blauhaarige keuchte überrascht auf und wurde zur Seite geschleudert. Die Faust, die ihr Gesicht getroffen hatte, war stark genug, um sie auf den Boden zu werfen.

Die Grünhaarige schrie überrascht auf und lockerte ihren Griff. Kiara riss sich los und kam taumelnd auf die Beine. Ihr Herz hämmerte wie verrückt gegen ihre Rippen, das Blut rauschte in ihren Ohren. Sie brauchte einen Moment, um die neue Situation einzuschätzen.

Der Mann im Anzug hatte seinen Fuß auf die am Boden liegende Blauhaarige gesetzt. Die Frau lag auf dem Bauch und war noch ganz mit ihren Schmerzen beschäftigt. Er sah zornig auf sie nieder. Der Blick seiner dunklen Augen jagte Kiara Furcht ein. »Eigentlich schlage ich keine Frauen, aber für euch zwei mache ich eine Ausnahme.«

Er schritt über den Rücken der hustenden Frau hinweg und griff die verdutzte Grünhaarige an.

»Hayato Takado …«, flüsterte sie noch andächtig, ehe seine Faust ihre angedeutete Deckung durchbrach und auf ihr Auge traf. Sie sackte keuchend in sich zusammen.

Hinter Hayato rappelte die Blauhaarige sich auf. »Lass uns verschwinden!« Sie drängte sich an Hayato vorbei und zerrte das kleinere Mädchen mit sich. Ihre Schritte entfernten sich schnell.

Hayato schien den beiden folgen zu wollen. Sein Gesicht hatte einen grimmigen Ausdruck, ganz unnachgiebiger Jäger. Dann drehte er sich plötzlich zu Kiara um, als wäre ihm eben in den Sinn gekommen, dass sie auch noch da war.

Kiara fühlte sich benommen. Sie konnte den Blick nicht von ihm abwenden. Er hatte sie beschützt. Hatte … Mit geröteten Wangen senkte sie den Blick. Sie stand halbnackt vor ihm, das wurde ihr erst in diesem Moment bewusst. Sein Blick folgte ihrem.

»Du hast ein Problem mit deinen Klamotten«, sagte er mit belegter Stimme. »Immer, wenn wir uns treffen, ruinierst du dir was.« Er kam auf sie zu.

Kiara begann plötzlich zu zittern. Als würde ihr Körper jetzt erst die Gefahr spüren, in der sie gewesen war. Er lieferte ihr die Angst nach, machte sie sprachlos. Ihre Mundwinkel zuckten.

Hayato nahm sie in die Arme. »War ein blöder Spruch. Sorry. Ist das Einzige, was ich gut kann – blöde Sprüche«, murmelte er in ihr Haar. Kiara klammerte sich an ihn.

»Die waren völlig irre«, stotterte sie zitternd.

Er hielt sie fest. »Blöde Schlampen«, pflichtete er ihr bei. »Zum Glück bin ich dir gefolgt. Du warst so schnell weg, ohne dich zu verabschieden.«

Kiara schwieg verwirrt. Langsam beruhigte sie sich. Sie schmiegte sich noch näher an ihn, fühlte den weichen Stoff seines Hemdes an ihren Brüsten. Sie wollte nach Hause. Gleichzeitig regte sich etwas völlig Unpassendes in ihr. Kiara schloss die Augen. Sie wollte ihn nicht loslassen. Wollte von ihm gehalten werden, seine Arme um sich spüren, ihn ganz spüren.

Hayato bewegte leicht den Kopf. Kiara sah auf. Ihre Blicke trafen sich, und aus einem Impuls heraus streckte Kiara sich ihm auffordernd entgegen, bot ihm ihre Lippen an, und er senkte den Kopf, folgte der Aufforderung wie in einem Bann. Ihre Lippen berührten einander, seine Zunge fuhr vor und fand ihre. Kiara ließ sich fallen, hielt sich an seinen Schultern fest und verging in diesem einen Moment.

Erst nach einer geraumen Zeit löste er sich von ihr. »Ich … ich will das nicht ausnutzen, okay? Du bist ziemlich durcheinander.« Er schob sie ein Stück von sich und zog sein Jackett aus. »Hier.« Seine Stimme klang rau.

Benommen nahm Kiara das Kleidungsstück und zog es

an. Es war warm und roch nach ihm. »Ich sollte dann gehen …«

»Aber nicht allein. Soll ich dich zur Polizei fahren?«

Kiara schüttelte stumm den Kopf. »Ich will nur heim.«

»Dann fahre ich dich heim.«

Vorsichtig ergriff er ihren Arm. Kiara folgte ihm zögernd.

Leise Musik drang durch das Zimmer. Sie war zurückhaltend, belanglos, aber sie übertönte das kaum hörbare elektrische Summen der nicht sichtbaren Kamera. Der Raum erinnerte an ein gewöhnliches Hotelzimmer. Der Boden war mit einem hellen Parkett belegt. Eine kleine Tischgruppe mit zwei blassgrün bezogenen Stühlen stand neben einem verschnörkelt eingerahmten Spiegel, der vom Boden bis zur Decke reichte. Zwei Kristallleuchter spendeten gedämpftes Licht. Fenster gab es nicht. Nur Spiegel, fünf an den blassgrünen Wänden und einen an der Decke über dem niedrigen Futonbett. Das riesige Bett hatte weder am Fuß- noch am Kopfende einen Rand oder eine Verzierung. Es war von allen Seiten aus zugänglich und stand frei im Raum wie ein erhöhtes Podest aus glänzendem Schwarz. Bettzeug suchte man vergeblich, lediglich ein schwarzes Laken aus Lackstoff war über die große Matratze gespannt. Es roch schwach nach Ingwer, herbem Parfum und Blumen.

Shouta saß in seinem Anzug auf einem dritten Stuhl, den er von der Tischgruppe weggerückt hatte. Sein Jackett lag neben ihm auf dem Boden. Das Hemd war aufgeknöpft und über seine Oberarme gezogen, damit Mia ihn besser massieren konnte. Sie stand hinter ihm, ihre schmalen Finger hatten erstaunlich viel Kraft, während sie seinen Nacken lockerte und tiefer zwischen seine Schulterblätter drang.

Shouta nahm sein Handy – ein neues Spielzeug, mit dem sich Filme und Fotos von beeindruckend guter Qualität machen ließen. Und genau das nutzte er nun mit Genuss aus.

Auf seine Anordnung hin hatte Mia sich um Liz gekümmert. Die langbeinige Engländerin stand mit nach oben gestreckten Armen zwischen Bett und Tischgruppe. Ihre Hände waren gefesselt, das schwarze Seil zog sich hinauf zu einem metallenen Ring, der in der Decke verankert war. Noch trug sie ihr weinrotes Kleid und die hohen braunen Stiefel. Ihr Gesicht war leicht gerötet, die Lippen ein Stück geöffnet. Der Ausdruck ihres Gesichts ließ keinen Zweifel daran, wie viel Spaß ihr dieses Spiel machte. Sie lieferte sich ihm und Mia aus. Mia hingegen musste man an der richtigen Stelle anpacken, um sie für solche Spiele zu gewinnen. Letztlich war es ihre Eifersucht, die sie Freude an der Demütigung von Liz finden ließ. Shouta wusste und genoss das. Mia war unglaublich eifersüchtig auf jede Frau, mit der er nur redete. Sie hätte ihn am liebsten ganz für sich – einerseits. Andererseits vergnügte sie sich selbst mit Männern, wenn ihr danach war. Ihre Beziehung war schon immer voller Spannungen gewesen, und seit sie beide in der Band waren, war das gemeinsame Proben nicht eben einfacher geworden. Hayato hatte bereits angedroht, einen von ihnen aus der Band zu werfen, aber so weit ließen sie es nie kommen.

Er hob das Handy hoch und machte ein Bild von Liz, wie sie vor ihm hing – ein roter Schmetterling, keine drei Meter entfernt. Er fing sich einen wütenden Blick von ihr ein. Sie mochte es nicht, wenn er seine Fotos machte. Was würde sie erst tun, wenn sie wüsste, dass sie jetzt, in diesem Moment, gefilmt wurde?

Shouta legte das Handy mit einer beschwichtigenden Geste fort und grinste in sich hinein. Er hatte eine Sammlung von privaten Filmen, um die ihn jeder Mann beneiden musste. Sie gehörte nur ihm und diente seinem privaten Vergnügen. Erst vor zwei Tagen hatte er Mia und Yori beim Sex in seiner und Hayatos Wohnung aufgenommen. Die beiden hatten sich munter im Pool vergnügt. Vielleicht würde er Mia diesen Film eines Tages zeigen und sie dafür büßen lassen.

»Es ist gut«, sagte er zu Mia, ohne sich nach ihr umzudrehen. Sein Blick blieb auf Liz gerichtet, die schutzlos vor ihnen stand. »Wir haben unseren Gast lange genug warten lassen. Geh zu ihr.«

Mia ließ seine Schultern los und ging auf Liz zu. Ihr Körper verdeckte den der Engländerin bis auf deren Kopf. Liz war ein gutes Stück größer als Mia.

»Lass mich sehen, was du tust«, forderte Shouta. Er wollte vor allem ein gutes Kamerabild. Die Aufnahme wurde über seinen Kopf hinweg gemacht, die Kamera war hinter einem Spiegel in seinem Rücken versteckt, und das Bild wurde von oben her aufgenommen. Über die Qualität konnte man sich streiten, aber er würde die Erinnerung an diesen Moment haben, wenn er die Aufnahme betrachtete.

Mia stellte sich seitlich zu der Gefesselten und gab die Sicht frei. Sie streckte sich mit den Lippen voran zu Liz' Ohr.

»Miststück. Ich weiß genau, dass du ihn verführt hast. Wie oft hast du mit ihm geschlafen?«

Zwar hatte Liz noch kein einziges Mal mit Shouta geschlafen, doch der junge Mann ließ Mia gerne in diesem Glauben. Das erhöhte ihre Motivation.

Mia schob den Stoff des roten Kleides über Liz' Brüsten zur Seite. Ihre Hand legte sich um Liz' rechte Brust, ihre Finger drückten schmerzhaft fest zu. Liz keuchte leise.

Shouta lehnte sich entspannt zurück und genoss, was ihm geboten wurde. Die kleine Hand der Japanerin glitt unter den

Stoff und fuhr an Liz' Bauch nach unten. Sie griff ihr grob in den Schritt. Ihre Finger drückten und kneteten die Haut unter dem Kleid. Liz stöhnte auf. Die Japanerin ließ nicht von ihr ab und wurde gröber. Das weinrote Kleid riss an der Naht ein Stück auf. Liz versuchte zurückzuweichen, was sie wegen der Fesseln kaum konnte. Mia packte mit der anderen Hand ihren Po und hielt sie fest.

»Hiergeblieben.« Ihre Stimme war höhnisch. »Das hier ist noch gar nichts. Ich habe etwas für dich vorbereitet, Liz. Du wirst es sehr mögen und dir vielleicht überlegen, was du in Zukunft tust – was du mit Shouta tust.«

Sie ließ von Liz ab und ging zum Tisch hinüber, auf dem mehrere Gegenstände neben einer hohen weißen Blumenvase lagen. Langsam, damit Liz es sehen konnte, hob sie eine kleine Schere auf. Sie kam leichtfüßig auf Liz zu, die spitze Schere in der Hand.

»Halt schön still.«

Mit wenigen Bewegungen schob sie Liz' rotes Kleid nach oben und setzte die Schere über Liz' Oberschenkel an. Sie zupfte an dem dünnen Stoff und schnitt die feinmaschige Strumpfhose bis zum Knie und dann bis zum Schaft der braunen Lederstiefel auf. Das Metall der Schere berührte immer wieder empfindliche Haut. Liz regte sich nicht. Sie hatte die Augen geschlossen, ihre Lippen zitterten leicht. Erst als Mia die Schere höher zog, die Innenseiten der Oberschenkel hinauf, zuckte Liz zusammen.

»Stillhalten«, raunte Mia genüsslich. »Du möchtest doch keine Narben haben, oder?« Langsam zog sie die Schere weiter bis zur Höhe von Liz' Bauch. Sie zerschnitt die braune Feinstrumpfhose und den schwarzen Tanga. Der schwarze Stoff fiel nutzlos geworden zu Boden und gab ihren Unterkörper frei. Auf ihrer Scham wuchs ein schmaler Streifen hellroten Haares.

Mia setzte die Schere erneut an, um auch die Strumpfhose fortzuschneiden. Liz' Hände krallten sich fester um das schwarze Seil.

Shouta genoss ihre Angst. Er fühlte sich großartig in seinem sicheren Stuhl, und er wusste, dass es Liz zusätzlich erregte, dass er dort saß und sie beobachtete.

Mia brachte die Schere zum Tisch zurück. Sie ließ sich Zeit. Auch ihr machte diese Session Spaß. Shouta sah es am Glitzern ihrer Augen. Noch war sie nicht bereit, Liz ihre wohlverdiente Strafe zu geben. Sie wollte ihre vermeintliche Konkurrenz leiden lassen, die Spannung erhöhen.

Als sie sich hinter Liz stellte, sah Shouta nur noch ihre leicht versetzt stehenden Beine und ihre Hände, die über Liz' Körper glitten. Dann war ein leises Ratschen zu hören, und das Kleid fiel zu Boden. Liz' BH hatte nur am Ansatz ein knappes Stück schwarzglänzenden Stoff, die Spitzen ihrer Brüste waren hart, die Vorhöfe zusammengezogen. Mia packte sie an dem silbernen Halsband und zog es fester. Nur eine Sekunde. »Glaubst du, du hältst das aus?«

»Was hast du vor?«, flüsterte Liz.

Mia hörte nicht auf, sie zu berühren. Ihre Finger tasteten sich von ihrem Hals und von ihren Brüsten über den Bauch und die Taille hinweg zu dem schmalen Streifen Schamhaar, den Liz nicht wegrasiert hatte. Gedankenverloren zupfte sie daran, als wollte sie ein kleines Tier ärgern.

»Du wirst es mögen«, wiederholte Mia genüsslich. »Du magst doch Schmerzen, süße Liz. Du wirst vergehen …« Ihre Hand bedeckte Liz' Scham, ihre Finger fuhren weiter hinab. Sie umschloss die Klitoris seitlich mit Daumen und Zeigefinger und drückte zu.

Shouta spürte sein Verlangen. Sein Blut pulsierte in ihm, genau wie Mia es in diesem Moment zwischen ihren Fingern spüren musste: ein leises Pochen, das Zucken eines schnell schlagenden Herzens. Aber er würde nicht eingreifen. Noch nicht. Er wollte seinen Film. Einen Film von zwei Frauen.

Mias Hand wanderte tiefer. Sie stand jetzt seitlich neben Liz. Ihre Mundwinkel verzogen sich verächtlich. »Feucht genug bist du ja.«

Liz wand sich in ihren Fesseln, als vier von Mias Fingern in sie drangen. Mias Daumen legte sich auf Liz' Klitoris. Mia tat nicht viel, sie ließ nur zu, dass Liz sich an ihr rieb, sich ihrem Handgelenk erwartungsvoll entgegenstreckte.

Shouta wünschte sich plötzlich, er hätte nicht Liz vor sich, die sich in ihrer aufrechten Haltung so viel bewegte, wie es ihr eben möglich war. Er musste an Kiara denken, die silberblonde Schauspielerin, die ihn und Mia beobachtet hatte. Irgendwann wollte er einen Film von ihr drehen. Er wollte sie vor der Kamera haben – nackt – ihm ausgeliefert.

Und ich werde nicht aufgeben, bis ich mein Ziel erreicht habe.

Ein zufriedenes Lächeln legte sich auf sein Gesicht. Es war nur eine Frage der Zeit.

Liz' Wangen waren gerötet. Ihr schönes Gesicht spiegelte die Lust in ihrem Innern. Sie hatte den Kopf zurückgelegt und stöhnte leise.

Mia zog ihre Hand zurück. »Das hat dir wohl gefallen. Wollen mal sehen, ob dir unser nächstes Spiel auch gefällt.«

Sie strich ihre Hand an Liz' Oberschenkel ab und hinterließ eine feuchtglänzende Spur. Dann ging sie zum Tisch hinüber und nahm einen violetten Dildo von der Platte.

Shouta hatte ihn Mia erst vor kurzem geschenkt. Das Lustgerät war ringförmig aufgebaut, die Spitze wie ein großer, freundlicher Nilpferdkopf gefertigt. Shouta hatte schon öfter festgestellt, dass Frauen sich mit solchen Dildos einfach wohler fühlten und besser damit zurechtkamen. Vermutlich, weil sie nach einem Spielzeug aussahen.

Mia hielt den langen Rundstab wie selbstverständlich in

der Hand. Ihre Befangenheit hatte sie schon vor Jahren überwunden. Mit der rechten hob sie eine kleine Tonschüssel an, die mit einer hellen Flüssigkeit gefüllt war.

»Was ist das?« Liz klang ängstlich und neugierig zugleich.

»Nichts, was sich nicht auf jedem guten Markt finden lassen würde. Ein rein pflanzliches Mittel.« Mia kicherte. »Genau das Richtige für dich. Ein schöner, tiefer Schmerz, der die Durchblutung anregt.«

Sie tauchte den violetten Stab in die Flüssigkeit und wendete ihn darin. Langsam zog sie ihn heraus und ließ den Saft abtropfen.

Mit einem zufriedenen Grinsen ging sie auf Liz zu, den Stab festhaltend. Ihre linke Hand fuhr vor und teilte Liz' Schamlippen, mit der rechten stieß sie zu und führte den nassen Gegenstand ungerührt ein.

Liz zuckte zusammen, zeigte sonst aber keine Reaktion.

»Der Schmerz kommt erst noch«, flüsterte Mia an ihrem Ohr.

Shouta stand auf und ging zum Tisch, um sich einen Wein einzuschenken – Cabernet Sauvignon, ein guter Jahrgang. Als er sich wieder setzte, konnte er den ersten Schmerz erkennen, den Liz fühlte. Er sah ihn auf ihrem Gesicht und in ihren Augen. Er prostete ihr zu und trank. Niemals würde Liz diese Session abbrechen. Es war genau das, was sie wollte.

Die Engländerin stöhnte auf, ihre Wangen wurden dunkler, erster Schweiß trat auf ihre Stirn. Der Ingwersaft in ihr entfachte eine enorme Wärme. Es machte ihm Spaß, sich ihren Schmerz vorzustellen.

Mia ließ den violetten Luststab los. Er steckte von selbst, nur das Ende war noch zwischen Liz' Beinen zu sehen.

»Hör genau zu«, Mias Finger glitten über Liz' Hals und packten die enganliegende Kette, »ich werde dir das Ding rausnehmen und mich um dich kümmern, sobald du getan hast, was ich von dir verlange. Du wirst es mir besorgen, und je nachdem, wie gut du das machst, werde ich mich dafür revanchieren.« Mia ließ von Liz ab und lockerte den Seilzug. Sie tat es so schnell, dass Liz erst im letzten Moment von ihr abgefangen wurde. Liz kniete nun vor ihr. Mia streifte ihr Kleid ab und trat an sie heran. Im Gegensatz zu Liz war sie komplett rasiert. Ihr Schamhügel drängte sich nah an Liz' Kopf.

Shouta musste sich zurückhalten, doch er wusste, dass auch er später auf seine Kosten kommen würde. Er nahm noch einen Schluck Wein, während Liz' Zunge fleißig arbeitete. Dieser Tag gehörte definitiv zu den besten seines Lebens. Schade nur, dass er Kiara nicht für sich gewinnen konnte. Als er ihr vor wenigen Stunden auf dem Flur begegnet war, hatte er gehofft, sie würde ihm, Mia und Liz Gesellschaft leisten.

Liz gab ihr Bestes. Mia stöhnte und keuchte bald. Sie hielt sich nicht zurück, dieses Mal war es gleichgültig, ob sie jemand hörte. Als sie kam, krallte sie ihre Nägel in Liz' Kopf und schrie. Auf der Stirn der Engländerin zeigte sich eine dünne Blutspur.

Shouta schüttelte leicht amüsiert den Kopf. Er mochte es, wenn Mia so abging, aber ein wenig übertrieben fand er es auch. Er sah zu, wie Mia Liz wieder nach oben zog und nach dem violetten Ende des Lustspielzeugs griff. Sie zog den Stab ein Stück heraus, stieß wieder zu. Dabei hielten ihre Augen den Blick von Liz fest, die erschöpft wirkte und leise wimmerte.

»Du magst es doch«, Mia machte unbeeindruckt weiter, »du brauchst es.«

Liz wollte den Blick abwenden.

»Sieh mich an«, forderte Mia. »Und denk an heute, wenn du Shouta in Zukunft begegnest. Nächstes Mal werde ich nicht so nett zu dir sein.« Sie stieß fester zu.

Liz keuchte, als sie endlich kam, ihre Beine zitterten. Sie war wesentlich leiser als Mia, aber ihr gerötetes Gesicht entschädigte Shouta: der gelöste, glückliche Ausdruck, als sie ganz in diesem Moment aufging.

Mia zog den Dildo aus ihr heraus. Sie wirkte ebenfalls erschöpft, aber glücklich.

Shouta stand auf. »Binde sie los und legt euch aufs Bett.«

Er stellte sein leeres Glas weg und sah auf die Uhr in seinem Handy. Die Kameraaufnahme würde gleich stoppen. Gutes Timing. Lächelnd drehte er sich zu den beiden Frauen um.

»Ich hoffe, ihr habt noch ein wenig Kraft übrig.«

5

Ich entriss ihr das Kleid, das freilich zu dünn war, um sonderlich zu stören. Sie aber kämpfte darum, sich damit zu bedecken. Doch da sie kämpfte wie eine, die nicht siegen will, fiel sie mühelos durch eigenen Verrat.

Der Weg zum Parkdeck gab Kiara Zeit, sich zu beruhigen. Sie war dankbar, Hayato an ihrer Seite zu haben, gleichzeitig war sie verwirrt und wünschte sich weit fort. Sie hatte doch gehen wollen, um ihm fern zu sein, und nun fühlte sie sich ihm näher als jemals zuvor. Was genau wollte er von ihr? War es reine Freundlichkeit? Kiara konnte es nicht recht glauben. Auf der anderen Seite hatte er die Situation nicht ausgenutzt. Sie hätte am liebsten noch in diesem Hauseingang mit ihm geschlafen, aber er hatte sich von ihr gelöst.

Als sie vor Hayatos Wagen standen, konnte Kiara schon wieder lächeln. Das taube, kalte Gefühl in ihrem Inneren wich.

»Ich hätte es mir denken können«, meinte sie kopfschüttelnd.

Hayato wollte gerade die Tür öffnen und hielt inne. Sein Blick streifte liebevoll den Lamborghini vor ihnen, ehe er sich wieder auf Kiara richtete.

»Was?«, fragte er mit verhaltener Anspannung.

»Dass du nicht irgendein Auto fährst.« Kiara ging langsam um den silberschwarzen Wagen herum, ein Wunderwerk moderner Technik. Niemals hätte Kiara sich einen so teuren Wagen zugelegt, auch dann nicht, wenn sie es gekonnt hätte.

Hayato kam ihr zuvor und öffnete ihr die Tür, die nun wie ein schwarzer Flügel von dem Wagen abstand. »Das ist wirklich nicht irgendein Auto. Das ist die Erfüllung eines

Traumes! Dafür habe ich jahrelang gearbeitet.« Seine Hand lag auf dem Lack. »Es ist wunderschön.«

Kiara verkniff sich ein Grinsen. Sie war nicht der Typ, der in ehrfürchtige Starre verfiel, weil er vor einem teuren Wagen stand. Ein Auto war für sie ein Gebrauchsgegenstand.

»Ganz nett«, sagte sie nur, während sie unbeeindruckt einstieg.

Hayato schlug schnaubend die Tür zu und ging auf seine Seite. Er ließ sich anmutig in den tiefen Sitz gleiten und wies mit einer großen Geste über die edlen Armaturen.

»Der Wagen ist mehr als ganz nett! Das ist ein Lamborghini Gallardo Spider! Er hat einen 520-PS-Motor, ein 6-Gang-Getriebe und Allradantrieb! Er vereint Italien und Deutschland! Die Aluminiumkarosserie kommt aus Heilbronn, die Lackierung dafür aus Neckarsulm.« Er ließ den Motor an und hörte mit geschlossenen Augen dem tiefen Brummen zu. Ein glückliches Lächeln ließ sein Gesicht jünger aussehen. Er öffnete die Augen, sah Kiara herausfordernd an und fuhr los. »Also … wo soll's hingehen?«

Kiara lotste ihn durch die Straßen. Sie hatte zwar einen Führerschein, aber kein eigenes Auto. In Tokio erschien es ihr praktischer, das umfangreiche S- und U-Bahnnetz zu nutzen. Das war zwar um die Stoßzeiten ziemlich erdrückend, sparte aber im Verhältnis doch Geld und Nerven.

Hayato fragte sie noch einmal, ob er nicht zur Polizei fahren sollte, aber Kiara lehnte ab. Sie wollte nicht vernünftig sein. Sie wollte nur in ihr Bett und den ganzen unangenehmen Vorfall vergessen. Diese Mädels waren sicher noch nicht volljährig, und die Wahrscheinlichkeit, dass sie gefasst wurden, war ziemlich gering.

Der Weg bis zu ihrer Wohnung erschien ihr viel zu kurz. Sie wollte Hayato nicht zurücklassen und aussteigen. Sie wollte …

Sei jetzt stark, verdammt. Denk an die Liste.

Sie stellte sich all die Frauen vor, mit denen Hayato bereits geschlafen hatte. Es würde es nur noch schlimmer machen, sich ihm an den Hals zu werfen. Er musste sie enttäuschen.

Hayato fuhr zielstrebig in ein Parkhaus, nur zwei Straßen entfernt. Anscheinend wollte er sein geliebtes Auto nicht unbewacht lassen und war bereit, dafür jeden noch so stolzen Preis zu zahlen.

»Ich bringe dich zur Haustür.« Er öffnete ihr die Tür und ging schweigend neben ihr her.

Kiara kam alles unwirklich vor – wie in einem Film. Ob sie ihn gehen lassen sollte? Oder sollte sie ihn fragen, ob er noch mit nach oben kommen wollte? Aber das ging nicht. Ihre Wohnung war kein Ort für Hayato Takado. Sie war winzig, vollgestopft mit all den Dingen, die man zum Leben brauchte. Da war nichts von schlichter Eleganz und Ästhetik, für die Japan berühmt war. Die hohen Mietpreise sorgten dafür, dass man nur wenige Quadratmeter zum Leben hatte.

Sie schloss die Tür leise auf. Ihre Vermieterin wohnte ganz unten, weil sie alt war und schlecht laufen konnte. Frau Osawa hatte einen leichten Schlaf und beschwerte sich, wenn man nachts zu laut war.

Ob sie Hayato noch einmal küssen sollte? *Vergiss es!* Kiara ärgerte sich über sich selbst. Die Hitze in ihrer Brust und zwischen ihren Schenkeln machte sie nervös. Es war selten, dass ein Mann sie so anmachte. Eigentlich war es das erste Mal. Zwar war sie schon in Männer verliebt gewesen, aber Hayato sprach sie auch sexuell an. Er weckte eine Lust in ihr, von der sie nie gewusst hatte, dass sie überhaupt zu ihr gehörte.

Mit klopfendem Herzen trat sie mit Hayato zusammen ins Treppenhaus. Die winzige Lampe an der Decke leuchtete nur schwach. Vor zwei Jahren waren es noch drei Glühbirnen gewesen, die darin brannten, doch niemand kümmerte sich darum, sie zu ersetzen.

Verlegen sah Kiara sich in dem kargen, weiß getünchten Treppenhaus mit den wenigen Grünpflanzen und Kunstdrucken um. Es wirkte, als sei das Aufstellen der Blumentöpfe der verzweifelte Versuch, aus einer Hölle einen Urlaubsort zu machen. Der braune Teppich war ausgetreten und musste dringend erneuert werden. Sie wohnte doch recht schäbig, wie ihr in Hayatos Gegenwart bewusst wurde. Vorher hatte sie das nie gestört.

Hayato sah sich kurz um, Kiara glaubte Abwertung in seinem Blick zu sehen.

»Soll ich mit nach oben kommen?«

»Nein!« *Ja.* Kiara schüttelte wütend den Kopf.

Er drehte sich zu ihr um, seine langen dunklen Haare rahmten sein Gesicht ein. Das trübe Licht konnte nicht verbergen, wie schön er war. Kiara ballte die Hände zu Fäusten. Sie durfte nicht nachgeben. Sie durfte nicht noch weiter gehen. Da gab es einen Abgrund, vor dem sie sich hüten musste. Und dieser Abgrund war nur einen Schritt entfernt.

Hayatos dunkle Augen zeigten einen verwirrten Ausdruck.

»Natürlich willst du das. Du willst es schon, seit du mich das erste Mal gesehen hast.«

»Deine Selbstüberschätzung, was deine Anziehung betrifft, ist einfach grenzenlos.« Kiara wandte sich ab und wollte zum Aufzug gehen. Er griff nach ihrer Hand.

»Wie wäre es mit einem Abschiedskuss, Freya?«

Kiara drehte sich zornig zu ihm um und löste ihre Finger aus seinen. »Das reicht jetzt!«

»Aber … vor nicht mal einer halben Stunde hast du dich an mich geschmiegt wie eine läufige Katze!«

»Das war vor einer halben Stunde. Danke fürs Heimbringen.«

Hayato seufzte. Er strich sich den Zopf hinters Ohr. »Das kann ich an Frauen einfach nicht verstehen. Ihr wisst nie, was ihr wollt.«

»Ich weiß, was ich will, aber ich weiß auch, was gut für mich ist«, zischte Kiara wütend zurück.

Hayato sah getroffen aus. Der Gedanke, er sei nicht gut für sie, hatte ihn wohl verärgert, zumindest zeigten sich auf seiner Stirn für einen Augenblick zwei winzige Falten, die Kiara dort vorher nicht aufgefallen waren.

»Schlaf gut«, sagte sie brüsk und drückte auf den Knopf für den Aufzug.

»Du könntest mir mein Jackett wiedergeben.« Seine Stimme war die eines Engels. Unschuldig. Freundlich.

Kiara erstarrte. Sie würde ihm sein Jackett um die Ohren schlagen! Wie unverschämt konnte er denn sein? Ihr zerrissenes Oberteil hatte sie in die Jackentasche gesteckt. Er wusste doch, dass sie nichts darunter trug! Zu allem Überfluss merkte sie, wie ihre Brustwarzen hart wurden.

Die Aufzugstür öffnete sich. Die Fluchtmöglichkeit. Sie konnte einfach hineingehen und nach oben fahren – und seine Forderung ignorieren.

Mit einer zornigen Bewegung zog sie das Jackett aus und warf es ihm zu. »Bitteschön!«

Er fing es nicht auf. Während es unbeachtet an ihm abprallte und auf den braunen Teppich fiel, machte er einen Schritt nach vorne und legte seine Hände auf ihre Schultern. Sein Blick lag auf ihren nackten Brüsten und hob sich dann fordernd auf ihre Lippen. Er beugte seinen Kopf nicht zu ihr. Er wartete, bis sie ihm entgegenkam. Er musste nicht lange warten.

Als wäre ihr Körper nicht auf ihr Gehirn angewiesen, reckte Kiara den Kopf leicht nach oben. Ihre Sehnsucht nach ihm wurde übermächtig. Er war so nah, öffnete sich ihr ganz.

Wie dumm, ihn nicht zu nehmen. Wie dumm, nicht das zu tun, was ihr erhitzter Körper wollte. Zum zweiten Mal an diesem Abend schmeckte sie seine Lippen. Seine Zunge kam ihr entgegen, teilte ihre Lippen und fand ihre. Seine Küsse waren verlangend. Sie drückte sich an ihn, genoss den herben Geruch, der ihn umgab, eine Mischung aus Duschbad, schwachem Parfüm und ihm selbst. Seine Haut war warm und fest unter ihren Händen. Wie von selbst waren ihre Hände an seinen Hals gewandert unter die langen schwarzroten Haare. Sie streichelten seinen Nacken unter dem Hemd, aber Kiara wusste, dass sie sich in Wirklichkeit an ihm festhielt, damit sie nicht abstürzte; nicht haltlos im Nichts versank. Ein letztes Mal meldete sich eine zarte Stimme der Vernunft – sie stand mitten im Hausflur, besser wäre es, das Ganze in ihre Wohnung zu verlegen –, dann war die Stimme fort, ausgelöscht durch seine Hände, die ihre Haut erkundeten. Seine Finger schlossen sich um ihre Brüste und drückten zu. Sie atmete überrascht aus. Der plötzliche, fordernde Griff ließ ihr Herz heftig schlagen. Sie spürte Hitze in ihrem Körper und im Gesicht. All ihre Bedenken wurden von seinen Händen fortgewischt. Sie wollte ihn spüren, wollte, dass er weitermachte, nicht aufhörte, sie zu berühren. Seine linke Hand schob sich unter ihren Rock und die dünne Strumpfhose. Er umfasste ihren Po, forschte weiter, griff zwischen ihre Beine, als würde ihr Körper ihm gehören. Kiara fühlte brennende Röte in ihren Wangen.

Hinter ihr schloss sich der Aufzug wieder. Die Chance zu fliehen war vertan. Hayatos Lippen lösten sich von ihren, legten sich auf ihren Hals, auf das Schlüsselbein, auf die Brust. Seine Hand lag noch immer in ihrem Schritt. Die Finger teilten ihre Schamlippen. Kiara stöhnte leise auf. Sie musste an Shouta und an Mia auf der Yacht denken, an die flüchtige Berührung von Liz, als die Fingerkuppen der Engländerin ihre Brustspitzen gestreift hatten. Das Brennen in ihr wurde unerträglich. Es schmerzte, ein fordernder Schmerz, der sie zu ihm trieb. Während sie seine neugierigen Finger in sich spürte, hörte sie wieder seine Worte, seine Stimme, die sie ganz gefangengenommen hatte.

»Rote Rosen voller Dornen; Dämmerzustand, quälend heiß …«

Sie spürte die Hitze in sich, von der Hayato gesungen hatte. In ihm war keine Zurückhaltung, keine Scham. Seine Zunge machte vor nichts Halt. Er war wie ein Dämon aus Feuer und Lust. Die Worte »Weißer Engel an dem Kreuze, dessen Flügel ich zerriss …« kamen ihr in den Sinn. Ein Teil von ihr wollte sich von ihm lösen, bevor es zu spät war. Sie wollte ihm ihren Körper entziehen, den er so lustvoll zu seinem Spielzeug machte. Dabei war es längst zu spät. Sie kämpfte, ohne siegen zu wollen, hatte sich ihm bereits ergeben. Ihre Kapitulation war bedingungslos. Er sollte nur weitermachen, nicht aufhören. Nicht jetzt. Das war alles, was zählte. Seine Hände nahmen sich, was sie wollten, und sie sollten es sich nehmen.

Er streifte ihren Rock ab. Schob die Strumpfhose und das schwarze Höschen nach unten. Er wollte sie auch dort schmecken, sank vor ihr auf die Knie und leckte sie. Kiara vergrub ihre langen Finger in seinen schwarzen Haaren. Sie stöhnte auf. Ihr Kopf fühlte sich noch heißer an als der Rest ihres Körpers. Niemals hatte sie einen Mann wie ihn gehabt. Sie hatte Mühe, stehen zu bleiben. Seine Zunge stieß immer wieder vor, mischte seine Feuchte mit ihrer. Sie zuckte unter seinen Bewegungen. Die Hitze breitete sich von ihrem Unterleib weiter aus. Er sah zu ihr auf, zwischen ihren Brüsten hindurch. Kiara biss sich auf die Lippen, um ihr Zittern zurückzuhalten.

Er nahm den Kopf ein Stück zurück. Seine Hände griffen wieder in ihren Schritt, seine Finger bewegten sich in der Feuchte, die besser als alles andere ihr Einverständnis zeigte.

»Genieß es«, flüsterte er, »halt dich nicht zurück.«

Er erhob sich halb und zog sie zu sich. Sie sanken zusammen auf die Knie, sich mit Küssen bedeckend. Sie zog ihm das Hemd aus. Ihre Lippen legten sich auf seine Haut. Ihre Zungenspitze fuhr vor. Sie wollte jeden Zentimeter seines Oberkörpers schmecken, wollte ihn ganz in Besitz nehmen, so wie er es mit ihr getan hatte, ihn zeichnen mit unsichtbaren Malen. Als ob jeder Kuss ihr Name sei, den sie ihm auf die Haut brannte. Sie wusste, es war unmöglich. Hayato war ebenso wenig für sie bestimmt wie das Meer oder die Luft, die sie atmete. Er gehörte niemandem. Trotzdem wollte sie sich ihm in diesem Moment ganz hingeben, als könne sie ihn dadurch für sich gewinnen und halten.

Seine Hände hielten ihren Kopf.

Ihre Lippen und ihre Zunge bedeckten jeden Millimeter der Tätowierung auf seiner Brust. Er schmeckte nach Lust. Sie streichelte über die dornenumrankten Engelsflügel, griff höher an seine Schultern, zog ihn noch enger zu sich. Seine Hände griffen nach ihrer Taille. Er holte sie noch näher, griff schmerzhaft fest nach ihrem Po. Es machte ihr nichts aus. Sie löste den Ledergürtel in seiner Hose, öffnete die Knöpfe und den Reißverschluss. Ihre Zunge blieb auf seiner Haut. Sie griff nach ihm, fuhr tiefer, löste sich ein Stück, rutschte zurück. Sie neckte die Spitze seines Schwanzes, fühlte mit der Zunge die Vorhaut, kam zu seiner salzigen Mitte und leckte einen Tropfen Sperma fort. Ihre Lippen umschlossen ihn ganz. Sie nahm ihn tief in den Mund und leckte weiter, fühlte die Unterseite seines harten Gliedes. Ihr Kopf bewegte sich vor ihm.

Seine Finger fuhren über ihren Hals, berührten ihren Nacken und hielten sie schließlich fest. Er packte sie an den silberblonden Haaren und drängte sie ein Stück von sich.

»Ausziehen.« Seine Stimme duldete keinen Widerspruch. Kiara legte auch keinen ein. Sie ließ sich von ihm auf die zitternden Beine ziehen. Erregt streifte sie die hohen, schwarzen Sandaletten ab und stieß sie ein Stück fort. Sie schob die Feinstrumpfhose ganz nach unten und streifte auch diese ab. Hayato sah ihr zu. Ihre Finger griffen nach ihrem schwarzen Spitzenhöschen. Langsam glitt auch das zu Boden.

»Zieh mir die Schuhe aus.«

Kiara fühlte pulsierende Hitze, während sie auf die Knie sank und ihm den Gefallen tat. Seine Blicke auf ihrer Haut brannten. Sie wartete auf den Knien, sah zu ihm auf, während er Hose und Unterwäsche abstreifte.

Seine Bewegungen waren ruhiger als ihre. Er griff nach ihrem Handgelenk und zog sie erneut hoch.

Sie versanken in weiteren Küssen. Wieder und wieder teilten ihre Lippen und Zungen Zärtlichkeiten, ehe sie beide zurück auf die Knie sanken. Kiara wollte mehr, ihr Mund suchte nach ihm, wollte sein hartes Glied umschließen, doch er schob sie von sich. Sie stützte sich mit den Händen ab, den Oberkörper zurückgelehnt. Seine Lippen legten sich auf ihre Brust, er biss schwach zu.

Kiara wollte ihn mit einer Hand auf sich ziehen. Er wehrte ihre Hand leichtfertig ab und machte weiter. Der rote geflochtene Zopf kitzelte auf der Haut. Die langen schwarzen Haare streichelten sie. Seine Hand griff in ihren Schritt. Sie spürte den harten Druck auf ihrer Klitoris, gerade an der Grenze zum Schmerz. Kiara glaubte es nicht länger aushalten zu können. Wenn er nicht bald in sie eindrang, würde sie so kommen. Und sie wollte ihn doch so verzweifelt in sich spüren.

»Hör auf!«

Er ließ sie los, lehnte sich zurück und betrachtete einen Moment ihren Brustkorb, der sich heftig hob und senkte. Sie richtete sich auf und griff nach ihrer Handtasche, die neben ihnen lag. Er nahm das Kondom, das sie ihm gab, mit ausdruckslosem Gesichtsausdruck.

Verachtete er sie, weil sie so leicht zu haben war? Ihr Körper hatte sie verraten, hatte sie ihm ausgeliefert. Sein Blick war lustvoll, und auch sein Glied ließ keinen Zweifel daran, dass er an ihr Interesse hatte. Nein, er verachtete sie nicht. Er wollte sie ebenso sehr wie sie ihn, aber er wollte sie in dem Glauben lassen, dass sie die Schwächere war. Dass sie es nötiger hatte als er. Für einen Moment trafen sich ihre Blicke. Ihr Atem wurde ruhiger. Dann kam er auf sie zu, drängte sie auf den Rücken und stützte sich auf die Arme. Sofort ging ihr Atem wieder schneller. Sie fühlte ihr Herz gegen ihren Brustkorb schlagen, während seine Hände ihre Schenkel weiter öffneten und seine dunklen Haare auf ihre Brust fielen, sie bedeckten.

Ihre geöffnete Handtasche lag neben ihr auf dem Boden, der Inhalt zerstreut, die aufgerissene Kondompackung keinen Schritt entfernt. *Es muss wirklich ein Fieber sein,* dachte sie aufstöhnend. Sie spürte den braunen Teppich unter sich, stützte sich auf den Unterarmen ab und kam ihm entgegen. Er drang in sie ein. Erfüllte sie. Sein Blick ließ nicht von ihr ab, sie hielt ihm stand, sah in diese dunklen, fordernden Augen, das schöne, arrogante Gesicht. Sie genoss seine Leidenschaft, genoss, wie er in sie drang und sie ausfüllte. Tiefer. Unverwandt sahen sie einander an, bis Kiara es nicht mehr aushielt und laut zu atmen begann. Ihre Lippen öffneten sich. Sie vergaß all ihre Bedenken. Sie waren losgelöst und gleichzeitig geerdet. Mann und Frau, wie es sein sollte. Bereit sich zu teilen, eine Bindung einzugehen für einen Augenblick. Für eine Ewigkeit. Seine Stöße waren rhythmisch. Er nahm sie lustvoll und quälte sie, weil er nicht heftiger wurde, nicht schneller zustieß. Sie wollte mehr.

»Schneller«, flüsterte sie.

Er tat ihr den Gefallen.

Kiara zog ihn, drängte ihn tiefer in sich, konnte nicht genug von ihm bekommen. Sie keuchte, vergaß, wo sie war, vergaß einfach alles um sich herum. Es gab nur sie und ihn. Die Abstinenz hatte sie vergessen lassen, wie großartig Sex war. Wie gut es sich anfühlte, genommen zu werden. Ihr Körper stand in Flammen. Es war so viel besser und lustvoller mit ihm zusammen als allein. Sie spürte, wie sie ihrem Orgasmus entgegenstürzte. Ihr Keuchen wurde lauter.

»Mehr!«, flehte sie, als sie es nicht mehr aushielt. »Beweg dich!«

Er lächelte und hielt inne. Sie stöhnte auf und ging unter ihm ins Hohlkreuz, um seine erfüllende Härte weiter in sich zu spüren.

»Beweg du dich doch.«

Sie tat es. Bewegte sich unter ihm, hob und senkte sich ihm entgegen, bis sie schweißnass war und es kaum mehr ertrug. Ihre Lust steigerte sich, suchte sich neue Höhen.

Sie sah ihn an, fand seinen Blick. Sie spürte das Zittern ihrer geöffneten Lippen. Ihre Hitze entfachte ihn. Er ließ sich fallen, tat endlich, was er zu tun hatte, und nahm sie richtig. Sie hob ihr Becken, schlang ihre Beine um seine Hüften, während er sich ein Stück erhob und vor ihr kniete. Sein Blick lag auf ihrer Haut. Ihm gehörte, was er sah. Sein Kopf senkte sich, seine Lippen ignorierten ihre und umschlossen ihre Brustspitzen. Seine Finger fanden die empfindlichen Stellen auf ihrem Rücken, die schon seit Ewigkeiten kein Mann mehr berührt hatte. Zielsicher blieben sie dort liegen und drückten leicht zu. Sie verging in seinen Berührungen und seinem Geruch. Ihr Stöhnen drang durch den Flur.

Es gab keine Grenze mehr, keine Mauer, keinen Abgrund. Sie wurden eins. Die Hitze in ihr wurde rotglühend, angefachte Kohle, an der sie sich verbrannte. Sie brannte und stürzte. Ihre Lust schmerzte. Kiara bäumte sich unter ihm auf. Erlösung. So nah. So verlockend. Sie nahm sich, was sie wollte. Ein letztes Mal zog sie ihn tief in sich. Schmerzhaft fest. Ihr Stöhnen wurde zu einem leisen Schreien, als sie kam, als sie ihre Finger in seiner Haut vergrub und ihm erneut in die Augen sah, diesen Moment der Hitze mit ihm teilte. Sie stürzten gemeinsam. Seine Stimme antwortete ihrer. Wie sie diese Stimme liebte! Wie dieses Stöhnen sie erregte. Es jagte neue Schauer durch sie, trieb sie weiter, als sie je gegangen war. Dann ließen die Schauer nach, ihr Sturz wurde aufgefangen, und sie konnte ihn nur ansehen, blickte in diese schwarzen Augen, die dunkle Mauer aus Marmor, und versuchte sich zu erinnern, wer sie war, und was sie hier wollte. Aber sie sah nur ihn und gab den Versuch auf. Er lächelte, streichelte ihr helles Haar. Zärtlich. Als wollte er sich für sein Verhalten vorher entschuldigen. Für die lustvolle Qual, die er ihr bereitet hatte. Sie verharrten ineinander, unwillig, sich zu lösen.

Das Geräusch eines Stocks, der auf den Boden geschlagen wurde, ließ Kiara aufsehen.

Über ihnen, am ersten Treppenabsatz, stand ihre Vermieterin, Frau Osawa. Sie bot einen Anblick personifizierter Entrüstung. Ihr Nachthemd in Altrosé umhüllte sie, die eisgrauen Haare waren mit Lockenwicklern aufgesteckt. Das Ende ihres Stocks zeigte drohend auf Kiara und Hayato.

Ihr Gesicht war ein Abbild der Empörung. Rechtschaffener Zorn über diese unzumutbare Zügellosigkeit entstellte ihre Züge.

»Das ist hier nicht gestattet!«, keifte sie wütend, nachdem sie endlich ihre Sprache wiedergefunden hatte. »Wir sind hier nicht im *Poppongi*! Das hier ist ein anständiges Viertel, jawohl!«

Hayato erholte sich als Erster von seinem Schrecken. Er versuchte Kiara mit seinem Körper abzuschirmen und geriet dadurch frontal vor die alte Dame, die mit einem spitzen Schrei den Blick von seinem Gemächt abwandte. Hayato suchte mit einem leicht verletzten Blick nach seiner Hose. »Schon gut, so schlimm sehe ich ja wohl nicht aus.« Er fand die Hose hinter einer Grünpflanze und zog sie gemächlich an. Kiara klaubte in der Zeit ihre Sachen zusammen und schlüpfte erneut in das Jackett.

»Das ist unverzeihlich!«, keifte die Alte.

Hayato schloss seine Hose. »Sorry, es kam so über uns.«

Kiara befürchtete, die alte Frau könnte einen Herzinfarkt erleiden, wenn sie sich zu sehr aufregte. Sie streckte beschwichtigend ihre Hände aus.

»Es tut mir sehr leid, Frau Osawa. Wir wollten Sie nicht aufwecken.«

Die alte Dame schnaufte verächtlich und drehte sich mühsam auf dem Absatz um. Kiara sah hilflos zu Hayato. Wut kam über sie. Was tat sie hier überhaupt? Was unterschied sie von seinen sechzehnjährigen Fans? Verdammt! Sie hatte ihm genau das gegeben, was er wollte. Elende Idiotin, die sie war. Wo war ihre Willensstärke? Das konnte doch nicht ihr Ernst sein!

»Geh jetzt!«, zischte sie Hayato wütend zu.

Er sah sie verständnislos an. »Aber …«

»Verschwinde endlich!«

Hayato sah in Richtung Treppenhaus. Frau Osawa war bereits in ihre Wohnung zurückgehumpelt, man hörte gerade noch, wie die Wohnungstür zuschlug.

»Ist vermutlich besser. Ich ruf dich an.«

Kiara funkelte ihn böse an. *Glaub ruhig selbst daran,* dachte sie bitter. Aber vermutlich wusste Hayato, dass er log. Er hatte die blonde Ausländerin haben wollen, und er hatte sie bekommen. Kiara atmete heftig ein. Wie dumm sie gewesen war. Aber so war das mit den Menschen: Vorher und hinterher waren sie immer klug. Nur nicht dann, wenn es darauf ankam.

Hayato stand noch immer in der Eingangstür, zögernd, als wollte er noch etwas sagen.

Kiara wusste nicht, ob sie seine letzten Worte ertragen könnte. Wenn es nur sexuell gewesen wäre – sie hätte kein Problem mit ihm gehabt. Aber tief in ihr wütete ein Dämon. Und der hieß nicht Lust. Der hieß Liebe. Ganz gleich, was Hayato ihr jetzt sagen würde, eines war ihr klar: Er erwiderte dieses Gefühl nicht. Sie war für ihn ein Abenteuer. Nicht mehr. Eine Langzeitbeziehung passte nicht in sein Leben.

»Hau endlich ab!«, fuhr sie ihn an. Sie wollte ihn in die Arme nehmen. Wollte von ihm hören, dass sie nun zusammen waren. Aber sie war nicht Dornröschen und er nicht der Prinz. Der harte Knoten in ihrem Magen wurde größer und größer, dehnte sich aus bis zu ihrem Hals. Sie spürte Tränen in sich, die sie nicht weinen wollte. Nicht vor ihm.

»War nett mit dir!« Er drehte sich um und ging. Das Jackett ließ er da.

Seine Worte waren Messerstiche. Kiara hob ihre Handtasche auf und stürmte die Treppen hinauf. Sie wollte nicht Aufzug fahren, nicht eine Sekunde länger warten müssen. Sie wollte nur in ihre Wohnung. Völlig außer Atem kam sie oben an und warf die Tür hinter sich zu. Die Handtasche ließ sie in dem engen Flur liegen. Wie getrieben stürzte sie auf den winzigen Balkon. Es dauerte nicht lange, und sie sah Hayatos Wagen vorbeifahren. Endgültig fort. Langsam rutschte sie am Geländer hinunter. Erste Tränen rannen über ihr Gesicht. Sie hatte seit drei Jahren nicht mehr geweint. Seit ihre Großmutter Lotta gestorben war. So war Liebe. Bitter, voller Schmerz. Sie machte einen Narren aus den Menschen. Verspottete sie. Hayato Takado war für sie unerreichbar. Seine Welt war nicht ihre. Sie musste dieses Kapitel abschließen, und zwar noch in dieser Nacht. Kiara stand auf und ging zu der weißen Vitrine, in der Gläser und eine einzelne Flasche standen. Sie hatte sich den Sake für eine besondere Gelegenheit aufheben wollen. Und dies war eine besondere Gelegenheit. Als sie zwei Stunden später endlich auf der Matratze neben dem Käfig ihres Kaninchens einschlief, fühlte sie sich verlorener als je zuvor in ihrem Leben.

Der nächste Morgen war furchtbar. Kopfschmerzen, Bauchweh, das Licht blendete. Kiara suchte in ihrem Kleiderschrank nach der Sonnenbrille. Zum Glück hatte sie frei – und zum Unglück. Was sollte sie jetzt mit sich anfangen? Sich hängen zu lassen kam nicht in Frage. Sie hob die Flasche Sake hoch. Fast leer. Reife Leistung. Wütend kippte sie den Rest in den Ausguss. Der Geruch stieg ihr in die Nase und ließ sie würgen. Gut. Egal, was passiert war – sie brauchte etwas zu essen. Ihr Körper fühlte sich zwar überhaupt nicht danach, aber es würde ihr sicher trotzdem besser gehen, wenn sie erst gegessen hatte.

Sie versuchte, nicht an das Erlebnis mit Hayato zu denken. An seinen Körper, seine Stimme, sein Stöhnen. Verärgert schüttelte sie den Kopf. Sofort flammte der stechende Schmerz hinter ihrer Stirn wieder auf. Sie fluchte leise und machte sich im Bad fertig. Es würde gut werden. Sie brauchte nur Zeit. Vielleicht auch einen One-Night-Stand. Vielleicht sollte sie etwas mit einem anderen Mann anfangen, um Hayato zu vergessen. Aber nicht heute.

Kiara griff nach ihrer Tasche, setzte die Sonnenbrille auf und fuhr mit dem Aufzug hinunter. Sie holte aus blinder Gewohnheit ihre Post aus dem hausinternen Fach und erstarrte, als sie einen Umschlag von Frau Osawa fand. Sie hatte nicht darüber nachdenken wollen, wie die Frau reagieren würde, nachdem sie Kiara und Hayato nackt auf dem

Teppich gesehen hatte. Mit flauem Magen lehnte Kiara sich an die Wand und riss den Umschlag auf. Japanische Schriftzeichen sahen so hübsch aus. Man traute ihnen einfach nicht zu, dass sie Hundsgemeines erzählen konnten. Einen kurzen Moment verschwamm die Schrift vor ihren Augen. Sie wankte zum Aufzug zurück.

Was hatte sie erwartet? Die Frau war alt und konservativ. Es war ihr gutes Recht, nicht mit Kiaras Lebenswandel übereinzustimmen. Kiara stimmte ja darin im Moment selbst nicht mit sich überein. Natürlich konnte sie die Aufforderung ignorieren. Die Gesetzeslage war nicht ganz so streng. Aber wollte sie das? Wollte sie nichts als Ärger? Und wollte sie Frau Osawa überhaupt noch in die Augen sehen müssen?

Sie fuhr wieder nach oben. In der Wohnung trank sie ein Glas Wasser, ehe sie zum Telefon ging. Sie musste mit jemandem reden. Wenn sie das in sich hineinfraß, würde sie wahnsinnig werden. Zögernd wählte sie die Nummer.

Eine verschlafene Stimme meldete sich.

»Sakaida Kazuya.«

»Kazuya? Hier ist Kiara … ich … es ist etwas Furchtbares passiert.« Kiara wusste nicht recht, wie sie anfangen sollte. Schließlich ließ sie die Worte einfach herausströmen. »Es tut mir leid, dass ich dich geweckt habe, aber ich muss unbedingt mit jemandem reden. Bitte.«

»Kiara …«, Kazuya klang schon wacher. »Sorry, dass ich mich gestern nicht verabschiedet habe, du warst …«

»Kazuya, ich habe mit Hayato geschlafen!«

»Äh … ja. Gut.«

»Nein! Es ist nicht gut! Überhaupt nicht! Ich bin aus meiner Wohnung geflogen! Meine Vermieterin hat mir gekündigt!«

Kazuya hustete. »Du bist aus deiner Wohnung geflogen, weil du mit Hayato geschlafen hast? Was zur Hölle habt ihr da …? Ich meine …« Er brach verwirrt ab. »Entschuldige, was ist passiert?«

Kiara brachte stockend hervor, was geschehen war. »Und jetzt hat Frau Osawa mir eine Kündigung geschrieben, und ich brauche eine neue Wohnung. Dabei ist es so schwer, was in dieser Gegend zu finden, wenn man sich nicht totzahlen will und …« Plötzlich musste Kiara wieder weinen. Sie hasste sich dafür. Was war nur mit ihr los? Wurde sie jetzt zur Theatralikerin? Sie war immer stolz darauf gewesen, keine von diesen Klischeeschauspielerinnen zu sein, die bei der kleinsten Regiekritik zusammenbrachen. Aber jetzt war sie übermüdet, völlig überdreht.

»Tut mir leid«, brachte sie hervor.

Kazuya klang ernsthaft beunruhigt. So kannte er sie nicht. »Hör zu, Kleines, ich bin spätestens in einer Stunde da. Ich gönn mir nur noch einen Kaffee. Sei so gut und geh einfach wieder ins Bett. Tu jedenfalls nichts Blödes. Wenn du sofort aus deiner Wohnung raus möchtest, kannst du gerne ein paar Tage bei uns schlafen. Jessi hat sicher nichts dagegen.«

Kiara schniefte. »Das ist vielleicht das Beste. Ich tue schon nichts Blödes, ich bin bloß so unglaublich sauer auf mich selbst. Hayato ist doch gar nicht mein Typ!«

Kazuya seufzte. »Dafür trete ich ihm in die Eier.«

Kiara schniefte. »Was hast du gesagt?«

»Ach nichts. Bis später. Ruh dich aus.«

Kiara nickte, obwohl er das ja nicht sehen konnte, und legte auf. Eigentlich wäre es ihr lieber gewesen, mit Jessi zu sprechen, doch letztlich war Kazuya der Verständnisvollere von den beiden. Sie seufzte. Zeit, die Trümmer aufzuräumen, die Hayato hinterlassen hatte.

Sie wollte gerade nach der Zeitung vom Vortag greifen – vielleicht war ja eine preiswerte Wohnung in der Nähe ausgeschrieben –, als das Telefon klingelte. Ob Kazuya doch nicht kommen konnte? Oder war es ihre Vermieterin? Steif hob Kiara den Hörer ab.

»Evers, Kiara.«

»Hi, wie geht's dir?«

Kiaras Hand zitterte. Sie starrte wütend darauf. Ihr Gehirn versuchte noch, das Gehörte einzuordnen, während ihr Magen einen freudigen Satz machte.

»Hayato?«

»Ja, klar. Hab doch gesagt, ich ruf an.«

Kiara fuhr sich haltsuchend durch die Haare. Wollte er doch etwas von ihr? Ihr Instinkt warnte sie, und bisher war es immer gut gewesen, auf ihn zu hören. Hayato konnte ihr nicht das geben, was sie sich von ihm wünschte.

»Ich habe nicht damit gerechnet.«

»Hat deine Vermieterin noch Ärger gemacht?«

»Ja.« Kiara seufzte. »Das hat sie, leider.«

6

Was mag das bedeuten, dass mein Lager mir so hart scheint und dass meine Decke auf dem Bett nicht halten will?

Das rote brokatbezogene Sofa fühlte sich fremd unter ihm an. Er konnte es nicht genau begründen, aber es kam ihm so vor, als sei alles um ihn her eine Lüge. Die teuren Möbel, die weiße Leinwand, auf die der Beamer zielte. Vielleicht weil alles nach abgestandenem Rauch roch, nach schaler Asche. Er hatte keinen Schlaf gefunden in dieser Nacht, hatte durchgemacht und wollte nicht wissen, warum.

Hayato wollte auch nicht wissen, warum er Kiara anrief. Eigentlich hatte er es nicht vorgehabt. Die Wette war verblasst neben dem, was er bekommen hatte. Diese eine Nacht mit ihr war gut gewesen, ein Kronjuwel, einmalig. Vielleicht war diese Nacht es wert, nackt auf Jessis Party zu singen. Falls Jessi sich überhaupt noch an die Wette erinnerte und darauf bestand. Er brauchte Kiara nicht länger zu belästigen. Was er wollte, hatte er erhalten. Warum fühlte er keinen Sieg? Mit solchen Gedanken hatte er sich herumgeschlagen, bis Shouta nach Hause kam. Sein Mitbewohner hatte einen ziemlich abgedrehten Film von Liz und Mia gemacht, den er sich noch mit dem Freund angesehen hatte. Aber er war nicht bei der Sache gewesen. Am Morgen war er hinunter zum Meer gegangen, hatte hinausgestarrt auf diese quecksilberne Urgewalt und versucht, an gar nichts zu denken. Das konnte er ziemlich gut. Und jetzt rief er sie an, hörte ihre angespannte Stimme. Warum seine Finger ihre Nummer wählten – seine Hände und Augen sie herausgesucht hatten? Ein Dämon musste in ihn gefahren sein. Mit wachsender Unruhe hörte er zu, wie sie von der Kündigung ihres Mietvertrages erzählte und von der Bitte der alten Frau, Kiara möge sofort ihr Haus verlassen. Kaum hatte sie geendet, sprach er auch schon, ohne nachzudenken.

»Du kannst bei mir wohnen.« *Was?!*

»Was?« Kiara schwieg kurz. »Wie kommst du auf die Idee, dass ich bei dir wohnen möchte?!«

Ja, genau. Wie kann ich nur so einen Schwachsinn reden? Seinem Mitbewohner wäre das sicher nicht recht. Es war zwar seine Wohnung, aber Shouta einfach zu übergehen wäre mehr als unhöflich.

»Na ja ... Unter Brücken schlafen ist ziemlich unangenehm.« *Aua. Sag doch was Nettes.*

»Keine Sorge, ich werde vorläufig zu Jessi gehen. Ich bin schon beim Packen.«

»Soll ich rüberkommen und dir helfen?« *Hallo?* Er hatte einen Presse-Termin und eine Verabredung! Verärgert schlug er sich mit der flachen Hand an den Kopf. Warum musste er ausgerechnet jetzt anfangen, ein Gewissen zu entwickeln? Sein Leben war perfekt.

Kiara klang ungeduldig. »Lieber nicht.«

»Ich könnte einen Transporter organisieren ...« *Und woher?*

Es entstand eine unangenehme Pause. Kiara war es, die sie brach.

»Liebst du mich?« Ihre Stimme klang fest, und doch lag darin ein Ton, als würde sie ihn fragen, wie seine Mutter gestorben sei, und ob sie sehr leiden musste.

»Willst du mich etwa heiraten?«, scherzte er leichthin.

»Wohl kaum. Ich will nur wissen, woran ich bin.«

»Kiara ... der Sex mit dir war richtig gut.«

»Ich hab's verstanden. Stirb einfach.«

»Was hast du gerade gesagt?« Hayato war es nicht gewohnt, so behandelt zu werden. Er fühlte sich beleidigt.

»Kapierst du das nicht? Ich will dich nie wiedersehen! Du bringst mein ganzes Leben durcheinander!«

»Du bist ein wenig verärgert.«

Kiara schnaubte. »Es ist nett, dass du angerufen hast, und jetzt geh wieder zu deinen minderjährigen Fans.«

»Wie wäre es mit Abendessen? Wir könnten ins Chichibu Nishiki ...« Die Verbindung war weg. »Hallo? Freya?«

Verflucht. Hayato warf das Telefon von sich. Es schlug klatschend an die Wand und fiel dann auf den Parkettboden. Zu seinem Ärger brach es nicht einmal auseinander. Das hätte ihm zumindest ein Gefühl von Macht gegeben. Verdammte moderne Technik.

Hayato schloss die Augen. Was war nur in ihn gefahren? Der Sex mit Kiara konnte es ja wohl nicht gewesen sein. Sicher, es war schön gewesen, aufregend, all das, aber nichts, was man nicht woanders bekommen konnte. Warum redete er am Telefon so einen Schwachsinn? Warum schmerzte der Gedanke, sie heute nicht sehen zu können? So einfach würde er nicht aufgeben. Neue Situationen erforderten neue Wege, jawohl. Er würde zum Ausnahmemittel greifen: der Entschuldigung. Freya musste ihm einfach vergeben.

Es tat gut, Kazuya und Takeo zu sehen. Beide halfen ihr, ihre wichtigsten Sachen mitzunehmen. Kazuya trug den Käfig von Corinna wie einen heiligen Schatz. Das Zwergkaninchen verkroch sich in seiner Hütte und kam nicht heraus.

Kiaras Gesicht war gerötet und verschwollen, aber sie senkte den Kopf nicht, als sie zwischen den Männern lief. Sie trug ihre Sonnenbrille. Ihr Magen war nach wie vor eine offene Wunde.

Nach einer langen, schweigsamen Fahrt, bei der Kiara wieder übel wurde, kamen sie endlich nach Shanaya. Kiara hatte ganz vergessen, wie prächtig und weitläufig hier alles war, welch verschwenderischer Luxus hier herrschte. Plötzlich fühlte sie sich schlecht, so, als wollte sie Kazuya und Jessi nur ausnutzen. Woher nahm sie sich das Recht, bei diesen Leuten Asyl zu suchen? Sie kannte die beiden doch kaum, hatte sich in den letzten Monaten nicht um sie gekümmert. Als sie auf dem Parkplatz ausstiegen, blieb sie zögernd stehen. Kazuya musste ihr ansehen, was sie fühlte, denn er drehte sich impulsiv herum und legte seine Hände auf ihre Schultern. Sein gutmütiges Gesicht machte es ihr schwer, dem Blick seines sichtbaren Auges standzuhalten. Seine Stimme war leise und eindringlich.

»Fang jetzt nicht an, mich mit deinem Stolz zu ärgern, Kiara. Wir sind Freunde. Du bist hier willkommen.«

Takeo sagte gar nichts – langsam fragte Kiara sich, ob der große, gutaussehende Mann überhaupt sprechen konnte. Vielleicht hatte er einen Sprachfehler, lispelte oder stotterte und sprach deshalb nicht.

»Ich … ich mache euch doch nur Unannehmlichkeiten …«

»Du kannst gerne ein paar Tage bleiben. Du brauchst jetzt erstmal Ruhe.« Er schwieg kurz. »Kiara, wir sind hier so etwas wie eine Familie. Vielleicht, weil es bei uns allen mit den eigenen Familien nicht gut geklappt hat. Jeder von uns weiß, wie es sich anfühlt, in der Scheiße zu sitzen. Und dir macht keiner einen Vorwurf. Du bist mein Gast, und du bleibst, bis es dir wieder besser geht, verstanden?«

Kiara nickte langsam. »Danke.«

Kazuya griff nach einer ihrer Taschen, die Takeo bereits aus dem Kofferraum ausgeladen hatte. »Komm.«

Er führte sie über den Sandweg zu seiner Wohnung. Zuvorkommend öffnete er ihr die Tür.

»Es sieht ein wenig chaotisch aus. Ich räume gleich noch auf.«

Die Wohnung sah in der Tat chaotisch aus, aber nicht chaotischer als Kiaras eigene. Kazuya sammelte einen herumliegenden Trainingsanzug von einem Stuhl ein und räumte ein paar Zeitschriften weg. Es gab einen Wohnraum mit Kochplatten und einer Tischgruppe und einen Raum zum Schlafen. Der Schlafraum war mit Tatamimatten ausgelegt. Dort konnte man traditionell an einem niedrigen schwarzlackierten Holztisch auf dem Boden sitzen. An der Breitseite der Wand hing ein silbernes Katana. Alles in allem war die Wohnung schlicht, aber sorgfältig eingerichtet. Die Regale verbargen sich hinter Papierschiebetüren. Es gab ein eigenes Badezimmer, und die beiden anderen Räume waren ungewöhnlich groß. Eine Wohnung, in der man sich wohlfühlen konnte. Ein Stich durchfuhr sie. Sie hatte ihre Wohnung verloren.

»Das Bett kannst du hier aus der Wand ziehen.«

Kiara nickte verwirrt. Sollte sie mit Kazuya in dem schmalen Bett schlafen?

»Ich werde die nächsten Tage nebenan bei Takeo übernachten.«

»Das kann ich nicht annehmen«, meinte Kiara sofort.

Kazuya grinste. »Falls du zwischen uns liegen möchtest, sag Bescheid.«

Kiara sah ihn böse an. »Du weißt, wie ich das meine.«

Kazuya hob die Schultern. »Es macht mir nichts aus. Und Takeo braucht ein wenig Gesellschaft, jetzt, wo seine Laura in Deutschland ist. Er weint sich jede Nacht in den Schlaf.«

Takeos Blick sprach anderes. »Sei nicht zu vorlaut, wenn du kein Gras fressen willst«, brummte er ungesellig. Anscheinend fehlte Jessis Schwester ihm wirklich.

Kiara fühlte eine große Schwäche. Am liebsten hätte sie sich hingesetzt.

Kazuya ging hinaus und holte den Käfig mit ihrem Kaninchen, während Takeo die letzten beiden Taschen in die Wohnung brachte. Kiara hatte nicht alles mitgenommen. Zuerst musste sie eine neue Wohnung finden, dann konnte sie den Umzug planen. Noch hatte sie Kündigungsfrist.

Takeo machte ihnen einen Kaffee, inzwischen räumte Kazuya die Wohnung notdürftig auf und bezog das Bett neu.

Sie tranken den Kaffee schweigend. Kiara kam sich unwirklich vor. Noch gestern Abend hätte sie nicht im Traum daran gedacht, heute hier zu sitzen, auf dem Boden, Tatamimatten unter sich, und mit Kazuya und Takeo Kaffee zu trinken. Ihre Kopfschmerzen wurden nicht besser, und die Männer schienen ihr anzusehen, wie unwohl ihr war.

»Am besten, du schläfst noch eine Runde.« Kazuya nickte ihr aufmunternd zu. »Jessi ist einkaufen, aber wenn sie wieder da ist, sieht sie sicher nach dir. Wenn etwas ist, komm einfach ins Haupthaus. Die Tür ist offen.«

Als die beiden gegangen waren, beugte Kiara sich zu dem verwirrten Kaninchen hinunter, das sich in den neuen Räumlichkeiten umsah. »Da habe ich ja schönen Mist gebaut, was?«, flüsterte sie und streichelte beruhigend Corinnas weißes, samtenes Fell. Sie füllte das Wasser auf und fand im Kühlschrank tatsächlich ein wenig Salat, den sie ihr geben konnte.

Anschließend legte sie sich in ihren Kleidern hin. Sie war müde, leicht fiebrig. Die Hitze des Nachmittags war unangenehm. Sie musste an Hayato denken, an seine Stimme, seine Lieder. Immer wieder ging ihr der Satz durch den Kopf: »Weißer Engel an dem Kreuze, dessen Flügel ich zerriss.« Es dauerte lange, bis sie in einen unruhigen Schlaf fiel.

»Was ist los?« Shouta trat frisch geduscht in das geräumige Wohn- und Aufenthaltszimmer, das schon mehr als eine Party gesehen hatte.

Dass mit Hayato etwas nicht stimmte, erfasste er mit einem Blick. Es waren nicht die tiefen Augenringe und das müde Gesicht, die ihn darauf aufmerksam machten. Hayato machte hin und wieder eine Nacht durch. Er feierte gerne. Es war die Tatsache, dass Hayato einen schwarzen Jogginganzug trug, der noch dazu völlig verschwitzt war. Ein Anzeichen höchster Not. Hayato legte viel Wert auf sein Äußeres. Er duschte an manchen Tagen mehrmals.

»Was soll schon sein?« Hayato zerbröselte eine Zigarette zwischen seinen langen Fingern. Er lümmelte haltungslos auf dem Brokatsofa herum, als habe er das Wort Körperspannung noch nie gehört. Seine langen Haare waren strähnig und ungekämmt.

»Sieh dich doch an.« Shouta zog sich einen der beiden Sessel heran und ließ sich, eingewickelt in sein Handtuch, darauf plumpsen. Er musterte Hayato misstrauisch.

»Hat es was mit dieser Deutschen zu tun?«

»Freya?« Hayato kratzte sich am Kopf. »Vermutlich nicht.«

»Heißt sie nicht Kiara?«

Hayato seufzte. »Ich habe mit ihr geschlafen.«

»Glückwunsch.« Shouta fühlte soliden Neid. Wie hatte Hayato das nur wieder hinbekommen? Wie gerne hätte er selbst diesen perfekten, unverbrauchten Körper unter sich gespürt.

Hayato sah auf. »Es war zu einfach. Ich habe mit Jessi gewettet, dass ich es schaffe, und ich habe es geschafft. Sie warmzuhalten und mit zu dieser Party zu nehmen, dürfte nicht allzu schwierig sein. Ich meine … ich fühle keinen Triumph mehr.«

»Du meinst, es war nicht herausfordernd genug?« Shouta

grinste. Ihm kam ein ziemlich übler Gedanke, aber einer, der seinen Plänen entsprach. Er wollte Kiara beim Sex beobachten, so wie sie es bei ihm getan hatte. Das war nur recht und billig.

Hayato starrte zu der Tasse mit dem kalten Kaffee hinüber. »Das war es wohl nicht.«

Shouta beugte sich zu ihm vor. »Und wie wäre es, wenn du zur Abwechslung mal einen Film drehst? Du kennst meine Sammlung. Wenn du es schaffst, mir einen Film zu bringen, in dem Kiara die Hauptrolle spielt, dann kannst du dir ein paar neue Felgen für deinen Wagen aussuchen.«

Hayato sah auf. »Du bist irre, Shouta. Weißt du, was Felgen für meinen Wagen kosten?«

Shouta lehnte sich zurück und verschränkte die Arme vor der Brust. »Der Film sollte nicht zu kurz sein. Und er sollte nicht von schlechterer Qualität sein als meine eigenen.«

»Wenn ich es schaffe, Kiara in Jessis Club zu verführen, wird das ohnehin aufgezeichnet. Natürlich könnte ich versuchen, dir davon heimlich eine Kopie für deine Sammlung zu machen, aber ... das ist ein bisschen ...« Hayato suchte nach dem Wort, »... böse.«

Shouta grinste. »Du liebst sie nicht, oder? Von daher kann es dir egal sein. Und sie wird es nie erfahren. Diese Filme sind wie Beutestücke. Ein nettes Andenken an die Jagd.«

Hayato schüttelte leicht den Kopf. »Ich weiß nicht. Jessi passt gut auf die Filme auf. Alles andere wäre ein grober Vertrauensbruch, und dazu ist sie zu sehr Profi. Freiwillig wird sie mir den Film nicht geben. Sie ist ohnehin nur auf diese Wette eingegangen, weil sie völlig betrunken war.«

»Ist es dir zu schwierig? Natürlich müsstest du mir ein paar neue Felgen besorgen, falls du scheiterst.«

Einen Moment zögerte Hayato noch, dann setzte er sich aufrecht hin. Der alte Glanz kehrte in seine Augen zurück. Er strich sich den Zopf hinters Ohr. »Wie lang soll dieser Film sein?«

»Mindestens zwanzig Minuten.«

»Sagen wir dreißig.«

Shouta grinste. Das war der Hayato, den er kannte. »Gut. Und jetzt geh duschen und zieh dir was Ordentliches an. Wir haben nur noch eine halbe Stunde bis zum Pressetermin.«

Hayato stand langsam auf. Einen Moment lang war sein Blick kraftlos; auf eine seltsame Art und Weise verloren. Shoutas Augenbrauen zogen sich zusammen. Wenn er es nicht besser wüsste, würde er vermuten, Hayato ging auf diese Wette nur ein, damit er sich weiter mit Kiara beschäftigen konnte. Ob sein Freund doch mehr für die silberhaarige Deutsche fühlte? Ihm konnte es gleich sein. Hauptsache, er bekam, was er wollte.

Als Kiara erwachte, wurde es bereits dämmrig. Die schwüle Hitze des Tages war gewichen und machte Raum für die Kühle der Nacht.

Sie fühlte sich deutlich besser, auch wenn sie immer noch keinen Hunger spürte. Sie kämmte sich flüchtig, sah nach Corinna und wollte hinüber ins Haupthaus gehen. Jessi war sicher längst zurück. Vermutlich hatte die Freundin sie nicht wecken wollen.

Es hatte geregnet. Die warme Erde dampfte noch, ein Nebelschleier hing tief über dem Boden. Sie hörte die zirpenden Rufe der Singzikaden.

Als sie zum Haupteingang laufen wollte, fiel ihr Blick auf den zauberhaften Garten, der sich neben ihr erstreckte. Sie blieb stehen und sah hinüber. Die Abendsonne tauchte die

Spitzen der Bäume in Rot und Gold. Alle Farben waren warm und weich, lockten sie zu sich. Es roch süßlich nach den weißen Rosen, die bereits zum zweiten Mal in diesem Jahr erblüht waren. Die Kamelien und Azaleen waren schon lange verwelkt, und doch glaubte Kiara, auch sie riechen zu können. Sie ging den Steinweg entlang. Vereinzelte Platten lagen im dunklen Chinagras wie zufällig fallengelassen. Bambus wuchs ein Stück neben ihnen. Irgendwo über ihr rief ein unbekannter Vogel. Sie folgte dem Pfad am Haupthaus vorbei und erreichte ein kleines Teehaus. Eine steinerne Laterne stand nahe beim Eingang. Ein Pfau döste träge an ihrem Sockel, sein Rad lag ausgebreitet auf den Steinen. Nicht weit vom Teehaus entfernt sah sie Fackellicht zwischen den Bäumen.

Der Schein zog sie an, machte sie neugierig. Sie war noch nie in diesem Garten gewesen. Er erschien ihr in diesem Moment wie ein Zauberreich voller Feen und Gnome. Sie grinste. Sie hatte zu viel Phantasie. Und doch. Auch wenn sie sich innerlich darüber lustig machte, konnte sie das Gefühl von Zauber nicht abstreifen. Der leichte Nebel tat sein Übriges dazu. Als würde eine unhörbare Stimme sie zu sich rufen, verließ sie den Weg und trat neben einen der Kirschbäume. Flackerndes Licht erhellte ihn. Fünf Fackeln steckten in großen hellen Kübeln und beleuchteten ein riesiges weißes Netz, das wie ein schützendes Zelt kunstvoll drapiert von den Ästen der Bäume hing und Stechmücken aussperrte. Hinter den feinen Maschen bewegten sich zwei Körper, der eines Mannes und der einer Frau. Fasziniert sah Kiara dem Licht- und Schattenspiel zu. Das Netz verfremdete die nackten Körper, machte sie zu Schemen zwischen den Fackeln. Ein Körper lag am Boden. Es war der des Mannes. Auf ihm saß eine Frau, deren Oberkörper sich anmutig hob und senkte. Sie drückte sich aus den Knien ab und hob ihr Becken an, nur um es langsam wieder sinken zu lassen. Atemlos starrte Kiara hinüber. Wer war das dort in diesem Netz? Die langen schwarzen Haare der Frau hingen bis zu ihren Hüften. Es musste Yukiko sein, die zierliche Freundin von Kazuya. Jetzt sah Kiara auch ihr Profil, die gerade Nase und die vollen Lippen. Sie hörte ein leises Lachen, als Yukiko sich ein Stück zurückzog und sich tief zu dem Mann hinabbeugte. Ihr Kopf verharrte zwischen seinen Beinen. Er stöhnte unter ihren Liebkosungen.

Kiara trat noch näher heran, fasziniert und verunsichert zugleich. Yukikos Bewegungen waren geschmeidig. Ihre Hände schienen in nie endenden Kreisen ihre Bahnen auf seinen Oberschenkeln zu ziehen. Kiara konnte den Ansatz vom Glied des Mannes erkennen, der sichtbar wurde, wenn Kiko ihren Kopf zurückzog. Sie versuchte, mehr zu erkennen. Der Mann trug ein dünnes schwarzes Band um die Augen – ein Tuch. Yukiko musste es ihm umgebunden haben. Er konnte sie nicht entdecken. Kiara kam noch ein Stück näher und teilte zwei der dünnen Schleier, um besser sehen zu können. Yukikos Bewegungen faszinierten sie. Sie waren weich und sinnlich, voll Freude. Die Flammen warfen zuckende Muster auf ihren hellen, nackten Körper. Ihre Haut wirkte, als sei sie mit Öl eingerieben worden. Sie leckte den Mann voller Hingabe, und sein Stöhnen bewies, wie gut ihm das tat.

Kiara presste sich an den Ahornbaum und spürte überrascht, wie ihre Hand plötzlich zwischen ihren Beinen lag.

Yukiko begann zu stöhnen, leise, aber sehr lustvoll. Kiara schauderte bei dem Klang ihrer Stimme. Sie fühlte das warme Pulsieren in sich. Verlangen. Ob sie auch nur ansatzweise in Hayato das ausgelöst hatte, was Yukiko bei ihr auslöste? Ihr Erlebnis mit ihm war schmerzhaft nah. Sie glaubte den Teppich unter ihrem Rücken zu spüren und nicht das harte Holz des Baumes.

Yukiko löste sich von dem Mann und setzte sich rittlings auf ihn. Ihr Gesicht war von Kiara abgewandt. Der Mann mit dem Tuch um die Augen hob seine Hände und legte sie um Kikos Pobacken. Er stieß mit beiden Daumen vor, griff in ihre Rosette. Kiara schluckte. Yukiko schien es weder zu stören noch weh zu tun. Sie ritt weiter, blieb in einem unhörbaren Takt und stöhnte dabei verlangend.

Kiaras Finger bewegten sich. Ihre Müdigkeit wich endgültig. Es war erregend, hier zu stehen und Yukiko zuzusehen. Sie schämte sich, aber gehen wollte sie nicht. Sie war von Kikos Zauber gefangen. Unsichtbare Bänder hielten sie, und je feuchter sie wurde, desto heftiger war ihr Wunsch, einmal so zu sein wie Yukiko. Völlig losgelöst, tabulos, frei von allem. Es gab zwischen diesen beiden Menschen keine Zweifel oder Bedenken. Nur Sex.

Kiaras Zeigefinger bewegte sich auf ihrer Klitoris. Sie lehnte sich ganz an den Baum, sah zu, wie der Schwanz des Fremden völlig in Yukiko verschwand, während seine Daumen noch immer in ihr waren und sich tiefer vorarbeiteten. Ihm schien dieses Eindringen zu gefallen, sein Stöhnen wurde lauter und heftiger.

Den Blick unverwandt auf die beiden gerichtet, fühlte Kiara ihre eigene Lust. Hayato hatte etwas in ihr geweckt, das lange geruht hatte. Aber jetzt wollte es hinaus. Sie bewegte ihren Finger schneller, spürte, wie hart ihre Brustwarzen gegen den dünnen Stoff des Shirts drückten. Sie wollte nicht mehr an Hayato denken. Wollte nur ihre Lust fühlen, die sie so lange vernachlässigt hatte.

Der Mann unter Yukiko wurde lauter. Seine Daumen waren ganz in ihr verschwunden, und er schien sie auseinanderzudrücken, denn Yukiko reagierte mit einem Stöhnen, das tiefer und schmerzvoller klang, aber nicht weniger lustvoll.

Kiara spürte, wie ihre Geilheit zunahm. Die kleinen Kreise

ihres Fingers wurden immer schneller, der Druck intensiver. In ihrem Inneren zuckte es ungeduldig. Sie fühlte, wie ihr Orgasmus schnell und heftig näher kam. Die plötzliche Feuchte zwischen ihren Beinen erregte sie zusätzlich. Sie presste ihren Rücken hart gegen die Baumrinde, drückte die Füße fest in den Boden. Ihre Beine zitterten, als sie es nicht mehr aushielt und kam. Ihr Körper verging in ihrer Lust. Sie hielt den Mund fest geschlossen, doch ein leises nasales Stöhnen entwich ihr. Erstarrt blieb sie stehen und hoffte, dass die beiden sie nicht gehört hatten.

Eine Weile bewegte Yukiko sich weiter auf dem Fremden, dann lösten die beiden Körper sich voneinander. Yukiko stand auf. Kiara hörte ihre unbeschwerte Stimme.

»Bleib liegen und warte einen Moment auf mich.«

Die schöne Schwarzhaarige zog einen weißen Umhang über ihre Schultern und kam aus dem Netz heraus, direkt auf Kiara zu.

Ehe die hochrote Kiara etwas sagen konnte, fasste Yukiko sie ruhig, aber bestimmt am Handgelenk und zog sie mit sich zum Teehaus, zur Steinlaterne. Der Pfau sah entrüstet auf und stolzierte davon.

»Kiara, es mag dir fremd erscheinen, aber ich arbeite hier. Und in die Fiktion meines Klienten gehört kein spannender silberhaariger Engel.« Sie lächelte, was ihren Worten ein wenig die Schärfe nahm.

Kiara spürte die Hitze in ihren Wangen. »Entschuldige, es war ...« Sie fand nicht die richtigen Worte.

»Abends ist der Club zurzeit gut besucht, es wäre besser, wenn du deine Spaziergänge tagsüber machst«, erklärte Yukiko freundlicher. »Es sei denn, du möchtest dir etwas dazuverdienen und bist bereit, dich einzubringen.«

Kiara schüttelte hastig den Kopf. »Ich glaube nicht, dass ich das könnte.«

Yukiko musterte sie von oben bis unten. Kiara hatte das Gefühl, dass die Dämmerung nichts vor Yukikos durchdringendem Blick verbergen konnte. Die Stimme der Japanerin hatte etwas Mystisches. Unweigerlich musste Kiara an ein griechisches Orakel denken.

»Es tut mir leid, was dir mit Hayato passiert ist. Du kannst gerne hier in Shanaya bleiben. Es gibt eben nur ein paar Regeln, an die du dich halten musst.«

Kiara ärgerte sich ein wenig darüber, dass Kazuya und Takeo ihr Missgeschick weitererzählt hatten, aber andererseits mussten sie ihren Mitbewohnern ja irgendetwas sagen.

»Danke. Ich werde schon darüber hinwegkommen«, murmelte sie undeutlich.

Yukikos Zähne blitzen erneut in der Dunkelheit auf, als sie lächelte. Dieses Mal musste Kiara an ein Raubtier denken.

»Vielleicht gibst du zu schnell auf. Was Hayato betrifft, hast du alles zu gewinnen und nichts zu verlieren.«

»Ich habe meine Wohnung verloren«, flüsterte Kiara düster.

Yukiko machte eine weiche Geste mit der Hand. »Du wirst eine bessere finden. Und jetzt entschuldige mich. Ich habe zu tun.«

Kiara sah zu, wie sie zu ihrem Kunden zurückging.

Sie lief ins Haupthaus hinüber und brauchte eine Weile, um sich zurechtzufinden. Kiara nutzte die Zeit, das Innere der Villa zu bestaunen. Die Tür war offen, in der Eingangshalle brannte Licht. Trotz des Pagodendaches war die Inneneinrichtung eher historisch französisch als japanisch. Weiße Blumentöpfe säumten ihren Weg. In ihnen wuchsen blühende Azaleen. Zwischen den roséfarbenen Blütenbäumchen standen Repliken klassischer französischer Statuen. Mit Erstaunen betrachtete Kiara das Rokokobild an der Decke – ein Mädchen in weiten Kleidern schwang auf einer Schaukel.

Kiara folgte ihrer Nase – es roch nach gebratenen Frühlingszwiebeln und Reis – und fand so die geräumige Küche. Auch sie war luxuriös eingerichtet. Den Hauptplatz nahm ein silberner Esstisch ein, an dem sechs Leute gut sitzen konnten. Die restlichen Möbel waren ebenfalls silbern oder weiß. Sie waren genau an den Raum angepasst worden und gaben der Küche ein modernes Aussehen, das sich stark von dem Flair der Eingangshalle unterschied.

Kazuya stand am Herd und würzte Hähnchengeschnetzeltes.

»Hi«, meinte Kiara schüchtern. »Ich hab wohl ziemlich lange geschlafen.«

Er lächelte. »Ja, hast du. Aber ich habe deinen Gast trotzdem im Wohnzimmer warten lassen.«

»Meinen Gast?« Kiara war verwirrt. Es wusste doch niemand, dass sie hier war, außer … »Nein«, stöhnte sie auf.

Kazuya nahm das Huhn vom Herd und wandte sich ihr ganz zu. »Er sitzt jetzt seit anderthalb Stunden dort.«

»Schön.« Kiara fand es nur gerecht, wenn Hayato auch ein wenig litt. Immerhin war er mit dafür verantwortlich, dass sie ihre Wohnung verloren hatte. Sie sah an sich herab. Vielleicht sollte sie erst duschen gehen und …

Hallo? Die Stimme ihrer Vernunft meldete sich vehement. *Vergiss ihn. Du musst dich nicht für ihn hübsch machen, du musst mit dem Kapitel abschließen. Für ihn bist du nur eine größere Version von Barbie! Und jetzt geh in dieses Zimmer und jag ihn zum Teufel!*

Kiara drehte sich abrupt um und schritt zügig vor die Tür. Dort blieb sie dann doch auf dem weichen Flurteppich stehen. »Wo war noch mal das Wohnzimmer?«

»Zweite Tür links«, sagte Kazuya.

Kiara ging erneut los, doch mit jedem Schritt wurde sie kraftloser. Sie wollte ihn sehen und wollte ihn nicht sehen.

Warum war er hier? Liebte er sie doch? Nein, völlig ausgeschlossen.

Zögernd betrat sie das große Wohn- und Esszimmer mit der breiten Fensterfront vor der Terrasse. Sie spürte den harten Parkettboden unter ihren Füßen, der sich ganz anders anfühlte als der weiche Teppich im Flur. Die mehrere Meter lange Fensterfront war zum Teil verdeckt. Davor stand ein dreiteiliger Paravent mit einem kunstvollen japanischen Muster, der den Fernseher und eine Regalreihe verbarg. Zusammen mit der altertümlichen Essgruppe wirkte der Raum so, als sei er aus dem japanischen Mittelalter. Der Kamin mit der Couchecke bildete einen leichten Bruch. Kiara musste plötzlich eher an die asiatischen Räume denken, die sich europäische Herrscher in ihren Schlössern hergerichtet hatten.

Hayato saß auf einem der mit pastellgrüner Seide bespannten Couchteile. Vor ihm auf dem niedrigen Tisch stand ein riesiger Strauß weißer Rosen in einer mächtigen Kristallvase. Als Hayato sie eintreten sah, sprang er auf.

Er grinste. »Freya.«

Kiara blieb stehen und fühlte sich wie ein Reh, das aus dem Wald brach, um in eine Schrotflinte zu blicken. Was war nur los mit ihr? Sonst hatte sie immer einen coolen Spruch auf Lager. Sie schätzte ihre Schlagfertigkeit. Aber das, was sie nun in ihren Gehirnwindungen fand, war nicht gerade verbaler High Noon. Also sagte sie lieber gar nichts und starrte ihn nur an.

Hayato ging auf sie zu. »Hör zu, ich habe mich wie ein Arsch benommen. Es war mehr als ganz nett mit dir und … und ich will dich wiedersehen.«

Kiara starrte auf die unzähligen Rosenköpfe in der Vase, dann wieder in sein Gesicht.

Er zögerte kurz, dann sprach er weiter. »Vielleicht … vielleicht sollten wir es einfach versuchen. Mit einer Beziehung, meine ich.«

»Du meinst das ernst?«, brachte sie zweifelnd hervor. Eine leise Stimme in ihr warnte sie. Da war doch was faul. Irgendetwas passte hier nicht zusammen. Aber der Blick in seine Augen ließ ihre Stimme verstummen, als hätte es sie nie gegeben. Sie glaubte, Sehnsucht darin zu sehen, Verlangen und Liebe.

»Hier.« Hayato streckte ihr zwei Karten entgegen. Verwirrt sah Kiara darauf.

»Was ist das?«

»Karten für das Konzert am Wochenende. Du magst doch Gackt, oder?«

Jetzt war nicht nur die kleine Stimme in ihrem Kopf sprachlos. Sie mochte Gackt nicht, sie liebte Gackt. Seine Musik war einfach großartig, die Show und das Auftreten des Mannes unvergleichlich. Seit Monaten versuchte sie Karten für das Konzert in Tokio zu bekommen, aber die halbwegs bezahlbaren Karten waren schneller weg gewesen als frisches Gemüse auf dem Markt. Ihr Blick heftete sich auf die Eintrittskarten. Alles andere verblasste plötzlich.

»Woher hast du die? Ich habe sämtliche Vorverkaufsstellen abgeklappert und keine Karten bekommen.«

»Mein Agent hat mir welche besorgt. Ich wusste eigentlich gar nicht, ob ich überhaupt hingehen soll – und mit wem. Normalerweise singe ich lieber selbst, als anderen dabei zuzuhören.«

Kiara schüttelte den Kopf. Da zeigte sich wieder mal sein übergroßes Ego. Karten von Gackt haben und nicht hingehen! Wer war schon zu so etwas in der Lage?

Mit erhobener Hand hielt Hayato ihr die Karten entgegen. »Es tut mir wirklich leid. Nimm sie als Versöhnungsangebot.«

Kiara zögerte. Sie musste an Yukikos Worte denken. Was hatte sie eigentlich zu verlieren? Sie hatte bereits mit ihm geschlafen – ihr wurde heiß, als sie daran dachte.

Hayatos Blick war bittend. »Gib uns eine Chance. Was hast du zu verlieren?«

»Gut.« Kiara nahm die Karten. »Ich gehe mit dir zum Konzert. Und du könntest mir helfen, eine neue Wohnung zu finden.«

Hayato sah verdutzt aus. »Du meinst … so aus der Zeitung?«

»Ja. Oder bist du diese Woche zu beschäftigt?«

»Ich … nein.« Er schüttelte den Kopf. »Ich kann morgen Vormittag vorbeikommen, wenn du willst.«

Seine Stimme war ein wenig brüchig. Kiara bemerkte erst jetzt, wie erschöpft er aussah. Hatte er die letzte Nacht durchgemacht?

»In Ordnung.« Sie nickte zufrieden. »Dann sehen wir uns morgen.« Sie ging neben ihm her bis zum Parkplatz, auf dem sein Wagen stand. Auch ein verrücktes und unwirkliches Gefühl, neben ihm herzugehen. Erst letzte Nacht hatte sie gedacht, sie müsste ihn für immer aus ihrem Leben verbannen. Als er einstieg, lächelte er. Kiara musste sein Lächeln erwidern. Er sah trotz seiner Müdigkeit einfach unverschämt gut aus. »Bis morgen.«

Sie sah dem teuren Wagen nach, wie er über den Sandparkplatz zum großen Drachentor fuhr. Erst dann ging sie beschwingt und summend in die Küche zurück und erzählte Kazuya Wort für Wort, was Hayato ihr gesagt hatte.

Kazuya servierte ihr einen großen Porzellanteller mit Huhn und Reis. »Kiara, Kleines, ich will ja deine Laune nicht trüben, aber …« Kazuya setzte sich ihr gegenüber auf einen der Stühle. »Der Mann will dich kaufen.«

Beherzt nahm Kiara sich von dem Reis. Sie hatte plötzlich unglaublichen Hunger. »Er hat sich entschuldigt. Ich finde, ich habe die Karten verdient. Immerhin bin ich seinetwegen rausgeflogen.« *Und meinetwegen.* Wieder musste sie daran denken, wie sie mit Hayato …

Kazuya seufzte. »Hast du mir nicht erst vor ein paar Stunden am Telefon versichert, Hayato sei nicht dein Typ? Und jetzt willst du dich mit ihm einlassen?«

»Er will es doch auch.«

»Hayato ist nicht der Typ für eine Beziehung. Wahrscheinlich will er nur Sex. Seit ich ihn kenne, hatte er immer mehrere Frauen gleichzeitig, und ich glaube nicht, dass das was für dich ist. Er kann dich nur unglücklich machen.«

Ein hinterhältiges Grinsen legte sich auf Kiaras Gesicht. »Wer weiß. Vielleicht kann ich ihn bekehren.«

»Davon träumen alle Frauen. Aber es ist idiotisch, einen Menschen ändern zu wollen. Du müsstest ihn so lieben, wie er ist, und das schafft niemand außer er selbst.«

Kiara war nicht bereit, sich ihre gute Laune von Kazuya wieder nehmen zu lassen. Man musste es doch zumindest versuchen dürfen. Im schlimmsten Fall hatte sie eine nette Affäre mit einem unglücklichen Ende. Sicher, es konnte weh tun, wenn Hayato mit ihr brach. Aber das Risiko war sie bereit einzugehen. Warum nicht den Versuch wagen und vielleicht alles gewinnen?

»Viel mehr habe ich nicht zu verlieren«, meinte sie fröhlich.

Kazuya schüttelte zweifelnd den Kopf, aber er sagte nichts mehr.

7

Komm, Lorbeer des Triumphs, umkränze meine Schläfen! Der Sieg ist mein!

»Laura?« Takeo umklammerte den Hörer. Die Verbindung war so klar, als stünde Laura direkt neben ihm. Aber sie war weit fort. In Deutschland. Und er hatte schlechte Neuigkeiten.

»Takeo!«

Sie klang fröhlich. Es tat so gut, ihre Stimme zu hören. Takeo schluckte. Er redete nicht gerne um den heißen Brei herum.

»Jessi will nicht, dass ich zu dir nach Deutschland fliege. Sie hat keine Vertretung für den Empfang gefunden und erstickt in Arbeit. Irgendjemand muss ihr beim Einkaufen helfen, und die neuen Duschen …«

»Bestell meiner Schwester einen schönen Gruß und sag ihr, du hast den Urlaub ordnungsgemäß eingereicht. Es ist ihr Problem, wie sie ohne dich auskommt. Ich brauche dich mehr.«

»Laura …«, Takeo fragte sich manchmal, worauf er sich da eingelassen hatte. Nachdem er Laura ein wenig aus der Reserve gelockt hatte, war sie immer selbstsicherer geworden. Manchmal war sie in ihrem Auftreten kaum noch von Jessi zu unterscheiden. Aber die Zwillinge unterschieden sich dennoch. Takeo musste ihr nur ins Gesicht sehen, in die Augen und auf den Mund, der diese weiche, sinnliche Linie hatte, als würde Laura immerzu lächeln. »Ich möchte ja auch nach Deutschland. Ich will dich wiedersehen, und deine Familie möchte ich auch unbedingt kennenlernen. Aber wenn wir keine Vertretung finden, dreht Jessi durch.«

»Du hast noch sechs Tage. Finde jemanden.«

Takeo wurde langsam sauer. »Es ist ja nicht so, dass man da jeden nehmen könnte. Schließlich ist nicht alles, was auf dem Traumanwesen deiner Schwester geschieht, für die Öffentlichkeit geeignet. Und gerade in letzter Zeit versuchen sich ständig irgendwelche Reporter hier reinzuschleichen.«

Laura lachte. »Ihr könnt ja Sakuras neue Schlange auf sie hetzen. Hat sich Zuya eigentlich wieder beruhigt?«

»Er hält Jessi so einiges vor, weil sie Sakura mal wieder unterstützt. Die Schlange soll in das griechische Zimmer, in ein Terrarium ...«

»Sorry, Darling, aber Tante Kitty hat das Frühstück fertig. Ich ruf dich wieder an. Und komm bitte nach Deutschland. Wenn ich noch volle sechs Wochen warten muss, drehe ich durch. Ich will dir doch auch unsere Familie vorstellen. Wenn du willst, rede ich noch mal mit Jessi.«

»Mir wird schon was einfallen«, brummte Takeo missmutig. Warum musste Kazuya auch neuerdings in dieser Band spielen? Er hätte zumindest für ihn einkaufen gehen können, wenn er mehr Zeit hätte. »Es wäre alles halb so schlimm, wenn Kazuya nicht so viel proben müsste. Keine Ahnung, warum ihm in dem Alter noch einfällt, Musiker zu werden.«

»Ich finde die CD richtig gut. Ein wenig unprofessionell an manchen Stellen, aber auf einem guten Weg. ›Fever‹ zum Beispiel geht unter die Haut. Ich kann Kazuya schon verstehen, dass er ganz in dieser Band aufgeht. Du schaffst das auch ohne ihn. Lass einfach den Kopf nicht hängen. Du gibst doch sonst nicht so schnell auf.«

Takeo seufzte. »Ich werde jemanden finden. Und wenn nicht, soll Jessi das eben übernehmen.«

»Ich muss Schluss machen, ich ruf dich noch mal an. Ich liebe dich.«

»Hmpf.« Takeo grummelte nur. Er liebte sie ja auch über

alles, aber er wollte es nicht banal am Telefon sagen. Je öfter man einen Satz benutzte, desto abgenutzter wurde er, und gerade diesen einen Satz wollte er niemals verschleißen. Den würde er erst wieder sagen, wenn er Laura dabei in die Augen sehen konnte. Seufzend legte er auf.

Er hatte das Telefon im Wohnzimmer der Villa benutzt und war erstaunt, als er Schritte hörte. Eigentlich sollten jetzt alle drüben sein. Er selbst musste auch gleich nach hinten, sicher wartete Jessi schon ungeduldig im Club, damit sie mit der Büroarbeit weitermachen konnte. Neugierig trat Takeo in den Flur und sah Kiara gerade noch in die Küche gehen.

»Kiara …« Es war mehr ein lautes Denken als ein Ruf, aber sie hatte ihn gehört. Sie kam zurück in den Flur.

»Ist was?«

»Mitkommen.« Energisch wies Takeo in Richtung Club.

»Was?« Die hübsche Frau sah ihn verwirrt an. Ihre hellen Haare schimmerten im Licht des Kristallleuchters. Takeo fragte sich, wie Jessi es schaffte, immer wieder so schöne Menschen in ihren Bannkreis zu ziehen. Anscheinend besaß Jessica Parker einen Magneten, der Schönheit zu ihr zog. Ob das auch etwas mit ihrer lesbischen Gesinnung zu tun hatte? Für einen Moment drängte sich ihm der Gedanke von den beiden spärlich bekleideten Frauen auf einem weinroten Laken auf. Er schüttelte den Kopf, um diesen Gedanken zu vertreiben.

»Ich erkläre es dir unterwegs. Komm einfach mit.«

Kiara zögerte kurz – Takeo sah so etwas wie Schuldbewusstsein in ihren Augen aufflackern. Er hatte ihr schließlich auch erst vor kurzem geholfen. Sie nickte und folgte ihm hinaus in den nächtlichen Garten.

Kiara war noch immer in Euphorie. Während Takeo ihr sein Leid erzählte – er konnte tatsächlich reden, allerdings nur in kurzen Sätzen –, hörte sie aufmerksam zu.

»Du musst also nach Deutschland und brauchst jemanden, der Jessi beim Einkaufen und im Club hilft?«

»Ja.«

Sie betraten zusammen das Haupthaus des Clubs. Kiara blinzelte, als sie in die Eingangshalle kamen. Es war, als würden sie in ein exotisches Hotel kommen. *Hayato würde es hier gefallen,* dachte sie prompt. Dann ärgerte sie sich über den Gedanken. Hayato kannte den Club mit der großen Eingangshalle längst. Er hatte die Voliere mit den bunten Sittichen bereits gesehen.

Für Kiara waren der Saal und der breite orangefarbene Gang mit dem Empfang auf der linken Seite noch fremd. Sie ging einige Schritte vor und betrachtete die kunstvollen Fotografien zwischen den Palmenkübeln, die Aktbilder der Mitarbeiter des Clubs zeigten. Sie bewunderte den schwarzweißen Mosaikboden. Am besten gefielen ihr die Bilder an der Decke, besonders die im orientalischen Saal, den sie nun betrat. Sie zeigten halbnackte Ägypterinnen in typischem Stil. Gestützt wurde die Decke von ornamentalen Säulen, die den Raum unterteilten. Es gab mehrere Tischgruppen mit weißen Ledermöbeln, die wohl neu sein mussten, denn Kiara konnte ihren Geruch wahrnehmen, der sich mit dem von Jasmin mischte. Kleine Tische standen zwischen den gemütlichen Sesseln, nur die kreisrunde, abgesetzte Fläche unter der Voliere war leer. Der Raum wirkte wie die Empfangshalle eines Fünf-Sterne-Hotels. Fast erwartete Kiara livrierte Kellner zu sehen.

Takeo ließ sie sich eine Weile umsehen, dann führte er sie hinter den Tresen der Bar und durch eine Tür in die angrenzende Küche. »Ich erkläre dir, wie wir hier Lachshäppchen zubereiten.«

»Ich soll auch in der Küche helfen?«

»Du hast doch Zeit.«

Kiara seufzte. Ja, sie hatte noch Zeit, bis ihr Job beim Theater anfing, und den Text ihrer Rolle konnte sie bereits auswendig. Außerdem schien es Takeo sehr viel zu bedeuten, wenn sie einsprang. Mal ganz davon abgesehen, dass Freundschaft eben so war. Man half einander. Und Takeo hätte sie sicher nicht um diesen Gefallen gebeten, wenn er nicht verzweifelt gewesen wäre.

»Gut.« Sie sah zu, wie Takeo mit geschickten Händen edle Häppchen zurechtmachte und sie auf weißen Porzellanplatten anrichtete.

»Was treibt ihr denn hier?« Die Frau in der schwarzen Lederkleidung war so leise hereingekommen, dass Kiara erschrocken zusammenfuhr, als sie ihre Stimme hörte. Wie ertappt drehte sie sich zu Sakura um.

»Häppchen machen.« Takeo ließ sich nicht aus der Ruhe bringen. Seine Hände arbeiteten ruhig weiter.

»Hast du Laura schon vergessen?« Sakura lachte. Ihr Blick lag abschätzend auf Kiara.

»Geh arbeiten«, brummte Takeo übellaunig.

Sakura warf ihm einen wütenden Blick zu, nahm eines der frisch zubereiteten Lachshäppchen von der Platte und verschwand ohne ein weiteres Wort aus der Küche. Kiara fragte sich, ob die zickige Dom ihre Wut an ihrem nächsten Kunden auslassen würde. Na ja, dem konnte das nur recht sein.

Während Kiara sich alle Mühe gab, Takeos schroffen Anweisungen zu folgen, kamen immer wieder Menschen in die Küche. Die Küche schien der geheime Rückzugspunkt zu sein, an dem die Mitarbeiter ihre Pausen verbrachten. Draußen schwebten sie durch die Eingangshalle, doch sobald sie die Küche erreicht hatten, veränderte sich das Auftreten der meisten.

Besonders bei einem Mann war es gravierend – André, blond, groß gewachsen, mit durchdringenden, blauen Augen. Er kam in die Küche stolziert wie ein Graf und sackte dann wie ein Bauer nach der Feldarbeit auf einen Stuhl. Dabei ächzte er mitleiderregend.

»Brad Pitt. Sie nannte mich die ganze Zeit Brad. Und ich musste sie Julia nennen. Warum? Sie sah überhaupt nicht aus wie Julia Roberts. Eher wie ein Wal auf Entzug.«

»Lachshäppchen?«, fragte Kiara zuvorkommend.

»Ein Glas Wasser, bitte.« Er sah zu ihr auf. »Bist du die neue Mitarbeiterin? Solltest du nicht schwarze Haare haben?«

Kiara stellte sich vor. »Ich bin aus meiner Wohnung geflogen und wohne vorübergehend hier, da kann ich mich auch nützlich machen.«

»Takeo hat ein Händchen für deutsche Frauen«, scherzte André. »Pass bloß auf, sonst hängst du den Rest deines Lebens hier fest.« Es klang nicht wirklich nach einer Drohung.

Als Kazuya die Küche betrat, stand André auf. »Ich gehe duschen, Leute. Viel Spaß noch, Kiara, und willkommen an Bord.« Er schenkte ihr ein charmantes Lächeln.

»Willkommen an Bord?« Kazuya sah misstrauisch von Takeo zu Kiara. »Was soll das heißen, willkommen an Bord?«

Takeo blickte verlegen zur Seite.

»Geht es um deinen Deutschlandbesuch?« Kazuya suchte Takeos Blick. »Das kannst du nicht von Kiara verlangen!«

Kiara sprang schnell auf. »Ist schon in Ordnung.«

»Nein, ist es nicht!« Kazuya war sauer. »Du machst das hier, weil du dich verpflichtet fühlst! Takeo nutzt dich aus!«

Takeo sah wütend zurück. »Wenn dir deine blöde Band nicht wichtiger wäre als alles andere …«

»Blöde Band?« Kazuya kam erregt näher. »Blöde Band?«

»Jungs …« Kiara wurde von den beiden überhaupt nicht beachtet.

»Du wirst hier gebraucht, Zuya.«

»Du bist neidisch, das ist es. Du gönnst mir den Erfolg nicht!«

»Schwachsinn«, knurrte Takeo.

»Hey!« Kiara fasste Kazuya am Arm. »Es ist in Ordnung, Kazuya, wirklich!«

»Ach ja?« Kazuya fuhr zu ihr herum. »Du willst beim Kami-Theater anfangen, Kiara! Zumindest hast du mir das erzählt! Weißt du, was passiert, wenn die mitbekommen, dass du hier jobbst? Die schmeißen dich raus!«

»Das muss ja keiner mitbekommen. Ich … könnte einen anderen Namen benutzen … außerdem … wer mich hier sieht und erkennt, kommt selbst hierher!«

»Es ist ein unnötiges Risiko!«

»Dann verzichte doch für die nächsten drei Wochen auf deine Band«, meinte Takeo kühl. »Wir sind beste Freunde. Du weißt, wie gerne ich nach Deutschland will. Ich will die Familie meiner zukünftigen Frau kennenlernen.«

»Frau?« Kazuyas Gesicht veränderte sich völlig. »Wann habt ihr … ich meine … wollt ihr …?«

Takeo wandte sich ab. Kazuya machte ein betretenes Gesicht. »Es tut mir leid, Takeo.«

»Sollte es auch. Seit Monaten bist du kaum mehr ansprechbar.«

»Als Laura noch hier war, hat dich das nicht gestört. Du hast nichts anderes wahrgenommen als sie.«

»Hört zu«, mischte sich Kiara ein, »ich denke nicht, dass ich meinen Job verlieren werde, nur weil ich hier jobbe. Das ist Quatsch. Wir bekommen das hin. Ich glaube nicht, dass irgendjemand vom Theater ausgerechnet in diesen Club kommt. Und selbst wenn, habe ich ja etwas gegen ihn in der Hand.«

Kazuya seufzte. »Gut, bitte. Ich bin nicht dein Babysitter.

Aber wenn es dir zu viel wird, kümmere ich mich darum, einen Ersatz für dich zu finden.« Er warf Takeo einen entschuldigenden Blick zu. »Vielleicht hätte ich mich früher darum kümmern sollen. Ich kenne wesentlich mehr Leute als du, Takeo. Du hast recht, ich war die letzten Wochen nur mit der Band beschäftigt. Ich musste ziemlich hart üben, um die ganzen Lieder drauf zu bekommen.«

»Hat sich gelohnt«, murmelte Takeo verlegen. »Komm, Kiara, ich zeige dir den Club, und wir schauen mal, was du alles machen kannst. In Ordnung?«

Kiara nickte. »Nenn mich Kira.« Sie folgte ihm hinaus in den Eingangshallenbereich. Kazuya ließ sie gehen.

Auf dem Weg begegnete ihnen Jessi. Sie hatte weit weniger Bedenken als Kazuya und freute sich, Kiara im Club zu haben. Sie berührte die blonden Haare der Freundin. »Ein Rat: Trag lieber eine schwarze Perücke. Wenn man mir zu viel Geld für dich bietet, vermiete ich dich noch, ohne dich vorher zu fragen.« Sie grinste, wurde aber gleich wieder ernst, als sie Kiaras entsetztes Gesicht sah. »Das würde ich nie tun, Kira. Wofür hältst du mich? Aber mit schwarzen Haaren hast du es hier drin leichter. Glaub mir einfach. Am besten, du kommst gleich mit, und ich zeige dir unseren Ankleideraum. Ich habe ganz tolle neue Kleider gekauft. Du wirst großartig aussehen.«

»Hast du überhaupt Zeit?«

»Dafür immer.« Jessi hakte sich bei Kiara unter und führte sie in ein Zimmer, das an drei Wänden voller Kleider und Kostüme hing. Kiara fühlte sich in dem Raum sofort wie zu Hause. Er war einem Theaterkostümraum nicht unähnlich. Der Raum hatte einen französischen Touch, der Kiara auch im Haupthaus aufgefallen war. Über den Kleiderstangen hingen Gemälde nackter Frauen. An den goldgelben Wänden war hin und wieder ein Muschelornament zu sehen, ein schwerer Kristallleuchter hing von der Decke herab. An einer Seite gab es eine große Spiegelfront. Eine schwarzhaarige Frau zog sich gerade neben einem der beiden Schminktische ein rotes Lackkleid an. Sie lächelte Jessica zu. Jessi stellte Kiara vor.

»Und das ist Yoki. Das Kleid sieht super an dir aus.«

Yoki freute sich über das Kompliment. Sie beugte sich über den Schminktisch und überprüfte ihr Make-up.

Jessi ging zielstrebig die Reihe der Kleider entlang. »Da ist es ja. Schlicht und elegant.« Sie hielt Kiara ein einfaches schwarzes Samtkleid entgegen, das sehr hoch geschlossen war. »Ich könnte dir natürlich auch was Aufreizenderes geben, aber wie gesagt, du wirst ohnehin mit Interesse rechnen müssen.« Jessis Blick war eine Spur zu intensiv. »Du bist schön.«

Kiara spürte, wie ihre Wangen warm wurden. »Gib her.« Unter den neugierigen Blicken von Yoki und Jessi zog sie sich aus. Yoki lächelte, als sie Jessis Blick sah. »Ich gehe dann lieber. Viel Spaß noch.«

Kiara trat vor den Spiegel und zog das Kleid gerade.

»Wie meint sie das?«

Jessi trat hinter sie und legte ihre Hände leicht auf Kiaras Schultern. Sie sahen sich im Spiegel an.

»Du weißt, wie lange ich dich schon begehre. Sag mir jetzt, dass du kein Interesse an mir hast, und ich lasse dich in Ruhe.«

Kiara schluckte. Sie betrachtete Jessicas schlanken Körper. Die Freundin trug eine weiche schwarze Hose und ein enganliegendes Oberteil. Im Ausschnitt war der Aquamarin zu sehen, den sie an einer schwarzen, gewundenen Kordel um den Hals trug. Jessi drängte sich dichter heran. Ihre Brüste berührten Kiaras Rücken. Kiara brachte kein Wort über die Lippen. Sie hatte es nie zugeben wollen, aber sie mochte Jessis Körper. Und sie hatte sehr wohl daran gedacht, mit ihr zu schlafen, und sei es nur aus Neugierde. Mit einer Frau hatte sie sich noch nie eingelassen. Jessis Nähe verwirrte sie. Sie schloss die Augen und ließ sich ganz gegen die fast gleichgroße Freundin sinken. Sie fühlte die Wärme des weiblichen Körpers.

Jessis Finger streichelten über den schwarzen Samt. Sie fuhren langsam von ihrem Rücken über die Taille zu ihrem Bauch. Kiara war erregter, als sie sich selbst eingestehen wollte. Sie wand sich unter Jessis Händen. Ihre Stimme klang heiser.

»Ich kann nicht, ich liebe Hayato.« Sie wusste, dass ihr Körper sich nicht bewegte, als meinte sie es ehrlich. Im Spiegel sah sie Jessicas Hände auf ihrem Bauch liegen. Ihre Fingerspitzen berührten ihre Scham. Warum fühlte sich das plötzlich richtig an? Warum wurde ihr heiß, während Jessicas Hände sich nicht bewegten, einfach nur über ihrer Haut auf dem Stoff des schwarzen Kleides lagen?

»Für Hayato bist du nur ein Spielzeug, Kiara.«

Der Satz tat weh. »Und was bin ich für dich anderes?«

Jessi nahm ihre Hände fort. Kiara fühlte Bedauern.

»Du hast recht. Ich bin nicht besser als er. Die Gelegenheit war einfach zu günstig. Trotzdem warne ich dich vor Hayato. Lass die Finger von ihm. Er kennt nur Spaß und Spiele. Von Liebe versteht er nichts. Die Wunden, die er reißt, sind tief.«

»Wir werden sehen«, meinte Kiara fest. Sie griff nach einem hellblauen Kajal. »Und jetzt kannst du gerne gehen. Schminken kann ich mich allein.« Sie schluckte und versuchte die Lust zu verdrängen, die Jessi in ihr geweckt hatte.

»Hier!« Hayato strahlte und hielt ihr einen Stapel Zeitungen unter die Nase. »Habe ich alles schon mit Marker angestrichen. Jede preiswerte Wohnung nahe deiner ehemaligen Wohnung. Und für drei davon hast du nächste Woche einen Termin. Das steht alles noch mal auf diesem Blatt.« Sein Kinn zeigte auf den ausgedruckten Bogen, der zuoberst auf dem Zeitungsstapel lag.

Kiara sah ihn erstaunt an. Sie saßen an dem kleinen Tisch in Kazuyas Wohnung. Eine richtige Küche gab es hier nicht, nur einen Wohnraum mit Mikrowelle. »Das hast du für mich getan?«

»Sicher.« Hayato legte die Zeitungen auf den Tisch und lehnte sich auf dem schwarzen Stuhl zurück. Eigentlich hatte er es nicht selbst getan, aber das brauchte Freya ja nicht zu wissen. Er hatte die Assistentin seines Agenten dafür bezahlt, die Wohnungen herauszusuchen und in Kiaras Namen die Termine auszumachen.

»Wir haben also nichts mehr zu tun.« Er ergriff ihre Hände und zog sie hoch. »Lass uns raus ans Meer fahren. Ich kenne einen Privatstrand, den ich dir unbedingt zeigen will!«

Kiara lächelte. »Gut. Warum nicht?«

»Super!« Der Tag war wie geschaffen für einen Ausflug ans Meer, denn dort würde eine leichte Brise gehen – weit angenehmer als hier. Es war erst elf Uhr, und die Luft stand. Er hatte bereits alles gepackt, was man brauchte. Inklusive einer Kühltasche mit Sekt, einer Decke, die groß genug für sie beide war, und einem tragbaren CD-Player.

Hayato beobachtete Corinna, die frei in der Wohnung umherhoppeln durfte, aber die meiste Zeit auf ihrer Decke blieb. Wozu hielt sie sich das Vieh? Ersatznahrung? Er hatte nie ein Tier gehabt. Vermutlich hätte er auch vergessen, es zu füttern. Überhaupt machten solche Viecher nur abhängig. Ständig musste man irgendetwas beachten und ihnen Aufmerksamkeit schenken. Er sah zu, wie Kiara ihre Sachen zusammenpackte. Normalerweise machte ihn das Warten ungeduldig, doch in diesem Fall reichte es ihm völlig, sie zu sehen. Verrückt. Er mochte ihr Lächeln, ihr Gesicht. Er freute sich schon darauf, sie im Herbst im Kami-Theater auf der Bühne zu sehen – Moment, sollte er sich nicht eher darauf freuen, sie unter sich liegen zu sehen? Das musste die Hitze sein, die ihm zu Kopf stieg. Romantik war nett, solange sie nicht zu lange andauerte. Hayato betrachtete sie als ein Mittel zum Zweck, mehr nicht. Außerdem hatte Romantik Stil. Davon zu träumen, Kiara auf der Bühne zu sehen, hatte keinen Stil. Er war nicht gut darin, andere zu bewundern. Die anderen waren schließlich dazu da, ihn anzubeten.

»Halt sie mal kurz«, Kiara drückte dem verdutzten Hayato Corinna in die Hände. Sie beugte sich hinab, um eine frisch gefüllte Wasserflasche im Käfig zu befestigen. Das Kaninchen war schwerer, als er gedacht hatte. Es fühlte sich warm und weich an. Verletzlich. Ein winziges Leben in seinen Armen. Das kleine Herz schlug heftig unter dem weißen Fell. Wie musste es erst sein, wenn man sein eigenes Kind hielt?

Halt. Du hast einen Sonnenstich. Dafür ist in deinem Leben kein Platz.

Hayato setzte Corinna ziemlich hastig in den Käfig und starrte auf seine Hände, als hätte er etwas Schmutziges berührt.

»Gehen wir.«

Sie parkten den Wagen im Schatten eines Baumes. Kiara fühlte sich großartig. Hayato war gesprächig, witzig, machte ihr Komplimente. Es war wundervoll, wie er die Zeitungen für sie durchgesehen hatte. Das musste die halbe Nacht gedauert haben. Gut gelaunt nahm sie die Sachen, die Hayato ihr in die Hand drückte, und folgte ihm hinunter an den Strand. Sie wurde langsamer, als sie den zwei Meter hohen Metallzaun sah, der sich vor ihnen erhob.

»Hayato …«

»Ich sagte doch, es ist ein Privatstrand.« Hayato grinste. »Keine Sorge. Da sind keine beißenden Hunde drin oder so. Das Anwesen gehört meinem Agenten. Der alte Sack ist zurzeit in Amerika, es ist niemand zu Hause. Ich hätte mir auch den Schlüssel leihen können, aber das ist zu einfach.«

Hayato kletterte den Zaun hoch. »Du bist doch sportlich«, meinte er oben und streckte ihr die Hand entgegen. »Gib mir erst unsere Sachen, dann helfe ich dir rüber.«

Kiara sah unbehaglich zu ihm auf. »Findest du das nicht albern? Mit sechzehn hätte ich so einen Scheiß vielleicht gemacht, aber …«

»Kann man für so etwas wirklich zu alt werden?« Hayatos Lächeln war entwaffnend. »Ich finde ohnehin, man sollte alle Zäune einreißen. Außerdem … selbst wenn wir erwischt werden, ein bisschen Skandal ist gut für mein Image. Die Schulmädchen stehen drauf.«

»Und was ist mit meinem Image?«, fragte Kiara halbherzig.

»Komm schon, Freya. Es lohnt sich. Der Strand ist super, und der Kerl ist doch sowieso nicht da. Wenn wir erwischt werden, nehme ich alle Schuld auf mich, ehrlich.«

Kiara gab ihm die Tasche, danach den CD-Player. Es lag an seinen Augen, seinem vergnügten Gesicht, vielleicht auch an ihrer Neugierde.

»Meinetwegen. Aber wenn dieser Strand nichts Besonderes ist, hauen wir sofort wieder ab.«

Hayato zog sie hoch. »Wie du willst, Freya.«

Sie sprangen auf die andere Seite. Hayato führte sie zielsicher auf einem Weg zwischen dichten Sträuchern. Das Rauschen des Meeres wurde immer lauter.

Hayato hatte nicht übertrieben. Der Strand war wunderschön. Zwischen wilden, urwüchsigen Pflanzen und Bäumen lag feinster weißer Sandstrand, wie er sonst nicht zu finden war. Vermutlich war er aufgeschüttet worden. Vor ihnen erstreckte sich das Meer unter einem tiefblauen Himmel.

Hayato breitete die Decke im Schatten einer Kiefer aus, und eine Weile hockten sie schweigend nebeneinander, starrten auf die Flut, die Wellen, die heranrollten und sich zurückzogen. Es war ein einsamer, verwunschener Ort. Links und rechts standen hohe Büsche, die den Blick auf das Land verwehrten. Das hier war eine winzige Bucht, die fernab von allem zu liegen schien. Auch das Haus hinter ihnen wurde von Büschen und Bäumen verborgen. Sie hätten ebenso gut auf einer einsamen Insel festsitzen können. Gestrandet. Nur, dass sie nicht hungern und dursten mussten. Kiara sah in die Tasche, die Hayato mitgenommen hatte.

»Erdbeeren?«, fragte sie grinsend. »Du musst aber auch jedes Klischee erfüllen.«

»Sie schmecken eben zu Sekt am besten.«

Kiara widerstand der Versuchung, ihn deshalb weiter aufzuziehen. Hayato holte zwei Gläser hervor, öffnete die Flasche und goss ihnen ein. Sie stießen an, tranken und sahen fasziniert auf das Schauspiel vor sich. Es war immer wieder schön, am Meer zu sein.

Wie gebannt sahen sie zu, wie die Flut Woge um Woge näher kam, wie das Wasser auf sie zurauschte. Urgewaltig und doch langsam und behäbig erkämpfte es sich den Strand Stück für Stück. Als würde es nach ihnen suchen, sie zu sich holen wollen.

Als Kiara endlich den Kopf wandte, begegnete ihr Hayatos Blick. Sie sah sein Verlangen, und wie ein Spiegel nahm ihr Körper es in sich auf. Hayato drückte ihr sein halbvolles Sektglas in die Hand und kam näher. Sie hob ihm den Kopf entgegen und erwartete, von ihm geküsst zu werden. Er ignorierte ihren Mund, beugte sich hinab, während er mit den Händen das weiche Kleid zur Seite schob und seine Lippen auf ihre unbedeckte Brust legte.

Kiara zog scharf die Luft ein. Fast hätte sie die beiden Gläser in ihren Händen fallen lassen. Hayatos Körper war ihr fremd, überraschend anders. Sein Geruch mischte sich mit dem des salzigen Meeres. Sie hörte das Rauschen der Wogen und fühlte, wie sich ihr Herzschlag beschleunigte, Hayato entgegenraste. Sie sehnte sich nach seinen Händen, doch nur sein Mund berührte sie. Seine Zunge strich über ihre Haut. Sie schloss die Augen und fühlte die Feuchtigkeit, die er hinterließ, und die der warme Wind trocknete, als wollte er Hayatos Spuren verwehen. Noch immer hielt sie die Gläser, ließ sich von ihnen fesseln, weil sie versuchte, keinen Tropfen zu verschütten.

Er zog sich zurück und setzte sich auf seine Füße. »Trink aus«, forderte er lächelnd. Kiara kam es plötzlich vor, als wäre seine Aufforderung unanständig, als könnte sie vor ihm nicht trinken und schlucken, ohne anzüglich zu wirken. Sie hob das vollere Glas an den Mund. Sein Blick war fest auf sie gerichtet, während sie das Glas an die Lippen setzte, es kippte und den prickelnden Sekt hinunterschluckte. Langsam trank sie aus. Ihre Kehle schmerzte. Hayato betrachtete sie mit mildem Interesse. Sie trank auch das zweite Glas leer und glaubte, den Sekt jetzt schon zu spüren. Hayato nickte zufrieden. Er nahm ihr die leeren Gläser ab.

»Zieh dich aus.« Sein Blick verunsicherte sie. Er spielte ein Spiel, das ihr fremd war. Fremd wie sein Körper, nach dem sie sich so verzweifelt verzehrte. Aber sie wollte mit ihm spielen. Sie wollte alles tun, wenn sie nur wieder eins wurden, gemeinsam durch das Nichts stürzten, so wie im Flur auf dem braunen Teppich, als es nur sie und ihn gegeben hatte. Langsam streifte sie das Kleid ab und enthüllte ihre dunkelrote Unterwäsche mit den aufwendigen Spitzen. Ihm schien zu gefallen, was er sah. Er beobachtete sie lange, noch immer vor ihr auf den Füßen sitzend.

»Leg dich hin.«

Wieder gehorchte sie, legte sich auf die schwarze Decke über dem weichen Sand und sah ihn an. Wie schön und stolz er wirkte. Ein Dämon mit Engelsmaske, der seine Lust verbarg. Er beugte sich über sie, und erneut schloss sie die Augen, während sie ihm ihren Körper schenkte, ihm erlaubte, sie mit seiner Zunge zu berühren, wo es ihm gefiel. Sie spürte seine Zungenspitze, die sich einen Weg über ihren Körper suchte und dabei kleine Kreise auf ihrer Haut zog. Seine langen Haare berührten ihre Brust, sprühten Funken. Er brachte sie zum Brennen. Sie fühlte sich wie eine Fackel, wie etwas, das er entzündet hatte. Wieder und wieder zog seine Zunge ihre Bahnen.

»Fühlst du mich?« Seine Stimme war leise.

Ihr Hals war rau. Der Sekt regte sie zusätzlich an. »Überall.«

»Überall?« Er lachte leise auf. »Das wünschst du dir vielleicht. So weit sind wir noch lange nicht. Das musst du dir erst verdienen.«

Endlich griff er nach ihr. Er zog sie ganz aus, auch ihre Schuhe, und kniete nun angezogen neben ihr. Sie mochte das Gefühl, nackt zu sein, während er noch sein weißes Hemd und seine schwarze Hose trug. Sie lag still und fühlte ihn. Seine Hände streichelten sie so gekonnt, fanden alle Stellen an ihrem Körper, die empfindlich waren. Nichts ließ sich vor ihnen verbergen. Ihre Glieder zitterten.

»Du wirst ziemlich schnell geil. Ich mag das.« Seine Stimme klang amüsiert. Er teilte mit der Hand ihre Schamlippen und ließ sie ihre Feuchte spüren, die doch nichts gegen das Feuer in ihrem Inneren ausrichten konnte.

»Bitte ...« Kiara streckte ihre Hand nach ihm aus und wollte ihn näher zu sich ziehen. Er wehrte sie ab.

»Nein. Bleib einfach nur liegen. Ich will sie sehen, deine Lust. Ich will sie feiern.«

Seine Finger spielten mit ihrer Klitoris. Es war schön und quälend. Kiara zwang sich, ihre Hände bei sich zu lassen, ihren zitternden Körper zu kontrollieren und zumindest still zu liegen, während seine Finger sich Zeit nahmen, sie zu berühren. Er fuhr ihren Schamhügel hinauf, legte die Fingerkuppen auf ihren hellen Oberschenkel, glitt die Wege ihrer Adern entlang, verließ sie wieder und wanderte weiter zu ihrem Bauch und ihren Brüsten hin zum Hals. Sie konnte ihren Puls unter dem Druck seiner Hand spüren. Das warme Pochen, das ihren Körper durchdrang, zuckte in ihrem Unterleib. Sie spreizte die Beine ein Stück, als er zurückkehrte und an ihnen hinunterfuhr, öffnete die hellen Schenkel noch weiter für ihn und stöhnte leise. Seine Hand ignorierte ihre pulsierende Klitoris, glitt noch tiefer, die Beine hinab zu ihren Fußgelenken. Entzückt küsste er die winzige Schmetterlingstätowierung über ihrem rechten Knöchel. Er streifte ihre Füße mit den Lippen, fasste sie fest und bestimmt an. Ein leichtes Zittern lief über ihren Körper, das sie nicht mehr unterdrücken konnte.

»Freya ...«, murmelte er, »du bist so schön. Ein Schmetterling, der für mich tanzt.«

Sie streckte die Hand nach ihm aus, wollte nach seinen Haaren fassen. Er schob ihre Arme fort. Sie öffnete die Lippen. Er kam ihr entgegen, verschloss sie mit seinem Mund, löste sich von ihr und sah ihr in die Augen. »Still. Noch nicht. Bleib einfach liegen. Schenk mir deine Lust.« Verspielt fuhren seine Hände weiter über ihre Haut. Seine Finger umkreisten einen winzigen Leberfleck auf ihrer Hüfte. »Lerne zu genießen.«

Er beugte sich hinab und küsste ihre Schamlippen. Seine Zunge leckte über ihre Feuchte. Spielerisch legte er seine Zähne um ihre empfindlichste Stelle. Sie versuchte, still zu liegen, spreizte ihre gespannten Finger über dem Sand, während er behutsam mit den Zähnen an ihrer Klitoris zog und gleichzeitig seine Zunge dagegenstieß. Seine Finger malten noch immer auf ihrer Haut.

»Bitte …« Sie wollte mehr von ihm. Wollte, dass er das Feuer löschte, das so unerträglich in ihr wütete.

Vorsichtig öffnete er den Mund und gab sie frei. »Du kannst betteln.« Er grinste, ohne mit den Bewegungen seiner Hände aufzuhören. »Aber es wird dir nicht helfen.«

Er nahm eine Handvoll Sand, der noch heller war als ihre Haut, und ließ ihn auf ihren nackten Bauch rieseln. Provozierend langsam. Dann strich er den feinen weißen Sand fort, Korn für Korn. So geduldig, als hätten sie alle Zeit dieser Welt. Er beugte sich hinab und half nach, indem er zart über ihre Haut pustete. Manchmal kam er ihr dabei so nah, dass seine Lippen sie berührten.

Kiara schloss die Augen und fühlte seinen Atem auf ihrer Haut. Sie hörte das Wogen des Meeres und den Ruf eines Vogels weit über ihnen. Der leichte Wind brachte kaum Abkühlung. Sein Feuer wütete in ihr. Ihre Klitoris pulsierte noch immer, erschien ihr geschwollen. Sie stöhnte leise auf. Seine Stimme erklang dicht neben ihrem Ohr.

»Ja. Fühl dich. Fühl deinen Körper.«

Diese Stimme. Weich und unnachgiebig zugleich. Gebildet und primitiv. Seine Lippen berührten ihren Mund. Ihre Zunge fühlte sich trocken an. Sie schluckte und blinzelte. Sein Gesicht war so nah. Der Blick der schwarzen Augen lag auf ihren Lippen.

»Hunger auf etwas Süßes?«

Er griff nach einer Erdbeere und hielt sie Kiara hin. Sie biss gehorsam danach, schmeckte die zuckrige Süße und schluckte die Erdbeere hinunter, wobei er sie nicht aus den Augen ließ. Bei der zweiten Erdbeere biss auch er zu, und sie teilten sich die Frucht. Der Saft lief über ihre Lippen und ihr Kinn. Er leckte ihn fort und gab ihr weitere Früchte. Eine legte er in ihren Bauchnabel und aß sie selbst. Eine weitere zwischen ihre Brüste. Kiara lag still, nur das Zittern konnte sie nicht ganz unterdrücken. Er hörte auf, ihr Erdbeeren zu geben, küsste ihren Mund und ihre Brüste erneut und fasste sie an. Dieses Mal fester. Sie wand sich unter seinen Händen, die überall zu sein schienen. Das Meer rauschte wie das Blut in ihren Ohren, und Kiara fragte sich, wie lange er noch warten wollte. Ob er sich Zeit ließ, bis die Flut ihren Liegeplatz erobert hatte? Sie wollte nicht mehr warten. Sie wollte ihn in sich spüren.

»Hayato …«

»Du kannst es gar nicht mehr erwarten, was?«

Sie wollte ihn auf sich ziehen. Wieder ließ er es nicht zu. Er drückte sie zurück. Seine Hände legten sich um ihre Brüste, fassten ihre Brustwarzen und zogen daran.

Kiara keuchte und ging ins Hohlkreuz. Er ließ sie los, sah sie nur an. »Na ja … vielleicht habe ich gelogen, und es hilft doch, darum zu betteln, wer weiß?« Er grinste.

Er war ein Dämon. Kiara presste ihre Beine schützend zusammen, fühlte die klebrige Feuchte zwischen ihren Schenkeln. Der Blick seiner schwarzen Augen ließ sie nicht los. Es gab keine Chance, ihm zu entkommen. Nur er konnte ihr Verlangen stillen.

»Bitte …«, flüsterte sie heiser. Sie konnte dieses Spiel nicht länger ertragen. Das Warten. Die Qual.

Er setzte sich auf die Fersen und zog sich provozierend langsam neben ihr aus. Sein Glied war hart und aufgerichtet, doch sein Gesichtsausdruck wirkte, als sei ihm das herzlich gleichgültig. Seine Hand legte sich besitzergreifend auf ihre Scham.

»Willst du mich?«

»Hayato, bitte …« Sie drängte sich gegen ihn. Er lockerte seinen Griff. Ihr Becken hob sich vergeblich. Erst, als es wieder am Boden lag, ruhten auch seine Finger auf ihren Schamlippen.

»Beantworte meine Frage. Willst du mich?«

»Ja«, hauchte sie, ihr Kopf glühte. Ihr Blick lag auf seinem Schwanz, der keinen Zweifel daran ließ, dass er ihr geben konnte, was sie so verzweifelt wollte.

»Hart?«

Sie nickte, unfähig, es auszusprechen.

»Schließ die Augen.«

Sie tat es.

Einen Moment hielt er noch inne wie ein Jäger vor dem Sprung. Dann streifte er ein Kondom über, spreizte ihre Beine weit und drang mit einer einzigen, heftigen Bewegung in sie ein. Sein erster Stoß war so fest, dass sie aufschrie. Ihr schwindelte. Der Sekt stieg ihr zu Kopf. Wie im Fieber drängte sie sich ihm entgegen. Er setzte sich auf, hob ihr Becken mit beiden Händen an, während sie die Zehen neben ihm in den warmen Sand bohrte. Sie lag nur noch auf den Schulterblättern. Obwohl er sie mit aller Härte nahm, streckte sie sich ihm jedes Mal heftig entgegen, um es noch zu steigern und um seinen Schwanz noch tiefer zu fühlen. Sie war losgelöst, frei. Sein Becken stieß heftig gegen sie. Ihre Brüste hüpften.

»Weiter, hör nicht auf …«

Sie erkannte sich selbst kaum wieder. Ihr Keuchen wurde lauter. Einen verrückten Moment fragte sie sich, was er mit ihr tat. Warum ausgerechnet dieser Mann ihr eine Lust schenkte, die sie so nicht gekannt hatte. Sie spürte, wie er sie über jede Grenze trieb. Das Zittern ihres Körpers wurde zu einem Zucken. Sie bäumte sich keuchend auf, sah ihn mit weit aufgerissenen Augen an und entdeckte ihre eigene Lust in seinen Augen gespiegelt. Das Feuer drohte sie zu verbrennen. Aber sie wollte mehr. Er nahm sie, ohne auch nur ein einziges Mal langsamer zu werden. Sie biss sich auf die Lippen, die nach Erdbeersaft und Sekt schmeckten. Den Schmerz der harten Stöße fühlte sie nicht. Die Lust in ihr überwältigte sie. Es war eine Befreiung. Alle Mauern brachen. Sie warf den Kopf zurück, sah den Himmel, das Meer und schrie. Das erste Mal in ihrem Leben erlaubte sie ihrer Lust, sich ganz zu befreien. Es war ihr gleich, wie sie auf ihn wirkte, sie hatte alles vergessen, war nur noch flammende Begierde, erfüllt von seiner Härte. In ihre Augen traten Tränen.

»Hayato …«

Sie ballte die Hände zu Fäusten und schrie ihre Lust heraus. Ihre eigene Stimme war so laut, dass sie seine kaum hörte. Sie übertönte das Meer und den Wind, löschte die Flammen, löschte sich aus und versank endlich gemeinsam mit ihm in wohltuender Dunkelheit. Kühle. Ruhe. Als sie die Augen vorsichtig öffnete, sah sie seinen Blick, der auf ihrem verschwitzten Körper lag. Was dachte er jetzt von ihr? Hielt er sie für primitiv? Sie versuchte, dem Blick dieser schwarzen Augen standzuhalten. Es lag Erstaunen darin und … Liebe? Sie atmete noch immer heftig. Vor ihren Augen tanzten helle Lichter.

Er zog das Kondom herunter und ließ es achtlos in den Sand fallen. Langsam beugte er sich hinab, küsste ihre Tränen fort und streichelte ihre Wange. Sie lächelte.

Eine Weile schwiegen sie, dann zog Hayato sie in die Höhe.

»Und? Befriedigt?« Er grinste frech.

Kiara holte aus und schlug nach ihm, was er lachend, aber

nur halbherzig abwehrte. Sie stürzte sich auf ihn. Eine Weile balgten sie im Sand, der überall an ihren Körpern kleben zu bleiben schien. Kiara fühlte sich wie ein ausgelassenes Kind. Auch Hayato wirkte gelöst. Sie hatte ihn nie zuvor so herzlich lachen hören.

Er zog sie ganz hoch. »Gehen wir schwimmen.«

Sie rannten um die Wette. Da Kiara zu gewinnen drohte, warf er sich mit einem Sprung auf sie, kaum, dass sie im Wasser waren. Sie tollten eine Zeitlang herum, ehe sie erschöpft zu ihrer Decke zurückkehrten, sich abtrockneten und anzogen. Dann sanken sie aneinandergekuschelt in den Sand zurück. Die Anstrengung und die Wärme machten Kiara schläfrig.

Sie dösten beide, bis eine Erschütterung Kiara in die Höhe schnellen ließ. Sie brauchte einen Moment, um zu verstehen, was passiert war. Etwas hatte sie aufgeweckt und verband sich nun mit einem urtümlichen Gefühl von Gefahr und Angst. Die Erde unter ihnen erzitterte erneut. Ein Beben! Kiara sprang auf. »Hast du das …?«

Sie beendete den Satz nicht. Hayatos Gesicht war bleich, seine Lippen zitterten. Mühsam kam er auf die Beine, als hätte er mit einer schweren Last zu kämpfen.

»Wir müssen sofort vom Wasser weg!« Auf seinem Gesicht lag ein panischer Ausdruck.

Kiara packte die Decke.

»Nein! Lass alles liegen!« Hayato war völlig außer sich. Schweiß stand auf seiner Stirn. Kiara, die sich gerade wieder beruhigte, sah ihn verblüfft an. Es war ein leichtes Beben gewesen. Ein kurzes Aufbäumen der Erde, das rasch wieder verebbt war. Solche Beben gab es in Japan fast täglich.

»Na gut, aber …«

Hayato riss sie mit sich. Sein Griff war schmerzhaft. Er hetzte in einem Tempo zum Zaun, als sei hinter ihnen eine

Flutwelle. Doch das Meer zog sich nicht zurück. Es schlug unbeeindruckt seinen Takt.

»Beeil dich doch!« Hayatos Stimme war verzweifelt. Kiara gab sich alle Mühe, schnell über den Zaun zu kommen. Ihr dünnes Kleid blieb hängen und bekam einen langen, hässlichen Riss. Sie kümmerte sich nicht darum. Halb wollte sie selbst fort, halb wollte sie, dass Hayato sich beruhigte. Aber selbst, als sie den Wagen erreichten, wurde Hayato nicht ruhiger. Er startete den Motor und raste in Richtung Landesinnere, als wären sie in einem James-Bond-Film. Kiara krallte sich an ihren Sitz. Sie brauchte eine Weile, bis sie reden konnte.

»Fahr langsamer!«

Hayato hörte sie gar nicht. Er beschleunigte noch immer. Wollte er sie beide umbringen? Es sah ganz danach aus.

»Hayato, wir sind jetzt weit genug vom Wasser fort! Halt den verdammten Wagen an!«

Sie musste ihn anschreien, zwei weitere Male, ehe er endlich reagierte und den Wagen an den Rand eines abgeernteten Feldes fuhr. Der Himmel über ihnen strahlte in beruhigendem Blau, und von dem Beben war nichts mehr zu spüren.

»Hayato?«

Er zitterte. Kiara hatte ihn noch nie so unsicher erlebt. Sein Blick war auf das Gras vor ihnen gerichtet, aber er schien es nicht zu sehen. Behutsam berührte sie seine Schulter.

»Was ist mit dir?«

Er drehte den Kopf zu ihr und begegnete endlich ihrem Blick. »Ich … es ist … bei einem Erdbeben …« Er sammelte sich und setzte neu an. »Entschuldige.«

Hilflos nahm Kiara ihn in die Arme. »Hast du schon mal ein heftigeres Erdbeben erlebt?«

»Kobe …«, flüsterte Hayato an ihrer Schulter. »Wir haben da gelebt, bevor …«

Kiaras Augen weiteten sich. All die schrecklichen Bilder, die sie im Fernsehen gesehen hatte, stürmten auf sie ein. »Du warst dort?«

Er sagte nichts, klammerte sich nur an sie, als würde er ertrinken. »Ich dachte, ich hätte die Angst endlich überwunden«, flüsterte er mit einem bitteren Auflachen. »All die Therapien. Wenn ich vorbereitet bin, kann ich es kontrollieren, aber … Erdbeben kündigen sich nicht immer an.« Er löste sich von ihr. Langsam kehrte die Farbe in sein Gesicht zurück.

»Hast du …« Kiara zögerte. »Hast du Menschen gekannt, die dort gestorben sind? In Kobe?«

»Meine Eltern.«

Kiara wünschte sich, sie hätte nicht gefragt. Sie wusste nicht, was sie sagen sollte. Wie konnte Hayato so lebensfroh und sinnenfreudig sein, wenn er das erlebt und überlebt hatte? Oder war er vielleicht gerade deshalb so? Fürchtete er nichts mehr? War das Leben für ihn ein Spiel? Der Blick in sein Gesicht verriet etwas anderes. Gerade eben hatte Hayato panische Angst gehabt. Todesangst.

»Soll ich fahren?«

Hayatos Hand lag liebevoll auf dem teuren Sportlenkrad. »So schlimm war es auch nicht, Freya. Gib mir einfach noch ein paar Minuten. Wir hören die Durchsagen an, und wenn nichts mehr kommt, fahren wir zurück und holen unsere Sachen.«

Einige Minuten saßen sie schweigend nebeneinander. Kiara versuchte sich vorzustellen, was es hieß, ein Erdbeben wie Kobe zu überleben und seine Eltern auf diese Weise zu verlieren. Sie hatte nichts Vergleichbares erlebt und fühlte sich plötzlich dumm. Jede Frage, die ihr in den Sinn kam, erschien ihr lächerlich.

»Es macht dich sprachlos, was?« Hayato klang weit weniger arrogant als sonst. »Das ist normal. Du versuchst es zu verstehen, und du kannst es nicht. Du musst es auch nicht. Wenn du Fragen hast, dann frag einfach.«

»Wie alt warst du?«

»Zwölf. Ich kam danach zu einer Tante nach Tokio. Zu Nanami, einer Schwester meiner Mutter. Sie hat mich aufgezogen. Sie war für mich da. Ohne sie hätte ich es nicht geschafft.«

Kiara wollte fragen, ob er gesehen hatte, wie seine Eltern starben. Aber sie spürte, wie schlecht die Frage war. Sie kannten sich noch nicht lange. Im Grunde verband sie kaum etwas. Wie verschieden ihre Leben und Erfahrungen voneinander waren, begriff sie nur im Ansatz.

»Wie bist du damit fertig geworden?«

»Ich habe angefangen zu singen.« Sein Lächeln war matt. »Auch aus dem größten Mist kann manchmal etwas Gutes entstehen.«

»Siehst du das so?«

Er nickte. »Lass uns zurückfahren. Wir holen unser Zeug und fahren zu mir. Mir ist jetzt mehr nach Chips und Fernsehen als nach Meer.«

»Klar. Ich muss aber pünktlich wieder im Club sein.«

»Warum machst du das eigentlich?«

»Was?«

»In Jessis Club aushelfen. Ich dachte eigentlich, dazu bist du zu prüde.«

»Ich bin nicht prüde. Ich möchte mir nur nicht meinen zukünftigen Job versauen. Du weißt, wie konservativ die Leute hier sein können.«

»Vielleicht komme ich dich mal im Club besuchen. Jessis Traum ist etwas Besonderes. Ich kenne nur wenige Menschen, die es geschafft haben, ihre Träume so umzusetzen. Sie hat einen ganz besonderen Ort geschaffen. Ich fühle mich dort sehr wohl.« Er startete den Motor.

»Was ist mit dir? Mit ›Fever‹ hast du einen Hit gelandet. Andere träumen ihr ganzes Leben lang von diesem Moment. Dir ist ein außergewöhnlicher Erfolg gelungen.«

»Was ich nie angestrebt habe. Das haben andere für mich gemacht. Das soll nicht heißen, dass ich es nicht genieße, aber singen war für mich immer auch therapeutisch. Ich wollte Beachtung. Wie ich die kriege, war mir ziemlich egal.«

Er hatte scherzhaft erzählt, und doch spürte Kiara die Sehnsucht in seinen Worten. Sie wusste nun einiges über ihn. Aber er nichts über sie. Sie musste und wollte ihm etwas von sich in die Hand geben, sich ihm anvertrauen, so wie er sich ihr anvertraut hatte.

»Und du? Was ist dein tiefstes inneres Verlangen? Warum bist du Schauspielerin geworden?«

»Ich …« Kiara zögerte. »Ich möchte einzigartig sein.«

Als er sie ansah, spürte Kiara die Liebe in seinem Blick. »Einzigartig«, wiederholte er versonnen. »Ja. Das bist du.«

8

Erlaubtes ist nicht verlockend;
Verbotenes weckt heißere Begierde.

Kazuya saß mit Takeo in der Küche des Clubs. Sie teilten sich ein Bier.

»Bald werde ich echtes Bier trinken«, bemerkte Takeo gut gelaunt. Schon am folgenden Tag würde er nach Deutschland fliegen.

Kazuya musste lächeln. »Und auf Laura freust du dich kaum, was?« Es war Takeos erster Besuch in Deutschland. Kazuya wusste, dass der Freund bereits seit der Schulzeit immer nach Deutschland gewollt hatte, besonders nach Bayern, aber es hatte sich einfach nicht ergeben.

Takeo nahm einen Schluck Bier. »Du weißt es besser.« Er sah glücklich aus. Kazuya mochte das strahlende Gesicht des Freundes. Sie hatten beide einiges erreicht in den letzten Jahren. Jeder von ihnen lebte sein Leben, und doch verband sie eine Freundschaft, wie Kazuya sie sich nicht anders wünschte.

»Nimm Laura mal von mir in die Arme.«

»Gern. Und du pass auf diese Kiara auf. Ich hoffe, ich habe sie nicht überfordert.«

»Kiara kommt schon klar im Club. Sie ist lange nicht so schüchtern wie Laura am Anfang. Ich mache mir eher Sorgen wegen ihr und Hayato. Irgendwie habe ich das Gefühl, Hayato ist nicht richtig an ihr interessiert. Als ob da noch etwas anderes wäre.«

»Wenn es um eine Intrige oder eine Wette geht, frag Jessi.«

»Vielleicht sollte ich das tun. Wobei ich denke, dass Jessi zurzeit nicht zum Intrigieren kommt. Dafür hat sie einfach zu viel zu tun.«

»Und Schweine können fliegen.«

»Du scheinst ihr zu misstrauen.«

»Ich kenne sie.«

»Ich werde dich vermissen. Zum Glück bist du wenigstens zur Verabschiedung des Sommers zurück.«

»Mit Laura.« Takeo strahlte.

»Und bring Fotos von Neuschwanstein mit.«

Takeo nickte heftig. »O ja. Das auf jeden Fall.«

Kiara arbeitete jetzt bei Jessi. Hayato stellte den Cocktail in seiner Hand zur Seite. Warum musste er ständig an sie denken? Neben ihm stand Mia und redete über Schuhe. Er nickte hin und wieder desinteressiert. Seine Blicke glitten durch den großen Raum. Das *Indigo* war nicht sonderlich spektakulär, aber für eine gute Party reichte es. Amaya hatte den Schuppen für sie gemietet. Zurzeit gab es ständig Partys. Langsam war Hayato richtig angenervt. Je öfter er auf solchen Veranstaltungen war, desto mehr langweilten sie ihn, wurden zu einer lästigen Pflicht, die mit dem Singen zusammenhing. Die Musik des Clubs war in Ordnung, die Cocktails auch. Mehr als hundert Leute waren nicht da. Eingeladene Gäste. Er hätte auch Kiara mitgenommen, aber sie musste ja in Jessis Club helfen. Eigentlich wäre er jetzt lieber dort. Gleichzeitig war er froh, sie nicht sehen zu müssen. Ein tiefes Gefühl von Scham war in ihm, das er verabscheute.

Ich will einzigartig sein. Dieser Satz von ihr hatte sich ihm eingebrannt. Sie war ehrlich zu ihm, versuchte es zumindest zu sein. An seiner Musik war sie nicht besonders interessiert, was natürlich sein Ego beleidigte. Andererseits tat es ihm aber auch gut, mit einem Menschen zusammen zu sein, der nicht euphorisch wurde, wenn sein Name fiel. Konnte er sie hintergehen, so, wie er es mit Shouta geplant hatte? Konnte er dieses Video machen?

Mia ließ ihn schließlich kopfschüttelnd stehen. In dem schwarzen verspielten Tüllkleid, das anregende Einblicke bot, sah sie wie immer bezaubernd aus.

Hayato ließ sich neben Shouta auf eine schwarze Ledercouch fallen. »Sie nervt.«

»Ich weiß. Sie ist mal wieder hinter dir her. Wann hast du das letzte Mal mit ihr geschlafen?«

»Keine Ahnung. Vor acht Wochen?«

»Und wie sieht es mit Kiara aus? Denkst du, du kannst sie halten bis zu Jessis Fest?«

»Shouta …« Hayato wusste nicht, wie er das sagen sollte. »Ich weiß nicht, ob ich das kann. Das mit der Aufzeichnung, meine ich.«

»Klar kannst du das.«

»Sie bedeutet mir mehr, als ich dachte.«

»Ist ja nicht das erste Mal, dass du so was behauptest«, meinte Shouta lachend. »Erinnere dich: Akina, Fujita, Xandra, Iko, Tia, Naoko … Wie oft hast du schon erzählt, du seiest verliebt? Und? Was ist daraus geworden?«

Hayato schwieg. Sein Freund traf eine schmerzhafte Wahrheit.

»Du kannst niemanden aus vollem Herzen lieben, Hayato. Frag mich nicht, warum, aber du bist für den Spaß geschaffen, nicht für seine Folgen.«

Auf einer Ebene, die Hayato nicht fassen konnte, fühlte er die Ehrlichkeit von Shoutas Worten. Er konnte in Kiara vernarrt sein. Vielleicht konnte er sie sogar lieben. Aber er konnte keine Bindung mit ihr eingehen, keine Beziehung. Dafür war in ihm gar kein Platz. Es war das erste Mal, dass dieses Wissen ihn verletzte. Es sollte nicht so sein. Es sollte anders sein.

»Du meinst, ich bin unfähig zu lieben?«

»Nein. Du bist beziehungsunfähig. Besser, du akzeptierst es von vorneherein. Dann machst du dir keine falschen Hoffnungen. Such dir lieber irgendein Mädchen hier. Es gibt genug. Hübsch sind sie alle. Lenk dich ein bisschen ab.«

»Ich habe manchmal das Gefühl, ich lenke mich mein ganzes Leben lang nur ab.«

»Und?« Shouta prostete ihm zu. »Ist das so schlecht?« Er winkte zwei dunkelhaarigen Schönheiten zu, die lachend zu ihnen herüberkamen. Sie trugen weitschwingende schwarze Röcke, in die kleine Glöckchen eingearbeitet worden waren. Um ihre Hüften lagen goldene Tücher mit auffälligen Knoten. Beide trugen einen goldenen Kopfschmuck, der sich wie eine mehrteilige Krone über ihre Haare legte. Um den Hals hatten sie enge breite Metallbänder, die golden schimmerten. Sollte das eine Zigeunerverkleidung sein? Shouta zog die kleinere der beiden auf seinen Schoß. Sie ließ es kichernd geschehen. Wie alt war sie? Einundzwanzig? Und ihr Zustand: angetrunken. Also genau richtig, wie es sein sollte, oder?

Hayato versteifte sich leicht, als die etwas größere Frau sich anmutig auf seinen Schoß sinken ließ. Trotz ihres angetrunkenen Zustands bewegte sie sich wie eine Tänzerin. Erst da fiel Hayato ein, dass die beiden tatsächlich Tänzerinnen waren. Video Clip Dancing. Sie sollten auf dem Clip zu »Fever« im Hintergrund zu sehen sein. Beide waren bildschön. Trotzdem hatte er den Wunsch, die Tänzerin von sich zu stoßen. Sie wand sich auf ihm wie eine Schlange. Hayato hatte keinen Zweifel daran, dass sie ihre einzelnen Körperteile wie losgelöst voneinander bewegen konnte. Ihr schwarz-goldenes Kostüm war auch nicht das einer Zigeunerin. Es war orientalisch, die Gewandung einer Bauchtänzerin. Der weiche, weite Rock ließ ihren Bauch frei, auch ihre Brüste waren nur spärlich bedeckt. Nichts, was nicht anziehend wäre. Während sie sich auf ihm bewegte, klirrten die eingenähten Glöckchen in ihrem Rock. Sie war eindeutig Japanerin, und doch glaubte Hayato sich einen Moment lang in den Orient versetzt. In dunkle Nächte, in denen an lodernden Feuern Tänzerinnen in Rot und Gold erstrahlten.

»Wollen wir eine Runde tanzen?«, rief die Frau auf Hayatos Schoß fröhlich. Ihre Freundin sprang auf.

»Warum nicht! Amaya, sag dem DJ, er soll ›Kleopatra‹ auflegen.«

Amaya tauchte kurz aus der Menge auf und nickte. Hayato klammerte sich an seinen Cocktail. Er leerte das Glas, ohne es zu bemerken. Shoutas Worte waren wie Nadeln, die in seiner Haut steckten. Er war nicht beziehungsfähig, war es nie gewesen. In ihm war kein Platz für eine Bindung. Kiara war nicht mehr als ein üblicher Flirt. Sie würden Spaß haben, eine Weile nebeneinanderher treiben, und dann würden ihre Wege sich unweigerlich wieder trennen. Spätestens, nachdem er dieses Video gedreht hatte.

»Wie heißen die beiden?«

»Keine Ahnung. Sie nennen sich Eri und Fatima, aber das sind nicht ihre richtigen Namen. Amaya hat sie für die Party gebucht.« Shouta stand auf. »Ich hole noch zwei Cocktails. Was willst du?«

»Einen Whiskey Sour«, antwortete Hayato abwesend. Das Licht wurde eine Spur dunkler und leuchtete in einem kräftigen Rot. Die Musik wechselte. Flöten und Trommeln, einfachste Mittel. Hayato hätte es nicht einmal Musik genannt, und doch ging ein hypnotischer Klang davon aus. Eri und Fatima hatten einen weißen Schleier geholt, der in dem gedämpften Licht rot schimmerte. Sie tanzten gemeinsam mit diesem Schleier, hielten, schwangen und warfen ihn. Fasziniert beobachtete er ihre Bewegungen. An den Tischen um die Tanzfläche herum herrschte andächtige Ruhe. Viele Menschen hatten sich an die hintere Wand gedrängt und betrachteten ebenso atemlos wie er das Spiel der beiden Frauen. Sie waren primitiv, fast vulgär. Was nicht an ihnen lag. Es lag an diesem Tanz, der aus dem Becken kam. Sie schwangen ihre Hüften auf eindeutige Weise. Da war keine vornehme Zurückhaltung und nur wenig Raum für Andeutungen. Eri sah ihn an, während ihr Becken sich rhythmisch drehte. Sie lächelte. Ihre Arme schienen sich abgetrennt vom Körper zu bewegen. Brust und Becken wippten in verschiedene Richtungen. Der Kopf wiegte sich im Takt. Mal verschwanden beide Frauen unter dem großen Schleier, mal hielten sie ihn zwischen sich.

Shouta brachte ihm den Whiskey. Gemeinsam sahen sie zu und tranken. Hayato konnte den Blick nicht von Eris schönem Körper abwenden. Von ihrem Becken, das für ihn und nur für ihn seine Kreise zog. Ihre Bewegungen waren einfach. Schnörkellos. Kunst. In diesem Moment begriff er, dass Sexualität größer war als Liebe. Und das war sie auch immer gewesen. Während er weitertrank, verirrten sich seine Gedanken zunehmend. War Liebe nur da, um Sexualität zu kontrollieren? Zu domestizieren? Lange vor der Erfindung der Liebe hatte es die Sexualität gegeben. War es nicht albern, sie an eine Person zu binden? Sich von der Liebe nur an einen Menschen ketten zu lassen? Was gewann man dadurch?

Er wusste nicht, wie lange Eri für ihn tanzte. Die Zeit hatte er längst vergessen. Aber als sie zu ihm kam und seine Hand ergriff, wehrte er sich nicht dagegen. Er tanzte mit ihr, ließ zu, dass sie sich an ihm rieb, ihm körperliche Versprechen gab, die sie vielleicht halten würde, vielleicht aber auch nicht.

Der Raum drehte sich, während sie davonflogen. Weit fort an den Nil, unter einen Sternenhimmel, zu Sand und Feuer, Hitze und Nacht. Mit geschlossenen Augen passten ihre Körper sich einander an. Hayato umschlang Eris Oberkörper, fühlte ihren Bauch unter seinen Armen, spürte, wie ihr Brustkorb sich hob und senkte, während sie einfache, sinnliche Bewegungen machte. *Sie ist eine Zauberin,* dachte er benommen. *Und jetzt gehöre ich ihr.*

Er ließ sich fallen, treiben. Sie gab den Takt an, führte ihn, und er genoss sie. Genoss es, sie zu spüren.

»Tanzt du auch nackt?«, flüsterte er in ihr Ohr.

Sie hörte nicht auf, sich mit ihm zu bewegen. »Im Orient hätten sie dir für diese Frage vielleicht etwas abgetrennt.« Ihre Stimme war dunkel, ein wenig rauchig. Ganz anders als Kiaras helle, klare Stimme, die ihm wie ein Lichtstrahl erschien. Aber die Stimme passte zu Eri, passte zu ägyptischen Nächten und zu tiefem Stöhnen.

»Zum Glück sind wir nicht im Orient.«

»Oh, es gab auch dort solche Entgleisungen. Aber sie wurden geleugnet und nicht gern gesehen. Man warf sie vor allem Zigeunermädchen vor.«

»Als ich dich das erste Mal sah, dachte ich an eine Zigeunerin.«

Sie drehte sich in seinen Armen, legte seine Hände auf ihre Hüften. Während sie sich weit zurücklehnte, und er ihren Busen betrachtete, fragte sie: »Was bin ich dir denn wert?«

»Du willst Geld?« Fasziniert sah Hayato auf ihre zitternden Brüste. Ob sie das ernst meinte? Vielleicht war es auch nur ein Spiel. Er mochte diese Art Spiele.

»Keine Leistung ohne Gegenleistung«, antwortete sie lächelnd und bewegte die Arme kunstvoll über ihrem Kopf. Sie machte sich zur Hure. Und sie schien es zu wollen.

»Was bist du dir denn wert?« Heftig zog er ihr Becken

näher zu sich. Sie kam kurz aus dem Takt, tanzte dann aber weiter. Ihr Oberkörper richtete sich auf. Sie flüsterte ihm ihren Preis ins Ohr. Hayatos Augen weiteten sich.

»Das ist für die meisten Leute eine Monatsmiete«, keuchte er.

Ihre kirschroten Lippen lächelten. »Na und? Geld ist nicht dein Problem.«

»Du solltest mir etwas zahlen, wenn ich bereit sein sollte, dich zu beglücken.«

Sie lachte. »Vielleicht gehe ich ja mit dem Preis herunter, wenn du wirklich so gut bist. Vielleicht. Die meisten Männer prahlen nur und verstehen doch nichts von der Kunst der Liebe.« Mit einer einfachen Bewegung zog sie ihr Oberteil aus und schwang es um seinen Hals. Hayato hörte bewundernde Pfiffe und Rufe. Sie tanzten weiter, das Tuch um seinen Hals hielt ihn eng bei ihr.

»Ist das eine Kostprobe?« Seine Hände wanderten höher, berührten den Ansatz ihrer üppigen Brust. Eri wand sich im Tanz, entzog sich ihm immer so weit, dass seine Hände ihr Ziel nicht endgültig erreichten.

»Eher ein Vorgeschmack.«

»Dann lass mich probieren.« Hayato senkte seinen Kopf und fuhr mit der Zunge über ihre Brustspitzen. Er hörte ihr scharfes Atemgeräusch, doch sie tanzte dabei weiter, ihre Hüfte in seinem Griff. Neben ihnen johlte Shouta. Fatima war vor ihm auf die Knie gesunken und bewegte ihren Oberkörper in Wellen vor ihm auf dem Boden, ihre Arme weit zur Seite ausgestreckt.

Hayato und Eri tanzten weiter. Auch andere Paare wurden nun ausgelassener. Zwei weitere Frauen zogen ihre Oberteile aus und tanzten selbstvergessen vor ihren Männern.

Hayato sah Amaya. Die Frau mit den langen roséfarbenen Haaren tanzte mit Michia. Beide waren kaum noch bekleidet und fielen halb übereinander her. Ihre Zungenspitzen umkreisten einander.

Er mochte diese aufgeheizte Stimmung. Vielleicht war es gut, dass Kiara keine Zeit hatte. Die kühle Deutsche hätte es vermutlich nicht verstanden. Es hätte sie erschreckt. Obwohl die Musik wieder wechselte, änderte Eri ihre Art zu tanzen kaum.

»Du kannst mich auch hier vor allen anderen nehmen, Hayato. Aber das kostet extra.« Sie lachte. Hayato spürte, sie meinte es nicht ernst. Sie entfachte ihn. Weckte Wünsche in ihm. Auf ihre Art und Weise war sie durchaus professionell. Sie umfasste seinen Po. »Oder möchtest du lieber in den Nebenraum gehen?«

Dort standen mehrere schwarze Ledersofas. Das Licht war so gedämpft, dass man kaum etwas von den anderen Menschen im Raum sah. Auch die Musik war dort leiser.

Hayato suchte ihren Blick. »Was willst du dafür haben, wenn ich dich hier nehme?«

»Das Doppelte.«

»Dann zieh dich aus.« Sie wollte mit ihm spielen. Sollte sie selbst sehen, wie weit sie zu gehen bereit war.

In Eris Augen funkelte es abenteuerlustig. Neben ihnen keuchte Amaya hell auf. Mias Hand hatte den Weg in sie hinein gefunden. Shouta hingegen sah noch immer auf Fatima hinab und genoss es, sie auf den Knien vor sich zu haben.

Was ist das mit Frauen und Männern? Illusionen? Träumereien? Warum glauben wir, wir könnten einander kaufen, besitzen?

Die Welt um Hayato drehte sich immer heftiger, während Eri nun auch den Rock auszog und nackt vor ihm tanzte. Hayato ließ zu, dass sie sein Hemd öffnete. Sie zog es ihm im Tanzen aus, zerknüllte es und warf es fort, so wie sie es mit ihrem Kostüm getan hatte. Auch ihre Schuhe hatte sie abgestreift. Andere Tanzende hatten sie längst an den Rand der Tanzfläche geschoben, damit sie ihnen nicht im Weg waren.

Neben Hayato kniete Fatima, den Kopf Shouta entgegengereckt, der seine Hose öffnete.

Hayato tanzte weiter, genoss die Spannung zwischen ihnen, die aufgeheizte Stimmung. Mia und Amaya, deren Zungen einander unablässig suchten. Er wollte Eri zusehen, sie an seinem Körper spüren. Nur kurz dachte er noch an Kiara, dann war dieser Gedanke fortgespült von seiner Lust, von Eris erhitztem Körper, der sich wieder und wieder an seinen drängte.

Das Licht wurde noch weiter gedämpft, während die letzten Hemmungen von den Paaren abfielen und immer mehr Shoutas und Hayatos Beispiel folgten. Eri wurde ungeduldig und öffnete seine Hose.

Hayato riss sie an den schwarzen Haaren herum und warf sie auf die Knie. Sie stöhnte auf und streckte sich ihm entgegen, drückte ihre Arme auf allen vieren durch.

»Ich hoffe, das wird nicht zu schnell vorbei sein«, meinte sie lachend.

Hayato drang in sie ein. »Vielleicht wirst du dir noch wünschen, es wäre schnell vorbei.«

»Angeber.«

»Hure.« Er stieß wieder zu. Fester. Und wieder. Ließ einfach zu, was über ihn kam, ließ sich gehen, während Eri den Rücken ins Hohlkreuz bog, unnatürlich weit, fast wirkte es, als würde sie noch immer unter ihm tanzen, den Kopf weit zurückgeworfen. Ihr Becken bewegte sich weiter im Takt der Musik, bis sie die Musik überholten und schneller wurden.

Wieder war Hayato weit fort, war irgendwo in der Wüste unter blühenden Sternen, nur nicht hier auf dem Boden der Tanzfläche. Die Leute um ihn herum verblassten, er sperrte sie aus, sperrte alles aus und konzentrierte sich nur auf Eri, seine Stöße, das Gefühl, tief und immer tiefer in sie einzudringen, sie zu nehmen.

»Du könntest etwas lauter stöhnen, wenn du die volle Bezahlung möchtest.«

Eri tat ihm den Gefallen, genoss die Erniedrigung und stöhnte für ihn. Hayato konnte später nicht sagen, ob es nur ein Moment war oder eine Ewigkeit, die sie zusammen auf der Tanzfläche kauerten. Sie kamen fast gleichzeitig, Eri schrie und bewegte ihren Körper in wilden Wellen. Hayato war kurz irritiert über ihren Ausbruch, entschied sich dann aber, ihn einfach so zu nehmen, wie er war. Verschwitzt und erschöpft zog er sie anschließend auf die Beine. Freundliche Hände gaben ihnen ihre Kleider zurück. Hayato sah Shoutas glückseliges Grinsen.

»An diese Party werde ich noch auf dem Sterbebett denken, Mann! Zu schade, dass wir das nicht auf Band haben!«

Hayato wurde plötzlich übel, als er den Freund betrachtete. Er wusste nicht, warum. Vielleicht, weil er Eri so gedemütigt hatte. Aber darüber brauchte er wohl kaum entsetzt zu sein. Sie hatte es darauf angelegt. Er stolperte zur Terrassentür. Die Luft brachte kaum Abkühlung. Es war erdrückend schwül, der Sommer umklammerte ihn gewaltvoll, füllte seine Lungen mit stickiger Schwere. Wie unter einem Zwang ging Hayato ganz nach vorne an das Geländer, lehnte sich weit darüber, als wollte er sich auf den fünfzehn Stockwerke tiefer liegenden Asphalt von Tokio stürzen.

Eri kam zu ihm. »Komm lieber da weg, Hayato, du bist betrunken.«

Einen Moment lang starrte Hayato fasziniert in die Tiefe. Ob man den Aufprall noch spüren würde? Dann drehte er sich zu der schönen Tänzerin um, die nun wieder ihr Kostüm trug.

»Du willst sicher dein Geld.«

Sie sah beleidigt aus. »Schätzchen, das Spiel ist vorbei. Natürlich will ich kein Geld von dir.«

»Aber eben hast du noch gesagt …«

»Männer«, schnaubte Eri verächtlich und ließ ihn stehen. Die Glöckchen an ihrem Rock klimperten, dann war es still, ihre Schritte verhallten.

In Hayatos Kopf drehte sich alles. Er verstand sie nicht. Verstand nicht, warum sie eine Hure sein wollte, warum die Vorstellung sie erregte, ihm für Geld zu Diensten zu sein. Sie machte sich zu einem Spielzeug, erniedrigte sich. Aber erniedrigte er sich nicht auch? Was tat er hier? Er fand seine große Liebe und war kein Stück bereit, sein Leben zu ändern. Wenn er es nicht einmal dafür schaffte, wofür dann?

So verrückt es auch war, genau in diesem Moment fühlte er, wie tief und verzweifelt er Kiara liebte. Wie gerne er sie ehren würde, wie gerne er mit ihr glücklich werden würde. Sie wollte einzigartig sein. Sie war die falsche Frau für eine offene Beziehung. Dafür brauchte es einen anderen Menschen. Sie wollte Treue. Und die konnte er ihr nicht geben. Er konnte nicht treu sein. Shouta hatte recht. Er war nur für den Spaß geschaffen, nicht für die Folgen. Manchmal wünschte er sich zu verstehen, warum das so war.

Du musst dich so nehmen, wie du bist. Hayato trat wieder an die Brüstung und schaute auf die Hochhäuser der Stadt. *Genieß die Sache mit Kiara, solange sie dauert. Mehr kannst du nicht tun.*

Kiara war glücklich. Sie überprüfte ein letztes Mal ihr Makeup, während Hayato ungeduldig im Flur wartete.

»Wie lange dauert das denn noch?«

»Nur noch fünf Minuten!«

»Ich gehe raus, eine rauchen.«

»Mach bitte die Tür sofort wieder zu. Corinna läuft hier frei rum.« Sie sah kurz zu ihrem Kaninchen, das friedlich auf der Decke vor seinem Käfig lag. Corinna – sie hatte das Tier an dem Tag umgetauft, an dem sie die Zusage des Kami-Theaters erhalten hatte. Corinna war ihre Rolle in dem Stück. Die Frau, die der unbekannte Dichter liebte und verehrte. Eine höhergestellte Dame des alten Rom.

Erneut überprüfte sie die Linie ihres Kajals. Sie ging auf ein Konzert von Gackt! Der Mann war unglaublich. Einfach genial. Ihr Magen kribbelte wie der eines Teenagers. Irgendwo schon albern, aber was sollte es. Gackt machte einfach eine tolle Show und gute Musik.

Sie griff nach ihrer dünnen Jacke und überprüfte ein letztes Mal, ob sie alles dabei hatte. Dann ging sie hinaus zu Hayato.

In seinem Lamborghini fühlte sie sich inzwischen sicher. Langsam war ihr der Einstieg vertraut. Trotzdem würde sie sich wohl nie daran gewöhnen.

Sie brausten durch die abendliche Landschaft. Kiara schloss die Augen und genoss den Fahrtwind. Sie hatten die Klimaanlage ausgeschaltet und die Fenster geöffnet.

»Wie war deine Party gestern?«

»Ganz nett. Kommst du im Club zurecht?«

»Doch, schon. Gestern ist ein Paar an den Tischen übereinander hergefallen.« Sie kicherte. »Wie verrückt muss man denn sein, um vor den Augen aller anderen Sex zu haben?«

»Tja ...« Hayato stellte Musik an. Gackt. Zum Einstimmen. Kiara hatte im ersten Moment erwartet, er würde die CD seiner Band einlegen. Sie lächelte ihn an.

»Jessis Club ist ein faszinierender Ort. Besonders die beiden neuen Zimmer gefallen mir. Die muss ich dir unbedingt mal zeigen. Wusstest du, dass die alles auf Video aufnehmen? Inzwischen teilweise sogar per Kamera und Computer.«

»Tatsächlich?«

Kiara genoss seine Stimme, die wundervoll vielschichtig war. »Ich hätte gerne Sex im römischen Zimmer. Das muss großartig sein. Zurzeit stehe ich auf alles, was mit Rom zu tun hat.«

»Wegen deiner Theaterrolle?«

Sie nickte. »Ich mag es, mich damit identifizieren zu können.«

Hayato grinste. »Zum Glück spielst du keine Griechin. Sonst müsste ich dich von hinten beglücken. Was für ein Opfer.«

Sie sah ihn abschätzend an. Sein Ton war viel zu genussvoll. »Solche Gedanken solltest du dir lieber gar nicht erst machen. Mein Po gehört mir.«

»Du weißt nicht, was du verpasst.«

»Man muss nicht alles ausprobieren.«

»Wenn du meinst.«

Bei *Doomsday* stellte Kiara die Lautstärke hoch, und sie hörten einfach nur zu, während sie dem Konzert entgegenrasten.

9

Ist hier ein Freund in der Nähe, so schlage er meine Hände in Fesseln – sie haben Ketten verdient!

Kiara strahlte. Sie redete den gesamten Rückweg auf Hayato ein, der kaum etwas sagte. Es störte sie nicht. Das Konzert war großartig gewesen. Eine irre Stimmung. Sie fühlte sich aufgekratzt, hochgepuscht. Immer wieder sang sie die Texte auf der CD mit und ignorierte Hayatos Spott über ihr Unvermögen, die richtigen Töne zu treffen. Er versuchte ihr dabei zu helfen, indem er mitsang. Auch daran störte Kiara sich nicht. Sie war keine Sängerin, sollte Hayato doch lästern und seine Scherze mit ihr treiben.

»Hoffentlich sind wir bald da«, sagte er immer wieder grinsend und kopfschüttelnd.

Es war späte Nacht, als sie endlich wieder in Kazuyas Wohnung ankamen. Kazuya war noch drüben im Club und würde später in Takeos Wohnung übernachten. Kiara war ihm dankbar dafür. Sie fühlte sich erhitzt und schwitzte.

»Eine Dusche wäre gut.« Sie waren kaum in der Wohnung angekommen, als Hayato sein Hemd auszog. »Kommst du mit?«

»Es ist Zuyas Wohnung. Ich weiß nicht …«

»Es wird ihn nicht stören.« Hayato zog ihr das verschwitzte Paillettenoberteil über den Kopf. Der Mond war fast rund, und sie hatten noch kein Licht angemacht. Kiara war auch nicht nach Licht. Sie drängte sich Hayato entgegen und ließ zu, dass er sie auszog. Mit schnellen Handgriffen löste sie ihr aufgestecktes Haar, sah dabei zur Tür. Verschlossen. Das war gut so. Sie hatte Corinna nicht wieder in den Käfig gesperrt. Das Kaninchen blieb aus Gewohnheit auf der Kuscheldecke vor seinem Käfig, aber offene Türen waren eine Versuchung.

In der Duschzelle war es eng, eigentlich zu eng für zwei Personen. Kiara musste immer wieder kichern, wenn Hayato sich den Ellbogen und das Knie an der Wand anschlug und herzhaft fluchte. Sie drängten sich nah aneinander, während warmes Wasser auf sie regnete. Hayato wischte in Kiaras Gesicht herum, um ihr die Schminkreste von der Haut zu putzen.

»Du hast einen Sauberkeitsfimmel, kann das sein?«, fragte sie kichernd.

»Ich will dich nur nicht so verunstaltet sehen.«

»Verunstaltet?« Kiara packte sein steifes Glied und grinste. »Du nennst mich verunstaltet? Sicher?«

»So wie es aussieht, hast du was gegen mich in der Hand.« Er beugte sich vor und küsste sie. Kiara ließ ihn los und suchte nach einem besseren Stand. Sie stützte sich mit den Händen an der Wand ab und genoss seine zärtlichen Küsse, die so anders waren als die letzten fordernden.

Eine gefühlte Ewigkeit lang versanken sie in ihren Küssen. Kiara konnte nicht genug davon bekommen. Als Hayato sich von ihr löste, seufzte sie enttäuscht. Er griff nach dem Duschgel und begann sie zu waschen. Kiara schloss die Augen, spürte seine Hände auf ihrer Haut. Als er ihre Oberschenkel berührte, zuckte sie leicht zusammen. Hayato berührte sie völlig schamlos, strich über ihre Schamlippen, als sei das selbstverständlich. Einen Moment lang musste Kiara daran denken, wie viele Frauen er bereits gehabt hatte. Seine Finger waren viel zu selbstsicher, zu erfahren, während ihre eigenen ihr unbeholfen erschienen. Ob er es schaffen würde, treu zu bleiben? Wann würde er sie das erste Mal betrügen?

Unwillig schüttelte sie den Gedanken ab und ließ sich fallen. Sie nutzte die Gelegenheit, ihn überall zu berühren, ihn erneut zu erkunden und zu fühlen. Sie wusste, dass dies nur ein Vorspiel war, und sie liebte es.

Hayato stieg als Erster aus der Dusche und griff nach einem Handtuch. Er trocknete sie sorgfältig ab. Kiara nahm sich ein zweites Tuch und fuhr damit über seinen Körper.

»Fühlst du dich jetzt besser?« Sie grinste.

»Viel besser.« Er packte ihre Hand und zog sie in den Wohnraum. Folgsam ging sie mit ihm, erregt und berauscht. Noch immer dröhnten ihre Ohren von der Musik, aber das machte nichts. Sie hörte die Lieder in sich, sah wieder den Sänger Gackt auf der Bühne stehen, der für seine Fans alles gab. Mehrere Mädchen waren in Ohnmacht gefallen. Eines direkt neben Kiara.

Hayato beugte sich zu ihrer Stoffhose auf dem Boden und zog daran. Zunächst verstand Kiara nicht, was er tat. Dann sah sie den weichen Ziergürtel in seinen Händen. Er packte sie und drehte sie herum. Seine Hände umklammerten ihre.

»Was hast du vor?« Sie keuchte, als er den Gürtel fest um ihre Handgelenke zog.

»Sag einfach, wenn es dir nicht gefällt. Aber ich denke, es gefällt dir. Du gefällst dir in deiner Unschuld.«

»Hayato …« Einen Augenblick lang hatte sie Angst. Sie kannte ihn kaum. Was wusste sie über ihn? Sie spürte den Stoff, der sich um ihre Haut legte, den Gürtel, der ihre Hände hinter dem Rücken zusammenhielt. Scham und Erregung wallten gleichzeitig in ihr auf. Es war nicht das erste Mal, dass sie sich auf Fesselspiele einließ. Aber es war das erste Mal, dass sie sich auf diese Weise einem Mann auslieferte, den sie kaum eine Woche kannte.

»Sag mir, dass du es nicht magst«, flüsterte Hayato ihr ins Ohr, »und ich binde dich los.«

Sie sagte nichts. Hayato drückte sie vor sich auf die Knie und hockte sich hinter sie. Seine Hände umschlossen ihre Brüste. Sie fühlte seinen Atem, der ihren Hals streifte.

»In deinen Träumen möchtest du, dass ich alles mit dir tue, was ich will. Du möchtest mir ganz gehören.«

Wieder überraschte sie seine Selbstüberschätzung. In ihren Träumen tat er all das, was sie wollte. Und diese Art von Spiel gehörte nicht dazu. Dennoch wäre es unsinnig, ihre Lust zu verleugnen. Ihr Körper zitterte unter seinen Händen. Hayato brachte sie auf seine Weise dazu, seine Worte wahr werden zu lassen. Fast glaubte sie selbst an das, was er sagte. Ihre Geilheit schien es zu bestätigen, schien ihm jedes Recht der Welt zu geben. Sie atmete heftig ein, als er schmerzhaft fest zugriff.

Sie sah kurz zu ihrer Handtasche hinüber, die neben ihren Kleidern am Boden auf den Tatamimatten lag. Er würde doch hoffentlich daran denken?

Hayato fing ihren Blick auf. Er griff in ihre Haare und zog ihren Kopf nach hinten. Sein Mund war wieder an ihrem Ohr. »Darum brauchst du dich nicht zu kümmern. Das mache ich. Genauso, wie ich mich um alles andere kümmere.«

Er ließ von ihr ab, stand auf und ging zum Tisch hinüber. Der Durchgang zum Wohnraum war weit geöffnet. Er zog sich einen Stuhl heran und setzte sich. Seine Augen suchten ihren Blick. Er sah sie nur an, wie sie vor ihm auf dem Boden kniete. Gefesselt. Erregt. Er ließ sie warten. Kiara fühlte sich hilflos. Sie war hilflos, und gleichzeitig erregte sie die Art und Weise, wie er dort saß. Nur dort saß und auf ihren nackten Körper starrte. Trotzig hielt sie seinem Blick stand.

»Kannst du wirklich behaupten, es mache dir keinen Spaß?« Hayato lehnte sich grinsend zurück. »Du willst es. So kühl, wie du auch immer tust, in dir brennt ein Feuer, und es macht Spaß, das zu sehen. Du willst mich. Wie wäre es, wenn du darum bettelst wie unten am Meer?«

»Niemals«, brachte Kiara hervor. Ihre Stimme zitterte. Ihren Blick wandte sie nicht ab. »Du hast es mindestens ebenso nötig wie ich. Vielleicht solltest du mich anbetteln.«

Hayato spielte mit dem geflochtenen Zopf, der ihm ins Gesicht fiel. »Im Gegensatz zu dir hocke ich nicht gefesselt auf dem Boden.« Er streckte seine Beine aus. »Ist es bequem?«

Kiara fühlte keine Schmerzen. Die Matten unter ihr gaben genug nach. Sie fühlte nur ihre Lust, urtümlich und gewaltvoll wie selten zuvor. Sie wandte den Blick ab. Wie schaffte er es, sie immer wieder zu besiegen und gleichzeitig so zu erregen?

Er lachte leise. »Sag es. Sag, dass du mich willst. Und sag ›bitte‹. Dann bekommst du, was du brauchst. Vorher nicht.«

Kiara spürte, wie ihr Gesicht vor Wut und Scham heiß wurde. Sie hatte ihm am Strand gegeben, was er wollte. Jetzt war es an der Zeit, dass auch er seine Lust eingestand.

»Wofür hältst du dich eigentlich?«

»Es ist ein Spiel, Freya. Ein Liebesspiel. Steh zu deiner Lust. Verleugne sie nicht, dann wird sie heftiger werden, als du es dir vorstellen kannst.«

Das war sie jetzt schon. Kiara funkelte ihn zornig an. Was machte er bloß mit ihr?

»Ich will dich. Aber ich werde dich nicht bitten, das zu tun, was *du* kaum erwarten kannst.«

Die Spannung zwischen ihnen war kaum auszuhalten. Hayato stand auf und kam auf sie zu. Er sah auf sie herab.

»So sicher, dass ich dich will?«

Kiara sah zwischen seine Beine. »Schon mal nach unten gesehen?«

Hayato ging vor ihr auf die Knie. Je näher er ihr kam, desto heißer wurde ihr Körper. »Ich könnte dich bestrafen für deine Frechheit. Vielleicht würde dir auch das Freude bereiten.«

»Du wagst es nicht …«

»Hm.« Er ging zu seiner Hose und zog den dünnen schwarzen Ledergürtel heraus. Kiaras Augen weiteten sich. Das würde er nicht tun.

Hayato packte sie von hinten am Hals. Er schob ihren Oberkörper auf ihre Knie, drängte sie mit dem Kopf auf den Boden. »Für mich klingt das ganz danach, als könntest du es nicht erwarten. Wie viele Schläge hättest du denn gerne?«

Kiara wollte sich wieder aufrichten – er drückte sie zurück. Sein Griff war sanft, aber bestimmt. »Du kannst es dir auch ersparen. Sag einfach ›bitte‹. So schlimm ist das doch nicht.«

»Vergiss es.« Kiara spürte, wie feucht sie inzwischen war. Zwischen ihren Schenkeln war es nass. Sie wünschte sich, er würde endlich in sie eindringen. Ihr Kopf glühte, und das leichte Zittern ihre Glieder verriet sie.

»Du willst mir nicht helfen? Schön. Dann werde ich anfangen zu zählen. Und wenn du meinst, es ist gut, dann sag einfach Stopp. Dann gebe ich dir die Anzahl an Schlägen, die du dir ausgesucht hast. Eins …«

»Du bist wahnsinnig!«

»Zwei. Das höre ich übrigens nicht das erste Mal.«

Kiara konnte sich gut vorstellen, wie er grinste. »Drei. Du kannst ja gar nicht genug bekommen. Vier …«

»Stopp!«

»Es geht doch. Sagen wir fünf, weil du so verstockt bist und einfach nicht ›bitte‹ sagen willst.«

Kiara biss die Zähne aufeinander. Ein wildes Gefühl von Wut überkam sie, das sie selbst überraschte. Sie schloss die Augen, als der erste Schlag sie traf. Hayato schlug nicht fest zu. Es reichte, um einen ziehenden Schmerz zu spüren, der rasch nachließ. Kiara hielt den Atem an, um bloß kein Geräusch zu machen. Er ließ sich Zeit. Sie konnte nicht wissen, wann der nächste Schlag kam.

Nach dem zweiten hörte sie wieder seine Stimme. »Möchtest du nicht doch ›bitte‹ sagen? Wenn ich das richtig sehe, bist du so feucht, dass du dich noch vor mir auflösen wirst.«

»Du hattest recht. Das Einzige, was du gut kannst, ist blöde Sprüche machen«, brachte Kiara zwischen zusammengebissenen Zähnen hervor.

Er schlug erneut zu. Nachdem sie wusste, wie es sich anfühlte, konnte sie es fast schmerzlos hinnehmen.

»Du scheinst deine sexuelle Erziehung zu genießen.« Seine Stimme war rau. Der letzte Schlag war etwas fester, so dass Kiara zusammenzuckte. Er ließ den Gürtel fallen. Wieder trat er vor sie. Sein Gesicht war ebenso rot wie ihres. Er war verschwitzt, erregt. Kiara war, als würden sie beide brennen, als hätten sie einander entzündet, und nun versagten sie sich die rettende Abkühlung. Hayato schenkte ihr einen arroganten Blick, was ihren Widerstand nur verstärkte.

»Willst du endlich ›bitte‹ sagen?«

»Nimm dir, was du brauchst«, stieß sie hervor.

»Wie du möchtest.« In seinem Gesicht blitzte Wut auf, die ihn auf sonderbare Weise schön machte. Wild und entfesselt. Ein Rachegott. Er ging zu ihrer Handtasche hinüber, streifte ein Kondom über und kniete sich dann hinter sie. Kiara hob ihr Becken an, als er in sie eindrang. Mit all der Hitze in sich, mit der Lust, die sich in den vergangenen Minuten ins Unerträgliche gesteigert hatte. Kiara schrie auf. Sie stöhnte laut. Streckte sich ihm entgegen, konnte nicht genug von seinem Zorn bekommen, von seinen heftigen Bewegungen. Wieder und wieder stieß er zu, als wollte er sie beide damit vernichten. Er trieb sie gewaltsam ihrem Höhepunkt entgegen. Kiara zerrte an ihren Fesseln. Sie gaben nicht nach. Er hielt sie an der Schulter und zog sie zu sich. Seine andere Hand lag an ihrem Hals. Sie war ihm ganz ausgeliefert, doch die Lust in ihr nahm ihr jede Angst. Als er eine Hand auf ihren Mund drückte, biss sie hinein. Er ließ sie los, griff in ihr Haar und zog es nach hinten. Es tat nicht weh. Sie keuchte unter seinen Stößen.

»Ist es das, was du brauchst?«, fragte sie atemlos.

»Es ist das, was du brauchst«, sagte er unerbittlich.

Und wieder schien ihr Körper beweisen zu müssen, dass seine Worte zutrafen, und dass Kiara eine Heuchlerin war. Ihre Lust kam über sie, erfasste sie ganz und schloss sie gleichzeitig ein. Es gab kein Entkommen, nur sie und ihre Erregung, die sie genauso unnachgiebig gefangen hielt wie seine Hand ihr Haar. Seine andere Hand legte sich erneut auf ihre Lippen, als sei es ihr verboten, laut zu werden, als dürfe man sie nicht hören. Sie stöhnte erstickt in seine Handfläche. Vor ihren Augen verschwamm der Raum. Sie glaubte, kaum noch Luft zu bekommen, und atmete heftig durch die Nase.

Als sie spürte, dass sie es nicht mehr aushielt, biss sie noch einmal in seine Hand, doch dieses Mal zog er sie nicht weg. Er nahm den Schmerz hin. Kiara glaubte Funken vor ihren Augen zu sehen, als sie kam. Seine Hände gaben sie frei, fuhren ihren biegsamen Rücken hinab und drückten sie noch härter an sich. Ihr Keuchen war befreiend. Der Orgasmus erlöste sie von der Qual, und doch wünschte sie sich, es sei noch nicht vorbei. Er kam in ihr und stöhnte. Sie hätte gerne sein Gesicht gesehen, aber ihre Stellung machte es unmöglich. Sie gab kraftlos nach, als er sich zurückzog, und sank mit dem Oberkörper auf die Knie. Noch immer atmete sie heftig. Er schien sie zu betrachten, war ganz still hinter ihr und band sie nicht los. Eine Weile verharrten sie so. Kiara fühlte die Schwere in sich, die Entspannung all ihrer Muskeln, nachdem die Anspannung sich aufgelöst hatte. Ob es ihm ähnlich ging? Sie widerstand der Versuchung, ihn zu bitten, sie loszubinden. Einige Minuten ließ er sie noch schweigend so liegen. Dann beugte er sich hinunter und band behutsam ihre Hände los.

Während Kiara vor ihm vorsichtig ihre Arme und Beine ausstreckte, zog er sich an. Einen Moment lang hatte er sich vergessen können, hatte die Welt ausgelöscht. Und nun war sein Denken wieder da, marterte ihn mit unsinnigen Gefühlen, die er nicht haben wollte. Er fühlte sich elend. Warum hatte er Kiara bestrafen müssen? Warum bestrafte er alle an seiner statt? Er war mit sich unzufrieden, nicht mit ihr. Es kotzte ihn an, ihre Unschuld zu sehen, ihre Treue, ihre Rechtschaffenheit. Weil er nicht wie sie sein konnte. Er hatte sie betrogen, ihr von Anfang an keine Chance gegeben, und das, was er mit ihr vorhatte, war widerlich. Gleichzeitig wollte er es so. Warum? Warum konnte er sie nicht so lieben, wie sie es verdient hatte? Je näher er ihr kam, desto heftiger wollte er von ihr fort.

»Alles in Ordnung?« Unsicher stand sie auf.

Hayato lächelte. »Sicher. Ich gehe raus, eine rauchen.«

»Stört es dich, wenn ich noch mal dusche?«

»Natürlich nicht.« Er gab ihr einen Kuss auf die Wange. Warum war sie, wie sie war? So unschuldig und einnehmend. Und warum konnte er nicht anders sein? Hayato zog seine Zigaretten aus der Jackentasche, nahm das Feuerzeug und ging nach draußen. Die Luft war etwas kühler geworden, aber wirklich frisch war sie nicht, obwohl es einen kurzen Schauer gegeben hatte. Wann würde dieser Sommer endlich vorbei sein? Früher hatte es im Sommer mehr geregnet. Inzwischen steuerte Tokio auf einen Wassermangel zu. Dieser Sommer dauerte einfach zu lange. Hayato sehnte sich nach kühler Herbstluft und fallendem Laub.

Er steckte sich die Zigarette an und lehnte sich gegen die Wand. Vor ihm lag der Parkplatz, auf dem in einiger Entfernung mehrere Autos standen, darunter auch sein Wagen. Er fiel nicht weiter auf. Die meisten Wagen waren Luxusgüter, Statussymbole von Reichen und Neureichen. Aus dem Garten hörte er Lachen. Obwohl es fast zwei Uhr war, war Jessis Club noch immer gut besucht. Vielleicht hatte er den Beruf verfehlt. Vielleicht hätte er in so einem Club arbeiten sollen wie Kazuya. Aber das hätte er nicht gekonnt. Hayato drehte sich zornig auf die andere Seite, ließ seine Schulter schwer gegen die Wand der Villa fallen. Was sollten all diese idiotischen Gedanken? Er war eben so, wie er war. Es war ja nicht so, dass er den Sex mit Kiara nicht genossen hätte. Im Gegenteil. Er mochte ihren Widerstand. Der Gedanke, nur noch ein- oder zweimal mit ihr zu schlafen und sie dann nie mehr wiederzusehen, brannte schmerzhaft in ihm.

Ich liebe sie. Warum liebe ich sie? Ich kann nur zerstören.

Eine Bewegung erregte seine Aufmerksamkeit. Ein weißer Schatten huschte an ihm vorbei. Hayato ließ die Zigarette ins Gras fallen.

»Scheiße.« Er hatte vergessen, die Tür zu schließen.

Hastig trat er die Kippe aus und rannte hinter dem Kaninchen her, das aus Angst vor ihm immer schneller wurde und Haken schlug.

»Bleib stehen, du …«

Er hörte einen Schrei. Eine Frau. Und dann noch einen Schrei. Ein Mann.

»Mein Gott, was ist das?«, rief eine Stimme aus der Dunkelheit. Jemand rannte durch den Garten. Hayato hörte das Geräusch von Stiefeln, die hart auf den Gehsteinen im Rasen klackerten.

»Corinna«, keuchte er mit heftig schlagendem Herzen.

Kiara würde ihn umbringen, wenn er das Kaninchen nicht wieder einfing.

Als Corinna einen Moment zitternd verharrte und ihre Nase heftig zuckend in die Luft hielt, sprang Hayato vor. Sie wich ihm aus. Er lag mit ausgestreckten Armen auf dem Bauch, als er die Schlange sah.

»Was …?«

Corinna sah die Schlange auch. Hayato konnte zusehen, wie das Kaninchen von einem Moment auf den anderen erstarrte. Es schien ihm, als könnte er die unnatürliche Stille hören, als hätte er die ganze Zeit wahrgenommen, wie das Herz des Kaninchens raste und nun plötzlich stehen blieb. Eine Schlange in dieser Größe war dem Tier sicher noch nie begegnet. Und das würde sie auch nicht mehr. Zielsicher schoss die Schlange vor, dicht an ihm vorbei. Hayato selbst war wie erstarrt. Da war kein Heldenmut in ihm. Kein Sterblicher stellte sich zwischen ein solches Tier und seine Beute. Einen verrückten Moment lang glaubte er, in einem Film zu sein. Die Szene war einfach zu surreal. Auch Sakura, die nun an ihm vorbeihetzte und stehen blieb, als wäre sie mitten in der Bewegung eingefroren, wirkte, als käme sie aus einem schlechten Film. Sie war kaum bekleidet, und es war unschwer zu erkennen, was sie gerade getan hatte.

»Narziss!«

Ihre Stimme war befehlsgewohnt. Aber eine Schlange war kein Hund. Hinter Sakura kamen Jessi und Kazuya angerannt, gerade als die Schlange vorstieß und Corinna erwischte. Der letzte Blick auf das Kaninchen zeigte Hayato, dass es davon nichts mehr mitbekam. Die Augen des Tieres wirkten bereits gebrochen. Der Schock war zu groß gewesen.

Kazuya wollte sich auf die Schlange werfen. Sakura hielt ihn fest. »Warte! Sie muss dann eh verdauen, sie …«

»Wenn das Scheißvieh in den See abhaut, finden wir es vielleicht nie wieder!«

»Sie wird nicht in den See abhauen!« Sakura versperrte ihm den Weg. »Ich bleibe hier und nehme sie mit, sobald sie sich etwas beruhigen konnte! Am besten, ihr geht wieder rein.«

»Sakura«, Jessis Stimme klang eisig, »warum ist Narziss nicht im Terrarium? Wir hatten uns darüber unterhalten, dass dieses Tier keine deiner Federboas ist!«

Die drei schienen weder Hayato zu bemerken noch sich zu wundern, dass er da war und auf dem Boden hockte. Erst als Kiara in einem dünnen weißen Kleid auf sie zukam, die Haare noch nass, nahmen sie auch von ihm Notiz.

»Was ist los?«, fragte Kiara ängstlich. »Ist etwas …« Sie sah die Schlange. Erschrocken wich sie zurück. »Ist das …? Ich meine … das ist …«

»Narziss.« Sakura klang alles andere als stolz. »Das ist Narziss. Sie hat es nicht böse gemeint. Es war ein dummer Zufall.«

»Was war ein dummer Zufall?« Kiara sah auf die Schlange, die nur wenige Meter vor ihnen lag. »Warum ist sie da so dick? Hat sie gerade ge …« Ihre Augen weiteten sich.

Hayato stand vorsichtig auf. »Kiara, es …«

»Du hast die Tür aufgelassen!« Kiara sah von einem zum anderen. »Corinna …«

Hayato ging langsam auf sie zu. Das war richtig scheiße gelaufen. »Hör mal, das war …«

»Du verdammter Idiot! Wieso hast du die Tür aufgelassen?«

»Es war keine Absicht, ich habe einfach …«

»Wir müssen Corinna da rausholen!« Kiara drehte sich um und rannte davon.

»Was hast du vor?« Kazuya folgte ihr, während Hayato wie betäubt stehen blieb. Sie hatte ihn um etwas sehr Einfaches gebeten. Warum bekam er nicht einmal das hin? Wollte er, dass sie ihn hasste?

Kiara war schneller wieder da, als er gedacht hatte. In ihren Händen trug sie ein Katana. Er erkannte das Schwert aus Kazuyas Wohnung. Sein Besitzer lief mit erhobenen Händen neben Kiara her. »Kira! Weg mit dem Schwert! Es ist zu spät! Damit erreichst du gar nichts!«

»Das werden wir noch sehen!«

»O nein!«, stöhnte Jessi auf.

War das Katana etwa scharf? Hayato wich einige Schritte zurück.

»Nimm doch Vernunft an!« Kazuya versuchte, nach Kiara zu greifen. Sie schwenkte das Schwert in seine Richtung, er wich leichtfüßig aus.

Mit festen Schritten ging Kiara auf die Schlange zu. Sakura stellte sich vor das Tier. »Das wagst du nicht!«

»Geh mir aus dem Weg, oder ich schlage dich in Stücke! Warum zum Teufel lässt du dieses Mistvieh frei herumkriechen?«

»Leg das Schwert weg!« Sakura ging in Kampfstellung.

»Kiara, bitte. Es war meine Schuld«, rief Hayato in das allgemeine Chaos. Kiara hörte ihn gar nicht. Ihre Augen fixierten die Schlange. Eine solche Wut hatte er ihr gar nicht zugetraut.

»Aus dem Weg, Sakura!«

Sakura dachte nicht daran und griff an. Sie versuchte, nahe genug an Kiara heranzukommen, um so ihren Arm zu greifen. Kiara schlug zu. Der Schlag ging mit der Flächenseite zu Sakuras Kopf. Geschickt wich die kleinere Frau aus, aber in ihrer Wut setzte Kiara instinktiv nach. Zielsicher rauschte die Klinge durch die Luft. Die Japanerin riss ihren Arm im letzten Moment hoch, das Schwert pfiff darüber. Auf ihrer Haut bildete sich ein dünner Schnitt. Sie blutete. Ihre Brust hob und senkte sich heftig, und sie schien erst begreifen zu müssen, dass Kiara mit der flachen Seite zugeschlagen hatte und nicht mit der geschärften Schneide. Andernfalls würde die Klinge jetzt im Knochen stecken oder ihr Unterarm auf dem Boden liegen. Sakuras Augen waren weit aufgerissen, ihr Körper gespannt. Einen Moment sagte niemand etwas. Kiara stand zitternd da, das Schwert auf Sakuras Hals gerichtet.

Hayato wagte nicht, etwas zu sagen – aus Furcht, Kiaras Wut erneut anzufachen. Es war Kazuya, der ihr das Schwert behutsam aus den zitternden Händen nahm.

In ihren Augen standen Tränen. Am liebsten hätte Hayato sie in die Arme genommen. Vorsichtig versuchte er erneut, mit ihr zu reden. »Kiara …«

Sie fuhr zu ihm herum. »Ich will dich nie wiedersehen! Hau bloß ab! Verschwinde!«

»Kiara …« Er kam auf sie zu. Er fühlte sich schuldig. In ihren Augen sah er neuen Zorn. Sie ballte die Hände zu Fäusten und schlug auf seine Brust ein.

»Du sollst abhauen! Hau endlich ab!«

Hayato sah zu den anderen, die betreten zur Seite blickten.

»Ich geh dann besser«, murmelte er. Er fühlte sich plötzlich alt und schwach. Waren das Schuldgefühle? Warum hatte er die verfluchte Tür nicht zugemacht? Er hatte einfach nicht mehr daran gedacht, hatte es vergessen.

Ein letztes Mal sah er in Kiaras tränennasses Gesicht, dann drehte er sich um und ging zu seinem Wagen.

Kiara hatte ihre Hände noch immer zu Fäusten geballt. Sie starrte hasserfüllt auf die große Schlange, die ihr Kaninchen getötet hatte. Dann suchte ihr Blick den von Kazuya. »Gib mir das Katana zurück. Ich werde diesem Monster den Kopf abschlagen!«

»Du kannst der Schlange keinen Vorwurf machen!« Sakura stand noch immer an Ort und Stelle, fassungslos über den leichten Schnitt an ihrem Unterarm. »Sie ist nur ihrem Instinkt gefolgt. Ich werde sie wegbringen, wenn du willst.«

»Am besten ganz weit weg«, murmelte Jessi schwach. Sie sah mitgenommen aus. »Brasilien oder Antarktis … eine Schlange ist doch kein Kuscheltier.«

»Das weiß ich«, gab Sakura beleidigt zurück. Sie bückte sich zu ihrer Schlange. Kiara wollte sich auf sie stürzen.

»Kiara!« Kazuya hielt sie fest. Jessi und Sakura trugen das Tier zusammen davon. »Kiara, jetzt beruhige dich doch!«

Kiara blieb stehen. »Bist du etwa auf ihrer Seite?«

»Nein! Ich wollte dieses verdammte Vieh nie hier haben! Es hat mir von Anfang an nicht gepasst, und die Sache mit Corinna macht mich auch wütend! Trotzdem kannst du nicht einfach mit meinem Katana auf Menschen einschlagen! Du hättest Sakura töten können!«

»Corinna war noch kein Jahr alt! Sie …« Kiaras Stimme zitterte. »Das ist nicht fair. Sie war in den letzten Monaten meine einzige Freundin hier.«

»Kiara.« Kazuya zog sie an sich. Sie ließ es geschehen. Endlich konnte sie richtig weinen. Sie schluchzte.

»Ich weiß, es ist albern. Ich esse ja auch manchmal Fleisch, aber … Corinna war eben mein Kaninchen, und …«

Kazuya hielt sie einfach nur fest und hörte ihr zu. Er sagte nichts, und das war vielleicht auch besser so. Kiara konnte jetzt keine Sprüche ertragen wie »Wir kaufen dir ein neues Kaninchen« oder »Ist doch nicht so schlimm«. Es war schlimm. Und sie war kein Kind mehr. Man brauchte ihr nicht einzureden, die Welt sei besser und größer, als sie es war.

»Es tut mir weh.« Kiara klammerte sich an Kazuya.

Eine lange Zeit standen sie engumschlungen da. Kiara beruhigte sich langsam. Hinter ihnen waren die Stimmen von Sakura und Jessi verstummt. Kiara hoffte, dieses elende Monster würde an Corinna ersticken. Sie schniefte.

»Komm mit ins Haupthaus«, sagte Kazuya schließlich. »Ich mache uns einen Tee.«

Kiara ließ sich wie betäubt von ihm mitziehen. Sie hoffte nur, Hayato würde sich schlecht fühlen für das, was er getan hatte. Sie hatte ihm mehrmals gesagt, er habe gefälligst darauf zu achten, die Tür geschlossen zu halten. Sie wischte sich über die Nase. Verdammter Idiot.

»Takeo!«

Er sah sich um, entdeckte die zierliche blonde Frau mit den roten Wangen in dem dünnen beigefarbenen Mantel.

Er lächelte und stellte seinen Koffer ab. Laura war schon bei ihm, hing an seinem Hals und bedeckte ihn mit Küssen.

»Endlich«, murmelte sie zwischen ihren Zärtlichkeiten. »Tante Kitty wartet schon gespannt auf dich. Sie hat Hackbraten gemacht.«

»Laura.« Er verwühlte ihre Haare. Hübsch sah sie aus. An den Ohren hatte sie Steckohrringe mit weißblitzenden Steinen. Sie blieben noch eine Weile stehen und umarmten einander, als hätten sie sich monatelang nicht gesehen. Takeo war froh, endlich bei ihr zu sein. Der Flug war eine Tortur gewesen.

»Bist du mit dem Auto hier?«

»Kitty hat mir ihren Wagen geliehen. Komm mit.« Laura führte ihn durch die Halle. Obwohl die Halle voller Menschen war, erschien sie Takeo doch leer. Er war zu Hause anderes gewohnt. Der Flughafen erschien ihm klein im Verhältnis zu dem, was er aus Tokio kannte.

»Können wir unterwegs Bier kaufen?«

Laura lachte. »Ich habe schon ganz viel Bier gekauft. Bestimmt zwanzig verschiedene Marken. Ich fürchte, du wirst zum Alkoholiker werden, während du hier bist.«

»Glaubst du, deine Tante kommt mit mir zurecht? Schließlich kann ich ihre Sprache nicht.«

»Ich übersetze alles. Kein Problem. Außerdem werden wir nicht nur bei Kitty sein. Du willst die Zeit schließlich nutzen, um etwas von Deutschland zu sehen, oder? Am Telefon hast du ständig Andeutungen gemacht.«

»Äh ... na ja ...« Takeo hatte am Telefon nicht darüber reden wollen. Er zog sie mit der freien Hand eng an sich. Es fühlte sich gut und vertraut an.

Laura sah fragend in sein Gesicht. »Gibt es irgendetwas, was du gerne besichtigen würdest?«

Takeo nickte schuldbewusst. Sie hatte ihm bereits gesagt, wie lächerlich sie es fand, dass alle Japaner ausgerechnet dorthin wollten. Wie er es erwartet hatte, war auf ihrem Gesicht Ablehnung zu sehen.

»O nein! Nicht das! Nicht Neuschwanstein!«

»Warum nicht?« Takeo presste sie noch enger an sich. »Neuschwanstein ist eben schön. Seitdem ich weiß, dass Deutschland existiert, will ich dorthin. Alle sagen, es sei großartig, und die Bilder sind faszinierend.«

Laura wand sich. »Takeo ... Neuschwanstein hat überhaupt nichts mit dem Mittelalter zu tun. Es ist ein Kunstschloss, das ein Wahnsinniger gebaut hat und ...«

»Ich will dorthin.«

»Warum?«

»Neuschwanstein ist Deutschland für uns, Laura. Außerdem habe ich einen ... äh ... speziellen Wunsch. Den habe ich schon seit der Schulzeit.«

»Seit der Schulzeit?«

»Na gut, es ist etwas albern ...«

»Ja?«

»Ich möchte auf Neuschwanstein mit dir schlafen.«

Takeo hatte so schnell gesprochen, dass Laura ihn kaum verstehen konnte. Er sah verlegen zur Seite.

»Was? Du möchtest WAS?«

»Ich meine, was ich sage. Ich will schon seit Jahren auf Neuschwanstein Sex haben. Alle wollen es nur sehen, und die meisten haben es auch gesehen. Aber wenn ich dort nicht nur war, sondern dort auch noch Sex hatte, dann ist es etwas ganz Besonderes. Etwas, das kein Japaner je vor mir vollbracht hat. Hoffe ich zumindest.«

»Und ... wenn wir erwischt werden?«

»Du willst doch eh auswandern.«

Laura lachte. »Und wenn wir im Gefängnis landen?«

Er streichelte ihren Po. »Vielleicht sperren sie uns gemeinsam in eine Zelle.«

»Du bist sexsüchtig.«

»Das liegt allein an deinen Reizen.«

»Wie hast du dir das vorgestellt?«

»Vorgestellt?« Takeo war mit seinen Gedanken noch in einer deutschen Gefängniszelle.

»Hast du einen Plan?«

»Ach so, das meinst du. Einen Plan habe ich schon seit Jahren: Sich im richtigen Moment von der Führungsgruppe abseilen und einen der Räume nehmen, die nicht besichtigt werden. Es gibt da ein ganz hübsches Zimmer, das wir nehmen könnten – den Wintergarten. Im Internet habe ich herausgefunden, dass man ihn im Moment nicht betreten darf. Außerdem habe ich mir die Abstände der Führungsgruppen eingeprägt und die Standpunkte des Wachpersonals und …«

»Ich fasse es nicht! Ich dachte immer, du hättest keine kriminelle Energie!«

»Es geht hier um Sex. Was soll daran kriminell sein?«

»Ich gebe auf. Wenn es dir so wichtig ist, dann versuchen wir es.«

Takeo strahlte. »Danke.«

10

Kleines Geschenk, mach dich auf den Weg:
Möge sie spüren, dass ich mit dir zusammen ihr
mein treues Herz schenke.

Kiara packte. Sie hatte das Gefühl, es nicht länger ohne Corinna aushalten zu können. Sie musste hier fort. Der leere Käfig und die Stille machten sie fertig. Und doch schaffte sie es nicht, den Käfig abzudecken oder ihn auch nur wegzustellen. Sie vermisste es, Corinna auf dem Schoß sitzen zu haben, ihr weiches Fell unter ihren Fingern zu spüren. Darüber hinaus hatte sie keine Lust, Sakura zu begegnen. Sollte Kazuya doch jemand anderen suchen, der drüben im Club aushalf. War sie Takeo denn überhaupt etwas schuldig? Das hier war einfach zu viel. Sie wollte nicht mehr. Sie wollte sich verkriechen, sich zurückziehen; Wunden lecken, wie es so schön hieß. Dass Hayato den Tod von Corinna mitverschuldet hatte, war doch nur das Sahnehäubchen all seiner Unmöglichkeiten! Seiner sexuellen Aggression, seiner Art, ihr Leben zu zerstören. Vermutlich vergnügte er sich schon längst wieder mit anderen Frauen. Sie hatte nie wirklich Treue von ihm erwartet. Diese rosarote Verliebtheit mochte sie zwar beeinflusst haben, aber letztlich hatte sie von Anfang an gewusst, dass die Sache mit ihm nichts Ernsthaftes werden konnte, und im Moment war sie froh darüber, ihn nicht zu sehen.

Zornig verschloss sie die Reisetasche, in der sie das Nötigste hatte, und stapfte los. Sie hatte genug Geld gespart, um vorübergehend irgendwo unterzukommen.

Es war früher Vormittag, als sie das Drachentor von

Shanaya hinter sich ließ und die Straße hinunterging. In südlicher Richtung, noch einen Kilometer entfernt, lag die nächste U-Bahn-Station. Das Meer konnte sie heute nicht riechen. Der Wind schien aus dem Inneren Tokios zu kommen und brachte Hitze, Abgase und den Geruch nach vergessenem Müll mit sich. Etliche Autos brausten an ihr vorbei, doch niemand beachtete sie. Warum auch? In einer Großstadt war man oft einsamer als in einem Dorf, in dem die Menschen einander kannten. Mehr Menschen bedeuteten mehr Zurückhaltung.

Kiara ging an einer Reihe kleinerer Anwesen vorbei, bis der erste Hochhausblock in Sicht kam, als sie hinter sich Kazuyas Stimme hörte.

»Kira!«

Sie drehte sich um. Kazuya rannte auf sie zu. Er war barfuß, trug nur einen schwarzen Trainingsanzug in japanischem Stil. Die weite weiche Hose sah aus wie ein Faltenrock. Das ärmellose Shirt lag eng am Oberkörper. Seine Haare hingen ihm wirr ins Gesicht.

»Kira, bleib stehen!«

Sie stand bereits. Feindselig sah sie ihm entgegen. »Danke für deine Gastfreundschaft, aber ich habe genug von dir und deinen Freunden!« Sie wollte sich wieder umdrehen, doch Kazuya hielt sie grob an der Schulter fest.

»Was fällt dir ein, dich einfach so vom Anwesen zu schleichen?«

»Ich bin ein freier Mensch! Ich kann gehen, wohin ich will!«

»Ich dachte, wir sind Freunde!« Kazuyas dunkle Augen funkelten zornig. Es sah fast so aus, als müsste er sich zurückhalten, ihr ins Gesicht zu schlagen. »Du kannst dich nicht einfach so verdrücken, ohne ein einziges Wort der Verabschiedung!«

»Leb wohl!« Kiara wollte sich losreißen. Seine Finger gaben sie nicht frei.

»Ist das alles, was du kannst? Wegrennen? Hast du dich deshalb die letzten Monate in deiner Wohnung eingesperrt und dich tot gestellt?« In seiner Stimme war Bitterkeit. »Ich mache normalerweise keinen Aufstand um so was, aber du hast dich vierzehn Monate lang nicht mehr bei mir gemeldet und hast erst angerufen, als du wirklich in der Scheiße saßest! Und was tue ich? Dir helfen! Glaubst du nicht, ich habe eine bessere Behandlung verdient, als irgendwann in vierzehn Monaten vielleicht wieder angerufen zu werden?«

Kiara war zu wütend, um überhaupt auf ihn einzugehen. »Du warst doch damals nur nett zu mir, weil du mit mir schlafen wolltest!«

Kazuya ließ sie so abrupt los, dass sie fast nach hinten gestürzt wäre. »Ich wollte deine Freundschaft. Nicht mehr. Aber auch nicht weniger!«

»Corinna war meine Freundin!«

»Corinna war ein Kaninchen!«

Kiara spürte, wie ihre Augen feucht wurden. »Und ihr habt sie umgebracht!« Sie wandte sich von ihm ab.

Kazuya seufzte. Er klang mit einem Mal sehr verloren. »Kira, sieh mich an! Du weißt, dass das nicht wahr ist. Ich bin nicht dein Feind. Ich bin dein Freund. Und als solchen könntest du mich echt besser behandeln. Du kannst auf deine Freunde wütend sein. Du kannst ihnen sogar vorübergehend die Pest an den Hals wünschen, in Ordnung. Aber du kannst sie nicht einfach so stehen lassen und ohne ein Wort verschwinden! Lauf nicht davon. Nicht dieses Mal. Ich will nicht wieder ein Jahr warten müssen, bis du mich anrufst.«

Kiara zitterte. Sie wusste nicht, was sie antworten sollte. War sie wirklich so ein Feigling? Hatte Kazuya recht? Lief sie davon? Sie sah sich um, als würde sie die Straße und die

Hochhäuser erst jetzt sehen. Natürlich lief sie davon. So, wie sie immer davongelaufen war, wenn es um menschliche Nähe ging. Selbst Hayato hatte sie nur sehr widerwillig an sich herangelassen. Sex war in Ordnung, aber hatte sie sich ihm geöffnet? Hatte sie nicht von Anfang an geglaubt, dass aus ihnen nichts werden würde? Den Sex genossen und Hayato doch zugleich ausgesperrt? Sie spürte nicht, wie ihr die Tasche von der Schulter rutschte und auf den Boden fiel.

Kazuya zog sie an sich. »Ich habe dich nicht zu mir geholt, weil ich mit dir schlafen will, Kira. Es ist schon richtig, dass ich mal was von dir wollte, aber das ist lange her und hat sich schnell wieder gelegt. Im Moment würde ich freiwillig nur mit einer einzigen Frau schlafen – und das bist nicht du, das ist Kiko. Es hat nichts damit zu tun, dass du unattraktiv wärst oder so, aber für mich bist du nicht mehr und nicht weniger als eine Freundin. Ich hatte keinen Hintergedanken, als ich dich nach *Shanaya* holte, und ich habe auch jetzt keinen.«

»Ich weiß. Tut mir leid. Es tut so weh, dass ich einfach blind um mich schlage. Corinnas Tod. Und der Gedanke, Hayato nicht mehr zu sehen …«

Kazuya hielt sie fest und sagte nichts dazu.

»Es tut gut, einen Freund wie dich zu haben, Zuya.« Sie lehnte sich an ihn und verbarg ihr Gesicht an seiner Schulter. Als sie sich beruhigt hatte, nahm Kazuya ihre Tasche und trug sie zum Anwesen zurück. Kiara folgte ihm schweigend.

Sie trauerte drei Tage um ihr Kaninchen. Mit Sakura sprach sie kein Wort mehr. Die Schlange war fort, und an ihrer Stelle flitzten nun ein paar Eidechsen durch das Terrarium im griechischen Zimmer. Kiara fragte nicht, wohin Sakura das Vieh gebracht hatte. Es war ihr auch egal.

Hayato rief mehrmals täglich an, aber Kiara wollte nicht mit ihm reden. Der Tod von Corinna war ein schwerer Schlag für sie, und wenn sie ganz ehrlich war, fürchtete sie sich auch ein wenig vor Hayato. Sie konnte es nicht genau begründen. Vielleicht war es auch mehr eine Angst vor sich selbst. Sie wollte mehr von Hayato. Aber sie war nicht bereit, sich auf ihn einzulassen.

Nachdenklich starrte Kiara auf den kleinen See mit dem Zwillingswasserfall. Seerosen lagen wie ein Flickenteppich aus Grün und Weiß auf dem stillen Wasser. Kirsch- und Ahornbäume umgaben das Ufer und warfen silbrige Schatten. Es gab eine einfache weiße Holzbank ohne Lehne, auf der sie nun hockte. Die Hitze war heute erträglich. Vielleicht würde es endlich kühler werden und regnen.

In Hayato lag etwas Zerstörerisches. Es hatte nichts damit zu tun, dass ihr Kaninchen tot war. Es war ein Gefühl, das sie auf einer tiefen Ebene berührte und sie warnte, die Finger von ihm zu lassen. Warum hatte sie sich überhaupt mit ihm eingelassen? Nur weil er gut aussah? Wegen seiner Blicke? Seiner Ausstrahlung? Sie brauchte keinen Partner zum Repräsentieren. Das hatte sie nie gebraucht. War es vielleicht nur sexuell? Hayato zeigte ihr Wege, die sie gehen wollte. Es war unsinnig, das abzustreiten. Sie war mindestens ebenso verantwortlich wie er. Aber warum? Warum erregten sie seine Demütigungen? Sie musste an Liz denken, die sich so bereitwillig dominieren ließ. Liz war sicher kein charakterlich schwacher Mensch, und doch ordnete sie sich sexuell unter. Aber war es bei ihr auch so? Oder hatte sie ein Problem?

Kazuya kam zu ihr an den Teich.

»Hast du nicht Probe?« Kiara sah stur auf das mit Seerosen bedeckte Wasser. Eine Libelle flog nah an ihnen vorüber. Kiara folgte ihrer Flugbahn mit den Blicken. Allein der Gedanke, dass Kazuya Hayato heute noch sehen würde, machte sie neidisch. Dabei wollte sie Hayato nicht sehen. Nein. Elender Kaninchentöter. Sollte er doch in der Hölle schmoren!

»Heute nicht.« Er setzte sich neben sie. »Du kannst dir heute Abend wieder frei nehmen, wenn du willst. Ich kümmere mich um alles.«

»Danke, aber ich brauche ein wenig Ablenkung. Arbeit wird mir guttun.«

»Shouta und Michia wollen in den Club kommen.«

Gegen ihren Willen war Kiara neugierig. »Haben sie ein Zimmer gebucht?«

»Nein. Sie kommen auf einen Champagner vorbei, paaren sich üblicherweise im Pool oder irgendwo in der freien Natur und hauen dann wieder ab. Zumindest, wenn sie zusammen da sind. Shouta hat demnächst allein eine Buchung bei Yoki.«

»Macht Shouta überhaupt etwas, außer Sex und der Band?«

Kazuya schüttelte den Kopf. »Nein. Seine Familie hat genug Geld. Soweit ich weiß, ist er ein Einzelkind, und seine Mutter gibt ihm, was immer er will.«

»Macht ihn irgendwie unsympathisch.«

Zuya grinste. »Man wird schnell neidisch.« Er zupfte ihr eine Haarsträhne aus dem Gesicht und wurde sofort wieder ernst. »Du bist verletzt. Komm heute lieber nicht in den Club. Ich habe die Befürchtung, du wirst etwas schrecklich Dummes tun, wenn du heute dort bist.«

»Was sollte ich Dümmeres tun können, als mich auf Hayato einzulassen?«

»Vermisst du ihn?«

»Schrecklich.«

»Warum redest du dann nicht mit ihm?«

»Ich … ich habe Angst.«

»Wovor?«

»Wenn ich das wüsste.« Kiara seufzte. »Außerdem bin ich nach wie vor wütend auf ihn.«

Sie sahen beide auf, als sie Schritte hörten. Hayato kam über die Steinplatten auf sie zu. In seinen Armen trug er ein kleines schwarzes Bündel.

»Wenn man vom Teufel spricht …«, murmelte Kazuya. »Ich geh dann besser.« Er stand auf.

Kiara fuhr ebenfalls in die Höhe. Ihre Gefühle verwirrten sie. Freude, Wut, Hoffnung und ein entsetzlicher Zorn, als sie sah, was er auf dem Arm trug: ein Widderzwergkaninchen! Glaubte er wirklich, damit alles ungeschehen machen zu können?

»Was tust du hier?«, blaffte sie ihn an.

»Ich … ich wollte mich entschuldigen. Da du nie ans Telefon gehst, dachte ich, ich komme vorbei.«

Kiara fühlte ihren Zorn wie eine eisige Kugel tief in sich, die rasch wuchs. Ihre Kälte schien zu brennen.

»Und da bringst du mir ein Kaninchen mit? Hast du denn überhaupt keinen Respekt vor irgendwas? Glaubst du, das macht es wieder gut?«

»Kiara, es tut mir leid.«

»Verschwinde! Verschwinde, oder ich gehe und hole Kazuyas Katana!«

»Können wir nicht miteinander reden?«

»Warum? Was gibt es noch zu reden? Du zerstörst mein Leben!«

»Denkst du nicht, dass wir auch den einen oder anderen guten Moment hatten?«

Wie hilflos und treu er aussehen konnte. Schuldbewusst. War das wieder eines seiner Spiele? Fühlte er das, was er sagte, so wie er seine Texte fühlte, wenn er sie sang? Wieder fiel ihr Blick auf das schwarze Kaninchen. So eine Idiotie. Als ob man Corinna einfach ersetzen könnte!

»Ich sage es nur noch ein Mal: Verschwinde endlich!«
»Rufst du mich an, wenn du dich beruhigt hast?«
»Ich habe nicht vor, mich zu beruhigen! Schieb deinen selbstgefälligen Arsch von diesem Grundstück und hör auf, mich zu belästigen! Du bist das Schlechteste, was mir je passiert ist!«
Hayato sah geschlagen aus. Es war ein Sieg, der Kiara nicht mit Stolz erfüllte. War sie zu hart? Er hatte die Tür sicher nicht mit Absicht aufgelassen, und es gab Menschen, die nicht verstanden, wie sehr man an seinen Haustieren hängen konnte, dass sie wie Kinder waren. Corinna hatte ihr so viel gegeben. Kiara ging an Hayato vorbei in Richtung Haupthaus. »Pass auf das Kaninchen auf. Nicht, dass du es auch noch tötest.« Sie ließ ihn stehen. Er folgte ihr nicht. Es tat ihr weh, im Vorbeigehen sein verletztes Gesicht zu sehen. Die Sache schien ihm mehr auszumachen, als sie gedacht hatte. Überhaupt hatte sie nicht damit gerechnet, dass er so hartnäckig und so dreist sein würde, mit einem Kaninchen hier aufzutauchen. Damit beleidigte er sie und die tote Corinna. Gleichzeitig hätte sie ihm das Tier am liebsten aus den Armen gerissen. Sie konnte das arme Ding doch nicht Hayato Takado überlassen! Er wusste nicht mal, wie man mit Kaninchen umging! Ärgerlich schüttelte sie den Kopf. Das war nicht ihr Problem. Sie wollte jetzt nicht mit ihm reden. Sie wollte allein sein.

Hayato setzte sich auf die Steinbank vor dem Teich. Hier hatte Kiara eben noch gesessen. Er konnte die Wärme spüren, die sie hinterlassen hatte. Er streichelte das Kaninchen in seinem Arm.
»Wie es aussieht, muss ich jetzt auf dich aufpassen.«
Verrückt. Das alles war so verrückt. Warum lag ihm so viel

an Kiara? Er konnte nicht mehr schlafen, kaum noch essen. Es war, als habe sie seine Deckung gänzlich durchschlagen, und jetzt wusste er nicht, was er noch tun sollte. Sie war überall, in jedem Schritt, jeder Blüte am Wegrand, jedem Lachen. Und obwohl er voller Emotionen war, konnte er nicht einmal mehr arbeiten. Es gab keine Inspiration in ihm, nur den Gedanken an sie, und warum er sie betrogen hatte. Er hatte schon viele Frauen betrogen. Aber bei ihr störte es ihn.

»Weil ich sie liebe, Devil«, flüsterte er dem Kaninchen zu. »Ich liebe sie.«

»Interessant«, meinte eine leichte Stimme neben ihm. Hayato sah auf. Yukiko ließ sich neben ihm auf die Steinbank sinken. »Du hast Kiara also gefunden, und sie hat dich erneut zum Teufel gejagt?«

»Willst du mich verspotten?« Yukiko hatte ihm gesagt, wo er Kiara finden konnte, nachdem sie ihn hereingelassen hatte. Sie hatte ihm aber auch gesagt, dass es nichts bringen würde, jetzt mit ihr zu reden.

»Nein.« Yukiko berührte das Fell des Kaninchens. »Ich mache mir Sorgen um dich. Yori hat mir von der Sache auf der Party erzählt. Von den Tänzerinnen.«

Hayato versteifte sich. »Hast du es Kiara gesagt?«

Sie schüttelte den Kopf. »Hab ich nicht.« Das Kaninchen drängte sich an sie, und Hayato gab es ihr, bevor es zu unruhig wurde.

»Ich verstehe selbst nicht, was mit mir los ist. Ich liebe sie. Aber ich kann ihr nicht treu sein. Ist doch idiotisch. Manchmal denke ich, ich bin das Letzte.«

»Vielleicht solltest du mal ans Licht bringen, was dich so fertig macht. Ich kann dir helfen.«

»Und wie?«

Yukiko musterte ihn eindringlich. »Was fühlst du, wenn du eine Beziehung hast?«

»Es zieht mich fort. Ich muss weg, aber ich weiß nicht, wohin.«

»Jetzt lügst du.«

»Bitte?«

»Ich habe deine Lieder gehört. Alle. Und in einem schreist du dein Problem geradezu heraus.«

Hayato spürte eine seltsame Aufregung in sich. »In welchem?«

»Kobe 95. Der Text im Refrain ist eindeutig. *Ihr seid gegangen, doch ich lasse euch nicht ziehen. In der Nacht bin ich bei euch, in der Dunkelheit der Nacht ...*« Sie verstummte. »Für jemanden, der sich schon so lange mit Psychologie beschäftigt wie ich, ist das ziemlich offensichtlich. Du singst über deine Eltern. Du bist mit ihnen verbunden, und du hast sie niemals gehen lassen. Und genau deshalb bist du nicht frei. Solange die Sitzplätze in deiner Seele von Toten belagert werden, kannst du keine Beziehung von Dauer haben, Hayato. Du hast einen Todeswunsch. Sobald du eine Beziehung hast, fühlst du das. Wie du es gesagt hast: Du willst fort. Du willst deinen Eltern folgen, und wenn du diesen Wunsch nicht aufgibst, wird er dich zerstören.«

Yukikos Licht blendete ihn. Er sah sie an, wie sie in ihrem weißen Hosenanzug neben ihm saß, das schwarze Kaninchen auf dem Schoß, und plötzlich spürte er Tränen, die er nur mit Mühe zurückhalten konnte. Die Erleichterung, die über ihn kam, konnte er nicht mit Worten beschreiben. Endlich verstand ihn jemand! Endlich wurde er nicht einfach nur verurteilt für sein Handeln. Für seine Untreue und seine Unfähigkeit, sich an andere zu binden. Yukiko schien nur zu analysieren, nicht zu richten, und sie hatte die Wahrheit gesagt: Sie konnte ihm helfen. Besser als all die Gesprächstherapien über posttraumatischen Stress, die er in seiner Jugend hinter sich gebracht hatte.

»Was soll ich tun?« Seine Stimme war brüchig. Er wollte sich nicht zerstören. Er wollte leben.

Sie legte das Kaninchen in seine zitternden Hände. Er war dankbar, von ihren Blicken nicht verspottet zu werden, sondern Verständnis zu bekommen. »Finde ein Ritual. Löse dich von deinen Eltern. Sag ihnen, dass du ihnen eines Tages folgen wirst, aber noch nicht jetzt. Und bis dahin wirst du dein Leben so gut leben, wie sie es sich von dir gewünscht hätten. Und wie du es ihnen gönnen würdest, würden sie noch leben.«

»Danke.« Er wusste nicht, was er mehr sagen sollte. Er fühlte sich überwältigt von der einfachen Klarheit ihrer Sätze. Von der Wahrheit, die in ihnen lag. Das Schweigen zwischen ihnen war ihm willkommen. Die Geräusche des Wassers und des Windes erschienen ihm eindringlicher als zuvor. Er sah auf den Zwillingswasserfall, die grünen Bäume und Büsche des Gartens und fühlte sich plötzlich wie neu geboren. Als hätte er eine zweite Chance erhalten. Sein Blick suchte den von Yukiko.

»Ich kenne niemanden, der andere so gut versteht wie du. Würdest du … würdest du für mich mit Kiara reden? Ich liebe sie, und ich will sie nicht verlieren.«

»Lass ihr Zeit. Und dir auch. Nimm dir ein paar Tage, um dein Leben zu überdenken und dir zu überlegen, was du in Zukunft anders machen willst. Was gut und was schlecht für dich ist. Weißt du, es reicht nicht, ein paar Worte gesagt zu bekommen. Ändern musst du dich letztlich selbst. Ich kann dir eine Richtung zeigen. Den Weg musst du schon allein gehen. Und das ist Arbeit.«

Hayato lächelte. »Ja. Aber es scheint eine Arbeit zu sein, die sich lohnt.«

Takeo war in seiner Begeisterung kaum zu halten. Laura hatte sich immer eingebildet, mit einem ungewöhnlichen Japaner zusammen zu sein, der nicht dem Touristenklischee entsprach, doch im Moment unterschied Takeo sich von seinen Landsleuten nur durch seine Größe und sein auffallend gutes Aussehen.

Seitdem sie Schwangau erreicht hatten, der Wagen auf dem Parkplatz stand, und Takeo die frische Voralpenluft genießen durfte, verwendete er nur noch Superlative und stieß hin und wieder laute Rufe aus, die Laura erschreckten.

»Der See!« Takeo wedelte mit den Nummernkarten in seiner Hand, die sie bereits am Fuß des Schlosses im Ticketcenter gekauft hatten. »Sieh doch nur den See! Ach, so war das Mittelalter! Dieser Blick, dieses Schloss! Diese Schönheit!«

»Neuschwanstein ist lediglich eine poetische Interpretation vom Mittelalter«, protestierte Laura schwach. Wenn Takeo erst einmal richtig in Fahrt war, ließ er sich nicht mehr bremsen. Das galt für seine Euphorie wie für sein Sexualleben. Allerdings hatte sie ihn selten so euphorisch erlebt.

»Das ist das Schönste aller Schlösser! Ein Weltwunder! Sieh dir nur diese entzückenden Türme an! Ein Kunstwerk! Phänomenal! Fast so schön wie du!«

Laura lächelte geschmeichelt. Sie blickte hinauf zu den weißen Türmen und Erkern, den spitzen Kegeldächern, die sich in einen strahlend blauen Himmel streckten. Das Land um das Schloss herum war grün mit den ersten Verfärbungen, die der Herbst mit sich brachte. Es war genauso schön wie auf den Postkarten, und das war es auch, was Takeo gewollt hatte. Für diesen Besuch hatte Takeo auf gutes Wetter gewartet. Bei Regen wäre er erst gar nicht losgefahren.

Laura sah kopfschüttelnd zu, wie er auf dem Weg zum Schloss von einem Souvenirstand zum nächsten hetzte.

»Das muss eine japanische Krankheit sein«, murmelte sie verständnislos. Einerseits ging ihr Takeos Begeisterung ein wenig auf die Nerven, andererseits war ihr gemeinsamer Aufenthalt in Deutschland bisher wunderschön gewesen. Takeo kam gut mit ihrer Familie zurecht, und sie hatten bereits einige Sehenswürdigkeiten abgeklappert. Vielleicht war sie einfach nur ein wenig müde vom Sightseeing.

Sie mussten eine ganze Weile warten, bis sie sich endlich ihrer Führungsgruppe anschließen konnten. Takeo nutzte die Zeit, um das Schloss von außen zu bestaunen und unzählige Bilder von Neuschwanstein und von Laura zu machen.

Laura war nervös. Hoffentlich ergab sich gar keine Möglichkeit, sich von der Gruppe abzusetzen. Sie war zwar inzwischen sexuell aufgeschlossener, aber beim Sex von einer Touristengruppe überrascht zu werden, war nun wirklich nicht ihr Ding.

»Es geht los«, Takeo nahm sie an der Hand. »In der Venusgrotte. Du weißt ja, ich gebe dir das Zeichen, und dann verstecken wir uns hinter der Wand. Wir müssen nur schnell genug sein.«

»Äh … ja.« Takeo sprach Japanisch und hoffte wohl, dass ihn hier niemand verstand. Sah er all die Japaner nicht, die neben ihnen liefen? Eine Frau mit einem albernen weißen Hut und einer kitschigen Sonnenbrille mit rosa Schmetterlingen an der Seite grinste Laura zu.

Laura war so nervös, dass sie von der Führung wenig mitbekam. Sie war auch nicht zum ersten Mal hier. Während Takeos Gesicht lautloses Entzücken zeigte, trotteten sie in der Horde durch das Schloss. Sie gingen ins Dienerzimmer im ersten Obergeschoss. Laura ignorierte die gelangweilte Stimme der Gruppenführerin, die ihren Text herunterleierte. Sie stiegen weiter nach oben, erreichten den byzantinischen

Thronsaal. Takeo hielt sich sehr mit Kommentaren zurück, weil er nicht auffallen wollte. Sie gingen ganz am Ende der Gruppe, versuchten aber, sich normal zu benehmen. So normal wie Takeo sich eben in seinem Traumkunstwerk bewegen konnte. Die kostbaren Steine und Mosaike brachten seine Augen zum Leuchten. Sie kamen nun durch die Wohnung des Königs. Ludwig der Zweite hatte hier einst vortrefflich gewohnt, auch wenn er bei all seinen Bauprojekten wohl kaum Zeit gehabt hatte, sich länger auf Neuschwanstein aufzuhalten. In Gedanken ging Laura die Zimmer durch – Speisezimmer, Schlafzimmer, Wohnzimmer – dann kam auch schon die Grotte. Sie drängte sich dicht an Takeo.

»Und … du bist sicher, dass sie die Gruppe nicht in den Wintergarten hineinführt?«

»Ich hab's im Internet gelesen. Irgendwas mit dem Boden. Man darf im Moment nur hineinschauen und ihn nicht betreten.«

»Takeo – dieser Raum ist von der Grotte nur durch eine Glastür getrennt!«

»Eben. Und die machen sie nicht auf. Aber wir werden sie aufmachen.«

»Man wird uns sehen!«

»Wir verdrücken uns in eine Ecke. Vertrau mir.«

Sie kamen in die Lustgrotte. Takeo sah sich so wachsam um, als wäre er auf einem Schlachtfeld. Laura hatte weiche Knie. Konnten sie so etwas nicht in Japan machen? Warum ausgerechnet in ihrem Heimatland?

Die Führerin bewegte sich mit der Gruppe weiter. Takeo hielt Laura fest und zog sie aus dem Raum hinaus ins Wohnzimmer. Er musste dabei gut aufpassen, denn am anderen Ende des Wohnzimmers stand eine uniformierte brünette Dame vom Wachpersonal, die gerade patrouillierte. Sie hatte ihnen den Rücken zugewandt.

Takeo verharrte eine Weile, bis die letzten Gruppennachzügler verschwunden waren. Gerade als die Frau den Kopf in ihre Richtung wandte, zog er Laura so heftig mit sich, dass sie fast in die Venusgrotte gestürzt wäre. Doch seine Arme hielten sie sicher. Mit wenigen Bewegungen öffnete er die Glasschiebetür.

Oh nein. Laura hatte so gehofft, er würde es nicht schaffen. Andererseits: Auf YouPorn würden sie damit sicher einen Hit landen. Nicht, dass sie vorhatte, das Ganze auch noch zu filmen.

Ich weiß manchmal nicht, ob Takeo so gut für mich ist. Sie ließ sich von ihm mitziehen und spürte bereits, dass sie ihm den Wunsch weder ablehnen würde, noch ihn wirklich ablehnen wollte.

Sie betraten den Wintergarten, Takeo schloss die Tür, und dann drängten sie sich an dem Brunnen und an einem Stuhl vorbei. Der Ausblick war überwältigend. Einen Moment lang sah Laura sprachlos hinab. Wieder war es Takeo, der sie vor Entdeckung bewahrte – er schien einen sechsten Sinn dafür zu haben. Er zog Laura direkt vor das Fenster in eine Ecke des Raumes, die man von der Grotte aus nicht einsehen konnte.

Laura atmete tief durch. Sie hatte extra für diesen wahnwitzigen Versuch auf Unterwäsche verzichtet und schob nun ihren weißen halblangen Rock nach oben.

»Kein Vorspiel?« Takeo schien enttäuscht.

Laura funkelte ihn zornig an. »Du weißt überhaupt nicht, was du mir da abverlangst!«

Er streichelte ihren nackten Po. »Wenn es so unmöglich für dich ist, warum hast du dann diesen Glanz in den Augen?« Takeo wartete, bis die uniformierte Frau wieder weg war, dann drehte er Laura herum. Sie stützte sich mit beiden Händen an der Glasscheibe ab und starrte hinunter auf das grüne Land und den glitzernden See.

Sie spürte seine Hände auf ihrer Brust, die sich in den tiefen Ausschnitt ihres roséfarbenen Oberteils schoben, die zugezogene Schnürung weiteten, bis er genug Platz hatte. Seine Finger rieben die Spitzen ihrer Brüste, die sofort hart wurden.

»Wir haben keine Zeit«, flüsterte Laura.

»Sie werden uns nicht sehen. Du darfst nur nicht zu laut werden.« Seine Finger schlossen sich fest um ihre Brüste. Sie umspannten sie fast vollständig. Laura sah weiter in das Land, während er ihr kleine Küsse auf den Nacken gab.

»Wie oft Ludwig hier wohl Sex gehabt hat?«

Laura lächelte. Was Takeo alles beschäftigen konnte. Seine Finger glitten unter ihren Armen hindurch wieder nach hinten über ihre Wirbelsäule und den Po. Er ließ sie los und öffnete seine Hose. Dabei ging er leicht in die Knie und drang in sie ein. Sie trug dünne weiße Stiefel, die ihr für diese Aktion genau die richtige Größe gaben.

Wenn uns jemand erwischt … Laura fühlte sich wie ein unartiges Schulmädchen. Nein, eigentlich viel schlimmer. Das hier konnte peinlich werden. Sehr peinlich. Sie fühlte das kalte Glas an ihren Händen und hoffte, dass es ihr Gewicht aushielt.

»Takeo …«

»Entspann dich, Laura.«

Er bewies ihr, wie viel Spaß es ihr trotz all ihrer Bedenken machte. Es war, als würde all seine Euphorie in sie fließen, seine Sicherheit, sein Vertrauen, seine Lust an der Sache. Was sollte ihnen schon passieren? Mehr als verhaften konnte man sie nicht. Langsam begann sie Spaß an der Sache zu bekommen. Er bewegte sich einfühlsam vor und zurück. Ihre Brüste bebten leicht, und die lange Rosenkette an ihrem Hals baumelte kaum merklich.

»Da geht noch ein bisschen mehr«, flüsterte sie. Er hielt ihre Hüfte. Sein Mund war dicht an ihrem Nacken, und sie spürte seinen Atem, der über ihre Haut fuhr. Unter ihnen lag das Land in all seiner Schönheit. Laura wollte nicht fortsehen. Ihre Blicke verloren sich im See, während ihre Gedanken ganz bei Takeo waren. Sie bewegte sich heftiger, passte sich ihm voller Freude an. Die Kette mit den winzigen metallenen Rosen hüpfte unter ihrem Hals.

»Laura«, stöhnte er leise. Er war so unglaublich trainiert. Das liebte sie an ihm. Sie wusste, dass er stundenlang so weitermachen konnte. Er hatte es ihr oft genug bewiesen.

Takeo hielt inne und zog sie tiefer in die Nische, als die nächste Gruppe ankam. Eine Gruppe Besucher sah an ihnen vorbei und blickte auf das Land. Laura zitterte.

»Du brauchst keine Angst zu haben«, flüsterte Takeo ein wenig schuldbewusst.

Sie umschloss sein steifes Glied mit der Hand. »Hab ich nicht. Ich bin erregt.«

Sobald die Gruppe fort war, drehte Takeo sie wieder gegen das Fenster. Er legte seine Hand auf ihre Scham und streichelte sie, hörte dabei nicht auf, in sie zu dringen. Seine Hand massierte sie, ließ sie tiefer und tiefer in eine andere Welt vordringen. Eine Welt aus roter und goldener Lust, in der sie allein herrschten. Es war ihr Reich, und in diesem Moment gehörte das Schloss mit all seiner Pracht ihnen. Die Kette um Lauras Hals wirbelte immer heftiger. Takeo trieb sie auf die Zehenspitzen, hielt sie aber zugleich sicher. Die dünnen Absätze der Stiefel drückten sich vom Boden ab. Mit weichen Bewegungen gab Laura Takeo nach. Sie stöhnte leise. Er schaffte es immer wieder aufs Neue, sie zu überraschen und sie ganz in jenes andere Reich der Lust zu bringen. Dort gehörten sie nur einander und mussten niemandem Rechenschaft ablegen.

Laura spürte, dass sie kurz davor war zu kommen, als Takeo plötzlich aufhörte und langsam den Kopf drehte. Sie folgte seiner Blickrichtung. Ein eisiger Schreck durchfuhr sie. Im Zimmer stand die uniformierte Wächterin, die sie bereits zuvor gesehen hatten. Eine brünette Frau mit streng aufgesteckten Haaren Ende dreißig. Ihr Gesicht war unscheinbar und verriet nicht, was sie dachte. Sie war so leise durch die Schiebetür gekommen, dass weder Takeo noch Laura sie gehört hatten. Ihre dunkelbraunen Augen richteten eindringliche Blicke auf sie. Laura spürte Schamröte im Gesicht. Das hatten sie jetzt davon! Jetzt würden sie sich verantworten müssen. Sie erwartete eine zünftige Strafrede, doch die Frau sah wie gebannt in Takeos exotisches Gesicht, lehnte sich schließlich zurück gegen die felsige Grottenwand und sagte in breitem bayerischen Dialekt: »Ihr habt's noch fünf Minuten bis zur nächsten Gruppe.« Und sie blieb stehen.

Laura schluckte. Takeo legte seine Hände um ihre Brüste, als wollte er sie bedecken, doch das heizte Laura nur noch mehr an.

»Was hat sie gesagt?«, flüsterte er irritiert.

Laura wiederholte es auf Japanisch.

Takeos Stimme war zögernd. »Schaffen wir das?«

»Ja«, flüsterte Laura. »Wenn du dich anstrengst.«

Sie spürte die Blicke der Fremden wie Nadelstiche auf der Haut. Ihre Anwesenheit war ihr überdeutlich bewusst. Takeo ließ die Hände sinken und gab ihre Brüste frei. Er bewegte sich erneut, fuhr vor und massierte dabei mit dem Zeigefinger ihre Klitoris. Laura warf den Kopf gegen seine Schulter zurück. Sie sah die Fremde aus dem Augenwinkel, die so schamlos auf sie blickte und zu genießen schien, was sie geboten bekam. Die Dame hielt die Arme verschränkt, und ein begieriges Leuchten lag in ihren Augen. Sie war eine Spionin in ihrer Welt. Wollte sie das zulassen? Takeo schien wieder ganz in ihrem Reich zu versinken, aber Laura konnte es nicht. Trotzdem steigerte sich ihre Lust. Mit rotem Kopf passte sie sich erneut Takeo an. Ihre Becken bewegten sich in einem unhörbaren Trommeltakt, der rasch schneller wurde. Laura spürte, wie Takeo erneut vor einem Orgasmus stand, und dieses Mal war er so heftig, dass er sie mit sich riss. Seine Erregung wurde ihre. Sie keuchte und stöhnte und musste sich alle Mühe geben, nicht zu laut zu werden. Er ging ganz in ihrer gemeinsamen Welt auf, während Laura die Fremde einfach nicht ignorieren konnte. Trotzdem, oder vielleicht sogar deshalb, spürte sie alles intensiver als sonst. Sie streckte sich Takeo ganz entgegen, versuchte ihn noch tiefer in sich zu ziehen. Er stöhnte ihren Namen, sie biss sich auf ihre Wangen, brachte sie fast zum Bluten und stöhnte mit fest verschlossenem Mund. Das Gefühl von wilder Lust und Erlösung ließ sie vergehen. Der Moment ging viel zu schnell vorüber. Takeo hielt sie schützend fest.

Sie hörten bereits die nächste Gruppe nahen. Hastig zogen sie sich tiefer in die Ecke zurück. Takeo löste sich wohlig seufzend von ihr. Laura schob beschämt ihren Rock nach unten. Ihr Blick fiel auf die Scheibe, auf der die Abdrücke ihrer Hände deutlich zu sehen waren. Die Frau in der Uniform setzte sich auf den Stuhl und blickte unbeteiligt auf das Land, als die Gruppe in den Wintergarten hineinstarrte und doch nicht alles sah, was sich gerade dort abspielte.

Als die Besucher fort waren, öffnete die Wächterin die Glasschiebetür. »Sie sollten jetzt gehen. Und halten Sie sich beim nächsten Mal zurück.« Sie warf Takeo einen flammenden Blick zu. Laura nahm seine Hand, um ihren Anspruch zu demonstrieren. Sie hetzten hinter der Gruppe her und kamen schnell zum Ende der Führung. Laura sagte eine ganze Weile gar nichts. Ihre Schenkel brannten noch immer, und sie musste sich dringend frisch machen gehen.

Takeo nahm sie in den Arm. »Das werde ich so schnell nicht vergessen.«

Laura grinste schief.

»Ich auch nicht.«

Takeo legte seine Hand auf ihren Po. »Was hältst du von Sex im Kölner Dom?«

»Takeo!« Laura war froh, als sie das Schloss verließen.

»Wir könnten auch bei dem Schloss da drüben anfangen. Das sieht nett aus, und dafür haben wir auch ein Ticket.« Er wies auf einen gegenüberliegenden Berg.

»Für heute reicht es mir!«

Er drehte sie zu sich und küsste sie auf den Mund. »Ich weiß. Es war nicht ernst gemeint. Aber du warst einfach umwerfend. Lass uns einen Kaffee trinken gehen.«

11

Solche Küsse ließen sich nur im Bett lernen;
ein Lehrmeister – ich weiß nicht wer –
errang dort hohen Lohn.

An diesem Abend war Hayato sehr nachdenklich. Er hatte sich ein Buch über Kaninchenpflege gekauft. Danach war er ans Meer gefahren und hatte darüber nachgedacht, wie er sich am besten von seinen Eltern verabschieden konnte. Ob er auf den Friedhof nach Kobe fahren sollte? Aber dort war er ewig nicht gewesen, und es bedeutete ihm auch nicht so viel.

In der gemeinsamen Wohnung von Shouta und ihm war er ruhelos durch sein Zimmer gelaufen. Ihm fiel auf, wie viele Bilder er hatte, die seine Eltern zeigten. In seinen Schreibtischschubladen lagen unzählige Liedtexte und Gedichte, die sich um das Thema drehten. Hayato suchte das alles zusammen und legte es auf den Schreibtisch. Er wählte aus, welche Bilder er behalten wollte und welche zu entbehren waren. Eine vage Idee kam ihm. Aber er wollte erst noch darüber nachdenken.

Im Wohnraum hockte er sich wie üblich neben Shouta auf die Couch zum Abendessen. Wenn sie nicht essen gingen, ernährten sie sich von Fertiggerichten. In der Küche stapelten sich leere Papierschachteln mit der Aufschrift »Ajinmoto«. Fertigessen war neben dem Lieferservice ihre Hauptnahrungsquelle.

Shouta legte eine gebrannte DVD ein, auf der Mia und Yori beim Sex zu sehen waren. Die Aufnahme war in dieser

Wohnung gemacht worden. Das teuer eingerichtete Appartement ging über drei versetzt angebrachte Stockwerke. Im untersten befand sich ein Pool, in dem Yori und Mia sich auf dem Bildschirm vergnügten. Yoris junges Gesicht wurde von seinen langen blaugefärbten Haaren eingerahmt. Die Spitzen trieben auf dem Wasser. Mia saß auf seiner Hüfte, die Arme um seinen Hals geschlungen. Ihre halblangen violettweißen Haare fielen ihr auf den Rücken, als sie den Kopf zurücklehnte. Man konnte ihr entrücktes Gesicht mit der flachen Nase sehen, die vollen rotgeschminkten Lippen, die sich stöhnend öffneten.

»Mach das aus.«

»Hast du heute wieder deinen Moralischen?«

Shouta stellte den Ton lauter. Mias Stöhnen weckte eine Reaktion in Hayato, die er überhaupt nicht haben wollte. Wütend nahm er die Fernbedienung und schaltete den DVD-Player aus.

»Was soll das?« Shouta versuchte, nach der Bedienung zu greifen. Hayato ließ es nicht zu.

»Was denkst du, was Mia mit dir tut, wenn sie erfährt, dass du solche Aufnahmen hinter ihrem Rücken machst?«

»Die Aufnahme habe ich von der Seite gemacht«, scherzte Shouta und versuchte erneut, an die Bedienung zu gelangen.

»Hör zu.« Hayato schob seinen Teller weg. Er hatte kaum die Hälfte gegessen, und ihm war übel. Ein Geruch nach Hundefutter lag in der Wohnung. »Vielleicht sollten wir langsam mal erwachsen werden. Ich meine … Michia hat das nicht verdient und …«

»Du hast deinen Moralischen. Und das, obwohl du mir immer noch das Video von Kiara schuldest.«

»Ich werde es nicht machen. Ich habe die Wette mit Jessi abgeblasen. Sie schien darüber erleichtert.«

»Was?« Shoutas Augen verengten sich. Er kümmerte sich

nicht weiter um die Fernbedienung. »Was ist mit dir los, bist du krank?«

»Ich gebe dir das Geld, und wir vergessen die Wette. Was Kiara angeht, möchte ich nicht nur mit ihr spielen. Ich will gar nicht mehr spielen. Ich will endlich etwas Tiefergehendes aufbauen, etwas, das Bedeutung hat.«

»Du hast Fieber.«

»Kann sein. Aber ein heilsames. Und du solltest dir auch überlegen, ob du in deinem Leben nicht etwas ändern möchtest.«

»Du klingst wie meine Mutter«, meinte Shouta augenverdrehend.

»Vielleicht liegt deine Mutter ja richtig.«

»Hör auf zu nerven.«

»Wie du willst.« Hayato stand auf. »Ich muss noch mal weg.« Er wollte wieder ans Meer fahren. An seinen Lieblingsplatz. Dort würde er die Fotos und Texte verbrennen, die oben auf seinem Schreibtisch lagen. Und er würde laut aussprechen, was Yukiko ihm vorgesagt hatte: Dass er seinen Eltern folgen würde, aber noch nicht jetzt. Dass er sein Leben so gut leben würde, wie er es eben konnte. Genauso, wie er es ihnen auch gegönnt hätte. Sich mit Worten zu verabschieden würde ihm helfen. Er musste es wahrmachen. Für sich.

Shouta schüttelte den Kopf. Das Piercing in seiner Augenbraue verrutschte ein Stück, als sich auf seiner Stirn Zornesfalten bildeten. »Ich glaube dir nicht. Das bist nicht du. Ich will diese Aufnahme von Kiara! Worum geht es dir wirklich? Soll ich den Wetteinsatz erhöhen?«

»Lass mich einfach in Ruhe.« Hayato sah nicht zurück. »Wenn du andere betrügen und hintergehen musst, dann bitte ohne mich. Diese Zeit ist vorbei.«

Kiara ging an diesem Abend ganz in Schwarz. Es war ihr erster Arbeitstag im Club seit der Sache mit Corinna, und sie versuchte, Sakura wie Luft zu behandeln, wann immer sie ihr über den Weg lief. Sie wünschte der zickigen Dom noch immer den Tod.

Ihre Hand fuhr über die Lackhose, die eng an ihren Beinen saß. Zum Glück war es im Club angenehm temperiert und nicht so heiß wie im Garten. Das Oberteil umspannte ihre Brüste. Sie mochte das Gefühl. Vielleicht war es an der Zeit, Hayato endlich zu vergessen. Sie sollte das tun, was sie schon vor vielen Tagen hatte tun wollen: sich sexuell vergnügen und diesen Mistkerl aus ihrem Kopf bekommen. Aber was hatte er eigentlich so Schlimmes getan? Sie dachte an den Tag am Meer und an seine Blicke auf ihrem Körper.

»Sehr sexy.« André ging an ihr vorbei. »Willst du nicht doch hier anfangen? Yoki ist immer noch nicht da, und langsam habe ich Angst, sie schafft den Elf-Uhr-Termin nicht. Wir haben einen Kunden, der sich Yoki als seine Frau vorstellen will und dabei zusehen möchte, wie ich mit ihr schlafe.«

»Ich …« Kiara versuchte, ihre Verlegenheit zu überspielen. »Nein, danke. Ich serviere lieber Cocktails und mache Häppchen.«

»Wie du meinst. Vielleicht kommt Yoki ja noch. In jeder Hinsicht.« Er grinste überheblich. »Ich bin nämlich ziemlich gut im Bett.«

»Schon klar«, meinte Kiara lahm. Dieser André sah ja gut aus, aber er schien entsetzlich von sich eingenommen zu sein. Sie musterte den blonden Europäer von den gestylten Haaren über das markante Gesicht, das schwarze Rüschenhemd und die Lederhose bis hin zu den weichen schwarzen Stiefeln.

Er lachte. »Es ist eben mein Beruf. Und du wirst besser,

wenn du das Semiprofessionelle hinter dir lässt.« Sein Blick war anzüglich. Kiara war froh, als sie Mia und Shouta entdeckte, die Arm in Arm durch die Eingangstür traten.

»Freunde von mir«, log Kiara entschuldigend und ging den beiden entgegen.

Mia sah aus, als wollte sie mit Shouta zu einer Oscarverleihung gehen. Sie trug ein langes violettes Satinkleid, elegant geschnitten und enganliegend. Man konnte deutlich erkennen, dass sie nichts darunter hatte. Shouta dagegen trug den Toccami-Anzug – oder zumindest einen ähnlichen –, in dem Kiara ihn bereits gesehen hatte.

»Schön, dass ihr da seid. Darf ich euch etwas zu trinken bringen?«

»Wir sitzen noch nicht mal«, meinte Michia affektiert. Sie musterte Kiara in dem schwarzen Lackoutfit, als fände sie es billig. Vielleicht sagte ihr Blick aber auch: »Du wirst meinen Freund nicht bekommen, egal, wie heiß du bist.«

Shouta lächelte. »Sex on the Beach, bitte. Zweimal.«

»Klar. Das organisiere ich.« Kiara hastete in die Küche, ehe André ihrer wieder habhaft werden konnte.

Jessi half ihr in der Küche mit den Cocktails. »Schön, dass du wieder da bist. In den letzten Tagen ist einiges liegengeblieben.«

»Tut mir leid.« Kiara fühlte sich tatsächlich schlecht. Sie hatte Takeo immerhin zugesagt, zu helfen. »Ich bringe die Cocktails raus.«

»Gut.« Jessis Blick lag auf ihrem tiefen Ausschnitt. »Zu schade.« Sie wandte sich schulterzuckend dem Kühlschrank zu.

Kiara brachte die Gläser zu dem wartenden Pärchen.

Shouta und Michia hatten sich in zwei der weißen Ledersessel gesetzt, die um die Voliere in Gruppen um niedrige Tische zusammenstanden.

Kiara bückte sich, um die Gläser mit der buntgemischten Flüssigkeit vor ihnen abzustellen.

»Du hast Hayato also abgeschossen?« Mia schien nicht viel von Höflichkeit und Diskretion zu halten.

Kiara richtete sich auf, während die hübsche vollbusige Frau ihr Cocktailglas hob und genussvoll an dem Strohhalm zu saugen begann. Einen Moment lang war Kiara irritiert von ihrer anzüglichen Art zu trinken.

»Ja. Nach dem, was er sich geleistet hat.« Sie dachte an Corinna.

Shouta lächelte, als wollte er Hayato entschuldigen. »Es war doch nur Sex. Eine harmlose Party, die ein bisschen entgleist ist.«

Mia kicherte. »Ein bisschen ist gut. Das war pornotauglich.«

»Wie bitte?« Gegen welche unsichtbare Wand war sie da gerade gelaufen? Kiara versteifte sich, versuchte das eben Gesagte zu verstehen. »Welche Party?«

Shoutas Blick war erstaunt. »Na, die Party im *Indigo*. Hayato hat es mit einer der Tänzerinnen getrieben, mitten auf der Tanzfläche vor allen Leuten. Ich weiß wirklich nicht, woher er diese Freizügigkeit hat. Was Sex betrifft, ist er mein großes Vorbild.«

Während sie in Shoutas begeistertes Gesicht sah, fragte sich Kiara, warum sie die Cocktails nicht vergiftet hatte. Ein bisschen Arsen, und Shouta würde mit Sicherheit nicht mehr so strahlen.

»Wann war das?«, fragte sie eisig.

»Ein paar Tage vor dem Gackt-Konzert. Hayato meinte, ihr würdet eine offene Beziehung …« Shouta verstummte. Auf seinem Gesicht zeigte sich erschrockenes Mitleid. »Er hat gelogen. Dieser Mistkerl hat gelogen!« Er stand auf. »Du wusstest nichts davon? Er hat es dir nicht erzählt?«

Kiara schüttelte den Kopf. Sie fühlte sich wie betäubt. Wie konnte ein Mann es schaffen, sie durch alle Gefühlslagen zu jagen, die es gab? Was hatte Hayato sich dabei gedacht? »Er hat ...«

»Er hat dich betrogen«, sagte Mia unbeteiligt. »Na ja. Kann dir ja egal sein, du hast ja eh mit ihm Schluss gemacht.«

Es war Kiara nicht egal. Es war entwürdigend, und in ihrem Inneren schrie es nach Rache. Sie hatte ihm gesagt, sie wollte eine Beziehung, in der beide treu waren. Das war ihr wichtig. Wenn er das überhaupt nicht konnte, warum war er dann mit diesem verdammten Rosenstrauß in der Villa aufgetaucht und hatte ihr eine Beziehung angeboten?

»Kiara, entschuldige, dass du es so erfahren musstest.« Shouta legte vertraulich den Arm um sie, als wollte er sie trösten. Kiara stieß ihn von sich.

»Schon gut. Lass mich.«

»Es ist nicht gut.« Shouta wirkte ehrlich geknickt. »Ich habe öfter mit Hayato geredet und versucht ihm zu erklären, dass du etwas Besonderes bist. Ich wollte ihn davon abhalten, über diese Eri herzufallen, aber er hatte seinen Spaß daran, sie zu erniedrigen. Ich denke manchmal, Hayato ist psychisch nicht ganz gesund. Er braucht eine Therapie. Was er mit den Frauen macht, ist nicht richtig. Er hat eine übersteigerte Lust an Macht, die bis zum Sadismus geht. Das hat keine Frau verdient.«

Kiara wollte nur von den beiden weg. »Entschuldigt mich.«

»Wir könnten uns ein wenig um dich kümmern.«

Kiara lachte bitter auf. Sie sah in seine Augen, auf die dunkelblauen Kontaktlinsen unter den blondgefärbten Augenbrauen.

»Kümmern? Für wie verblödet hältst du mich eigentlich? Glaubst du, ich falle auf diese billige Szene herein? Ich bin Schauspielerin! Du willst mich ficken, Shouta Osama! Du willst mich beim Sex sehen, wie ich dich und Mia gesehen habe! Alles andere ist dir völlig egal.«

»Was?« Nun stand auch Mia auf.

Kiara war noch nicht fertig. »Ich werde mit Sicherheit mit dir nicht den gleichen Fehler machen wie mit Hayato. Ich erkenne einen Schauspieler, wenn ich einen sehe. Es kann sein, dass du mit all deinen Worten recht hast, aber eines tust du nicht: Es kümmert dich überhaupt nicht, was ich fühle! Du willst nur deinen Spaß. Etwas anderes kennst du nicht. Was das betrifft, bist du einfach nur das Letzte. Und jetzt entschuldige mich gefälligst, ich habe zu tun.« Sie drehte sich auf dem Absatz ihrer hohen Schuhe um und ging. Hinter sich hörte sie die zeternde Mia.

»Sie hat was? Wo? Auf der Yacht? Und warum hast du mir nichts davon erzählt?!«

Kiara rauschte in die Küche. Dort sank sie auf einem der Stühle zusammen und verbarg das Gesicht in den Händen. Wie dumm war sie gewesen! Selbst jetzt hatte sie noch gehofft, es könnte mit Hayato etwas werden. Seitdem er ihr dieses Kaninchen mitgebracht hatte, hatte sie immer wieder darüber nachgedacht, ob sie ihn nicht doch anrufen sollte. Aber das war zu viel. Es war unerträglich. Sie hatte ihm gesagt, was sie wollte, und er hatte ihr Vertrauen gebrochen.

»Kiara?« Jessi kam erschrocken zu ihr und kniete sich neben sie. Sie nahm Kiaras Hände. »Was ist denn passiert um Himmels willen? Hat sich einer der Gäste schlecht benommen?«

»Shouta …«, presste Kiara hervor.

»Ich werde ihn von Kazuya hinauswerfen lassen, wenn er dich belästigt hat. Und vorher lasse ich ihn von Sakura auspeitschen …«

Jessi wollte wieder aufstehen. Kiara hielt sie fest. »Nein. Darum geht es nicht.« Sie fühlte das Brennen von verlaufener Wimperntusche in ihren Augen. Von wegen wasserfest. »Es … Shouta hat mir gesagt, dass Hayato mich betrogen hat. Als wir noch zusammen waren, meine ich …«

»Kiara.« Jessi klang alt und traurig. »Ich hätte mein Leben darauf verwettet, dass du dich nicht mit einem Mann wie ihm einlässt. Es tut mir so leid. Du warst immer so kalt und unnahbar, hast niemanden an dich herangelassen. Und dann ausgerechnet Hayato.«

Kiara wischte sich mit dem Handrücken über das Gesicht. Jessi reichte ihr ein Küchentuch. Sie sah schön aus in ihrem kurzen schwarzen Kleid, sorgfältig geschminkt und frisiert, mit diesem reumütigen Gesichtsausdruck. In ihrem Ausschnitt baumelte der briefmarkengroße Aquamarin. »Ich weiß auch nicht, warum ich diesen Idioten liebe, aber ich kann nicht damit aufhören. Hilf mir! Lösch ihn aus meiner Erinnerung! Wenn ich daran denke, dass ich seinetwegen nicht mit dir geschlafen habe …«

Jessi streichelte ihr über die nasse Wange. »Das können wir immer noch irgendwann nachholen, wenn du …«

Kiara beugte sich vor und küsste sie. Tränennass, wie sie war. Sie wusste, dass Jessi sich um sie sorgte. Die Freundin war oft genug nur mit sich selbst beschäftigt, aber sie fühlte weit mehr mit ihr als dieser verlogene Schuft Shouta. Sie schmeckte ihr eigenes Salz auf Jessis Lippen.

»Jetzt. Es muss jetzt sein.« Ihre Hand wanderte zu dem Reißverschluss an der Seite ihres Oberteils. »Bitte.«

»Kiara, du bist reichlich durcheinander, und du …«

Kiara öffnete das Oberteil und ließ es fallen. Sie saß halbnackt vor Jessi, die langsam aufstand.

»Mein Exfreund sagte immer, man sollte in jeder Gemütsverfassung Sex haben. Und warum auch nicht? Ich will nicht mehr an Hayato denken. Lösch ihn aus, Jessi. Lenk mich ab. Hast du dir das nicht immer gewünscht? Ich stehe nicht auf

Frauen. Es ist vielleicht deine einzige Chance. Wenn du mich willst, dann nimm mich jetzt. Lass uns spielen.«

»Ich kenne dich so nicht.«

Kiara stand auf und schlang ihre Arme um Jessis Hals. Sie spürte die Hitze in ihrem Körper. »Dann lern mich kennen.« Ihre Zunge teilte Jessis Lippen. Die Freundin zog sie ganz an sich, presste ihr Becken gegen das von Kiara und schob ihre Finger unter Kiaras glatte Hose. Ihr Griff war anders als der eines Mannes, ihre Hände kleiner als Hayatos Hände, die so viel mehr von ihrem Po bedeckt hatten. Kiara wollte nicht mehr an ihn denken. Sie ließ zu, dass Jessi auf die Knie sank und ihre Hose dabei öffnete. Sie streifte ihr die hohen Schuhe ab und zog ihr die Lackhose ganz aus. Jessis Zunge fand schnell, was sie suchte. Sie war unglaublich geübt, drückte und leckte mit einer Präzision, die ein Mann Kiara nie hatte geben können. Sie sah hinab auf die rotlackierten Nägel der Freundin, die sich in ihre Oberschenkel gruben. Ihre Hände fuhren durch Jessis blondes Haar.

»So ist es gut. Lenk mich ab von ihm«, flüsterte sie, während eine letzte Träne über ihre Wange lief. Jessis Finger waren schnell und geschickt. Sie kneteten und massierten Kiaras Schenkel, brachten ihr Inneres zum Pulsieren, und sie schienen überall gleichzeitig zu sein. Kiara mochte die warme Feuchte, die Jessis Zunge hinterließ, das erregende Gefühl, wenn sie wieder und wieder ihre Kreise zog oder vor- und zurückschnellte. Jessis Finger machten vor nichts Halt, bohrten sich in die Scheide der Freundin und öffneten sich dort, so weit sie konnten. Kiara stöhnte auf. Es war ein ungewöhnliches Gefühl. Jessi schien genau zu wissen, wohin sie greifen musste, um ihre Lust zu steigern. Trotzdem fühlte Kiara sich nicht ausgefüllt. Jessi entging das nicht. »Dir fehlt etwas«, flüsterte sie, als sie eine kurze Pause machte und mit den Lippen Kiaras Schenkel berührte. »Aber zum Glück sind wir hier in einer Küche.« Sie drängte Kiara neben den Kühlschrank zur Anrichte. Zwischen der Spüle und dem Kühlschrank gab es eine lange Arbeitsplatte aus marmoriertem Stein, auf der verschiedene Gemüsesorten lagen. Jessi fegte sie zur Seite, hinein in die Spüle und setzte Kiara auf die Anrichte. Dabei griff sie nach einem Bund Karotten.

»Jessi!« Kiara konnte nicht abstreiten, dass sie selbst schon einmal auf so eine Idee gekommen war – allein, zu Hause, als ihr langweilig war –, aber letztlich hatte sie sich dann doch für Sex Toys entschieden.

Jessi ließ sie los, sah sie provozierend an und griff auf die rechte Seite der Spüle nach einem Küchenmesser. »Etwas anderes habe ich nicht hier. Oder möchtest du lieber in Yukikos Massageraum umziehen? Da gibt es alles. Dort könnte ich dir auch eine richtige japanische Massage verpassen. Eine mit dem ganzen Körper. Hast du so etwas schon einmal gemacht?«

»Nein, ich …« Kiara sah atemlos zu, wie Jessi ein Stück von einer Karotte abschnitt und sie auf die richtige Größe stutzte.

Die Freundin grinste dreist. »Sie sind ungespritzt und gewaschen. Ein echtes Naturprodukt.« Ehe Kiara sich wirklich wehren konnte, stieß sie bereits mit dem Gemüse zu und versenkte es treffsicher zwischen Kiaras Beinen.

»Das ist stillos!«, stöhnte Kiara auf. »Und ich dachte immer, du wärst eine Lesbe, und Lesben ständen auf … Qualität!«

»Meine Eltern waren Hippies.« Jessi musste über Kiaras entsetzten Gesichtsausdruck lachen. »Ist es wirklich so schlimm?« Sie stieß die Karotte noch ein Stück tiefer. »Soll ich sie lieber herausziehen?« Sie wendete das Gemüse in Kiara und machte Anstalten, es aus ihr herauszuziehen.

»Jetzt ist es eh zu spät«, flüsterte Kiara matt.

»Ich habe auch noch Chilis hier, wenn du magst. Die sind kleiner und regen die Durchblutung …«

Kiara packte Jessis Hände. »Untersteh dich!«

Jessi lehnte sich vor und leckte Kiaras Brüste. Ihre linke Hand ließ sie bei ihrem ungewöhnlichen Küchenexperiment, und Kiara fühlte heiße Scham. Hoffentlich kam jetzt niemand herein und erwischte sie mit einer Karotte in der Scheide! Na ja, andererseits war in diesem Haus mit seinem roten Pagodendach wohl vieles normal, was andernorts für Aufsehen gesorgt hätte.

»Ich könnte dich auch mit Nusscreme einschmieren und sie dir runterlecken. Ich male mit dem Finger Blumen auf deine Haut und lecke sie dir wieder fort.« Jessis Augen blitzten frech, sie wollte sich zu den Regalen drehen. Kiara griff nach den vollen Brüsten der Freundin und hielt sie daran fest. »Bleib hier! Diese Küche scheint dich auf dumme Gedanken zu bringen.«

Jessi blieb und bewegte die Karotte vor und zurück. »Ach ja? Gefällt es dir nicht?«

Kiara wurde rot. Sie sank Jessi entgegen und glitt von der Anrichte. »Lass mich dich lecken. Du möchtest das doch.«

Jessi ließ sich nicht lange bitten und setzte sich mit gespreizten Beinen auf die marmorierte Platte. »Zu schade, dass ich dich nicht zu weiteren Spielen bekehren kann. Es muss auch keine Nusscreme sein, wenn du die nicht magst. Wie wäre es mit Honig?« Jessi hatte die Hand noch immer zwischen Kiaras Beinen. »Oder kann ich ein bisschen Champagner in deinen Bauchnabel kippen?«

»Kannst du nicht.« Kiara spürte das harte Gemüse in sich, als sie sich von Jessis Hand löste, ein Stück in die Knie ging und anfing, Jessi zu lecken. Das reichte ihr fürs Erste. Die Hose zwischen ihren Fingern störte sie. Sie hielt inne, zog Jessi das kurze schwarze Kleid aus und bewunderte die teuren Spitzenstrümpfe der Freundin. Jessi trug einen nachtblauen BH, der nur die Hälfte ihrer Brüste bedeckte. Ihre Brustknospen lagen frei. Vorsichtig zog Kiara ihr die knappe Unterhose aus. Sie beugte sich in Jessis Schoß. Kiara gab sich alle Mühe, Jessi mit ihrer Zunge zu gefallen. Sie versuchte es genauso kunstfertig hinzubekommen wie ihre Freundin, doch sie spürte, dass sie dabei scheiterte. Sie hatte nichts von Jessis Präzision, ihre Zunge war lange nicht so geübt. Dennoch schien es Jessi zu gefallen. Während sie vornübergebeugt halb kniete, sah sie nicht, was Jessi über ihr tat. Sie keuchte überrascht auf, als eine warme Flüssigkeit ihren Rücken traf.

»Jessi!«

»Ich liebe Ahornsirup!« Jessi hielt die Dosierflasche freudestrahlend in den Händen. Sie sah aus wie ein Kind, das Geschenke bekam. Dass sie nicht vor Freude in die Hände klatschte, war auch alles. Kiara spürte, wie die klebrige Flüssigkeit ihren Rücken hinunterrann.

»Du bist unmöglich!«

Jessi zog sie zu sich hinauf auf die breite Anrichte und leckte glücklich über ihren Rücken. Es war ein sonderbares Gefühl. Kiara wand sich neben ihr. Sie wusste nicht, wie sie am besten sitzen sollte. Sie spürte die Härte der Karotte in sich überdeutlich. Als Jessi sie saubergeleckt hatte, glitt sie wieder auf den Boden. Jessi hob die Flasche mit dem Sirup. »Wie sieht es mit deinen Brüsten aus?« Sie kam ebenfalls von der Anrichte und drängte Kiara gegen den Kühlschrank. »Oder tiefer?« Ein dünner Strahl Sirup traf Kiaras Bauch und lief ihre Scham hinunter. Kiaras Gesicht brannte. An Hayato dachte sie überhaupt nicht mehr. Sie fragte sich nur, auf was sie sich da mit Jessi eingelassen hatte.

Ihre Freundin kniete sich eilfertig hin. »Ich verteile das schon so, wie es sich gehört.« Sie leckte Kiara erneut. Kiara drückte ihre Hände gegen den Kühlschrank. Das kalte Metall kühlte ein wenig. Sie spürte, wie es in ihr heftig zu zucken begann. Jessi fasste nach der Karotte und bewegte sie in ihr.

»Ich werde dir eines Tages so eine Massage geben, Kiara. Ich oder Kiko. Eine Ganzkörpermassage. Wir lieben das. Vielleicht machen wir es sogar zu dritt.«

Kiara stöhnte leise, als Jessi sie wieder mit der Zunge berührte. Sie presste ihre Hände noch fester gegen das kalte Metall. Sie kam schneller und heftiger, als sie gedacht hatte. Ihre Knie gaben nach, und sie sackte vor Jessi am Kühlschrank entlang auf den Boden. Jessi nutzte die Gelegenheit, ihre Brüste mit Küssen zu bedecken und sie an jeder Stelle ihres Körpers zu berühren, die sie zu fassen bekam. Schließlich griff sie nach der Karotte, zog sie heraus und warf sie treffsicher in den Mülleimer. »Biologisch abbaubar. Vielleicht sollten sie das mal in Sexshops anbieten.«

Kiara sah Jessi leicht wütend an, konnte ihr jedoch nicht lange zürnen. Noch immer hatte sie ein angenehm warmes Gefühl zwischen den Beinen. Sie drängte Jessi auf die Anrichte und griff mit den Fingern zwischen ihre Schenkel. Ihr war danach, ihrem Zorn zynisch Luft zu machen. »Soll ich eine Salatgurke für dich organisieren, oder geht es so?«

Jessi pustete eine goldblonde Haarsträhne aus ihrem Gesicht. Sie sah so jung und unschuldig aus. Man traute ihr diese Verdorbenheit gar nicht zu. »Bist du sauer? So schlimm war es doch nicht, oder?«

Kiara betrachtete ihr ebenmäßiges Gesicht mit den großen, leuchtenden Augen. Sie antwortete nicht, sondern bückte sich erneut, um das zu Ende zu bringen, was sie angefangen hatten. Ihre Hände legten sich auf die weichen schwarzen Strümpfe, als ihre Zunge erneut Jessis Klitoris suchte. Dieses Mal machte sie weiter, auch als Jessi den Kopf weit zurückwarf und zu zucken begann. Ihre hellen Schreie lockten sicher die gesamten Bewohner des Hauses an.

Kiara hob den Kopf und presste ihre Hand hart gegen Jessicas Scham. Die Freundin schrie ein letztes Mal, ehe sie die Beine nach oben zog und sie erschöpft anwinkelte.

»Du machst das nicht schlecht«, meinte sie lächelnd zu Kiara. »Zu schade, dass ich dich nicht als Privatdienerin behalten kann. Mit dir könnte ich jeden Tag Spaß haben.«

»Das glaube ich gern.«

Kiara zog sich an. Sie fühlte sich trotz allem leer und unbefriedigt. Jessi saß mit einem glücklichen Lächeln auf der Anrichte. Kiara wollte ihr nicht sagen, wie schlecht sie sich immer noch fühlte.

»Kann ich eine Runde durch den Garten drehen? Ich würde gerne an die frische Luft.«

»Natürlich, aber geh bitte nicht an den Teich. Da ist Yukiko mit Kundschaft.«

Kiara nickte abwesend. Jessi schwang sich anmutig von der Anrichte, trat dicht an sie heran und berührte ihre Haare. »Es tut mir leid. Er hat dich so schrecklich verletzt, und ich bin mit daran …«

»Es wird nicht ewig weh tun.« Kiara legte ihre Hände auf Jessis und schob sie behutsam, aber bestimmt fort. »Ich werde mich einfach ins Leben stürzen. Brennen, bis ich alles weggebrannt habe, was ich jemals für ihn fühlte.«

Sie musste an das Lied »Feuerblumen« denken. Vielleicht würde sie auch verbrennen. Verbrennen an seinen Feuerblumen. In dem Lied hieß es: »Sind schön wie du und auserkoren.« Auserkoren für zweimal Sex? Mehr hatten sie nicht gehabt, ehe Hayato sie betrog. Betrog, wie es schon in Ovids »Amores« beschrieben wurde. Sie fühlte plötzlich mit dem Helden aus den »Amores«. Sie hatte sich eine Reclam-Ausgabe mit deutschem und lateinischem Text bestellt, die endlich gekommen war. Und nun hing sie im dritten Buch fest.

Da soll einer noch an Götter glauben! Treue hat sie mir geschworen und sie dennoch gebrochen. Und ihr Gesicht ist immer noch so schön wie zuvor.

Ja, sein Gesicht war immer noch das eines Engels. Schön wie Gackt, androgyn und doch männlich, mit diesem sinnlichen Spott in den Zügen. Die Götter waren auf seiner Seite, nicht auf ihrer. Während er feierte und tanzte, litt sie. Das war nicht fair. Vermutlich hatte er sie längst vergessen oder redete nur noch über sie, um sich lustig zu machen über die neueste Eroberung, die letzte Nummer auf seiner Liste, die er so stürmisch eingenommen und dann betrogen hatte.

Kiara trat durch die große Terrassentür im orientalischen Saal hinaus an die Luft. Es regnete leicht, aber es war trotz der späten Uhrzeit so warm, dass der Regen eine willkommene Abkühlung bot. Sie streckte die Arme aus und spürte die Tropfen, die sich auf ihre nackte Haut setzten, zu kleinen Rinnsalen wurden und an ihr hinunterliefen.

Draußen im Pool war ein Pärchen. Es störte sich nicht weiter an ihr, beschäftigte sich ganz mit sich selbst. Kiara sah nur kurz hinüber zu den beiden nackten Leibern, die sich eng aneinanderschmiegten.

Was war das mit der Liebe? Wie furchtbar alt Liebe war, wo schon Ovid sie so treffend beschrieben hatte. Ob auch Tiere einander liebten? Immerhin gab es Tiere, denen man nachsagte, weit monogamer als der Mensch zu sein. Schwäne zum Beispiel. Kiara waren ihre sonderbaren Gedanken recht. Alles, was sie nicht an Hayato erinnerte, war gut. Nein, das war falsch ausgedrückt: Alles, was sie von ihm ablenkte, denn sie erinnerte sich ständig an ihn. Irgendwo in ihrem Gehirn blitzten Bilder auf, sorgten heimtückische Impulse und Nervenbahnen für Erinnerungen. Dafür reichte es, das Paar im Pool zu sehen. Kiara ging ein Stück vom Pool fort zu einer kleinen Steinbank unter einer Rosenwand. Sie sah André, der niedergeschlagen auf der Bank hockte. Er hatte eine Zigarette in der Hand, rauchte aber nicht.

»Darf ich mich zu dir setzen?« Kiara hatte plötzlich überhaupt keine Abneigung mehr gegen ihn. Es wäre besser gewesen, ihm weiter zuzuhören, als sich zu Shouta und Michia zu flüchten. Diese beiden waren so ziemlich das Letzte. Die Gefühle anderer Menschen waren ihnen vollkommen gleichgültig. Nein. Das Letzte war Hayato Takado.

»Sicher. So, wie es aussieht, habe ich heute Abend frei. Yoki war bei ihrer Familie und steckt im Stau. Vollsperrung wegen Unfall. Und allein kann ich das nicht durchziehen.«

»Du könntest versuchen, mich zu überreden.« Kiara lehnte sich auf der Bank zurück. »Vielleicht bin ich ja doch verrückt genug.«

André lächelte. »Ich wollte dich vorhin nur ärgern, Kira. Du hast so eine unnahbare Art, die einen Mann in den Wahnsinn treiben kann, und du weißt, dass du schön bist.«

»Danke.« Kiara freute sich wirklich über das Kompliment. Obwohl sie durchaus wusste, dass sie besser aussah als viele andere, machte sie es sich nicht immer deutlich. Selbst der schönste Mensch fand Fehler an sich, wenn er nur lange genug suchte, und sie versuchte, diesen ganzen Körperkult so weit es ging zu ignorieren. Obwohl das irgendwo geheuchelt war, denn ohne ihr einnehmendes Äußeres hätte sie den Job am Kami-Theater sicher nicht bekommen, ganz gleich, wie gut sie spielte und Japanisch sprach. »Was ist das für ein Mann, der wegen dir und Yoki kommt?«

»Er ist so Ende dreißig. Geschäftsmann. Einer von denen, die gar keine Zeit für eine Frau haben. Hier in Japan arbeiten sie wie die Bekloppten, und er hat wohl irgendeine Abteilung, um die er sich kümmern muss.«

»Und er möchte dir zusehen, wie du mit einer Frau schläfst, und dich dafür auch noch bezahlen?«

»Das kommt öfter vor, als man denkt, aber üblicherweise bringen die Männer oder Frauen schon ihre eigenen Partner mit. Dabei sind es mehr Männer, die so was machen. Sie stellen sich vor, über ihre Frau zu bestimmen. Dass sie trotz allem die Macht haben. Sie geben Anweisungen und reden sich ein, die Frau würde es nur für sie tun, weil sie es befehlen. Es gibt jede Menge Sexfilme mit so einer Handlung. Hiroki hat mal in einem mitgespielt.«

Hiroki arbeitete auch im Club. Kiara kannte ihn nur flüchtig.

»Allerdings ...« André warf die durchweichte Zigarette in den steinernen Abfalleimer neben der Bank, der aussah wie eine Laterne. »Es könnte bei dem Kunden schon sein, dass er sich nur noch nicht so richtig rantraut. Das hast du bei den Japanern auch. Ihre Erziehung ist noch viel verklemmter und körperfeindlicher als die in Frankreich. Vielleicht will er doch noch mitmachen, wenn er erst seine Ängste losgeworden ist. Na ja. So wie's aussieht, müssen wir das dann verschieben. So was kann schon mal passieren, auch wenn es ärgerlich ...«

»Ich mache es.«

André sah sie belustigt an. »Du bist Schauspielerin, schön. Aber du warst nie in diesem Gewerbe tätig, und du wirst kalte Füße bekommen, wenn es erst so weit ist.«

Kiara fühlte sich durch seine Worte provoziert. Sie hatte auch früher schon mit Männern geschlafen. Allerdings hatte sie nie zwei dieser Exemplare für sich gehabt. Sie betrachtete Andrés nasses schwarzes Hemd und die Muskeln, die man darunter sehen konnte. Er musste sehr viel trainieren.

»Ich schaffe das schon. Ich will es so. Ich habe gerade erst mit einem Riesenarschloch Schluss gemacht und muss mich einfach in etwas Neues stürzen. Etwas, das mich ablenkt.«

»Ich müsste das mit dem Mann abklären ...«, meinte André zögernd. »Aber da er Japaner ist, wird er sich wohl eher freuen als Bedenken haben. Das alte Klischee der hübschen blonden Frau hat eben noch immer eine Wirkung. Bist du sicher, dass du das möchtest?«

Kiara nickte. Es reichte nicht, mit Jessi zu schlafen. Frauen konnten ihr einfach nicht das geben, was Männer hatten. Und sie wollte Hayatos Spuren von ihrem Körper löschen. Seine Brandmale. Ihr war, als spürte sie seine Hände noch immer. Sie wollte an andere Hände denken, an fremde, unbekannte Hände, und sie wollte ihn endlich vergessen. In gewisser Weise war es auch eine Rache an ihm. Auch wenn er es nie erfahren würde. Sie machte die Erlebnisse mit ihm belanglos, nahm ihnen den Wert, indem sie sie verdrängte.

»Gut. Mir kann das nur recht sein.« André grinste spitzbübisch. »Ich sehe dich in einer halben Stunde im Umkleideraum zu einem Briefing. Dann erkläre ich dir das Wichtigste, und ich brauche von dir ein paar Unterschriften.«

»Wenn es um das Geld geht, das ist mir nicht so wichtig.«

»Es geht vor allem darum, dass du mehrere Dinge unterschreibst. Zum Beispiel, dass du körperlich gesund bist, keine ansteckenden Krankheiten hast und alles für dich behältst, was hinter diesen Mauern passiert.« Er wies auf das Haus mit dem Pagodendach. »Wer weiß. Vielleicht findest du ja Gefallen daran und wirfst deinen Schauspielberuf hin.«

»Ganz sicher nicht.«

»Das sagen sie alle bis zur ersten Abrechnung.« Andrés weiße Zähne blitzten. »Du wirst es nicht bereuen.«

André hatte das französische Zimmer ausgewählt. Kiara war begeistert von der Pracht des Raumes. Hier gab es geschnitzte Reliefs, Sopraporten über den Türen, die Wände bestanden aus Holztäfelungen. Dieser eine riesige Raum war das private Vergnügungszimmer eines Adeligen aus der Zeit des französischen Rokoko. Man fühlte sich auf Anhieb wie ein Gast im Pariser Hotel Soubise im achtzehnten Jahrhundert. Sie bewunderte die schweren Möbel, die Malereien und den Leuchter an der Decke.

Kiara musste sich zusammenreißen, um ihre Aufmerksamkeit bei den Männern zu lassen, die gemeinsam mit ihr an einem schweren Tisch saßen und französischen Wein tranken. Aus verborgenen Lautsprechern kam leise Musik. Die Stimmung war aufgeladen, aber auch verkrampft.

André hatte ihr den fremden Mann an seiner Seite schon vorher als Shiro vorgestellt. Seinen richtigen Namen kannte sie nicht. Er wollte ihn nicht preisgeben. Shiro wirkte trotz seines Alters schüchtern und zurückhaltend. Er sah sie mit verlangenden Blicken an, schien es aber nicht zu wagen, auf sie zuzugehen. André erwies sich als guter Gesprächsführer und schaffte es auch, Shiro nach und nach ein wenig zu entspannen. Kiara selbst fühlte sich überraschend gut. Vielleicht, weil Shiro für sie beide nervös genug war. Er sah nicht schlecht aus, und er wirkte wie jemand, der auch einiges dafür tat. Es wunderte sie, dass er keine Frau hatte. Vielleicht arbeitete er wirklich so viel, wie André gesagt hatte. Vielleicht hatte er aber auch Angst vor Frauen und wollte deshalb noch einen Mann bei sich haben. Etwas an seiner Art rührte Kiara und weckte den Instinkt in ihr, ihn zu beschützen. Dabei war er fast so groß wie sie und wirkte nicht schwach. Und doch glaubte sie, ganz deutlich seine Furcht zu spüren.

Sie lächelte ihm freundlich zu und schüttete ihm Wein nach. Sein Gesicht war leicht gerötet. Die dunklen Augen wichen ihren Blicken aus. Er trug noch immer sein Jackett über einem anthrazitfarbenen Hemd. Sein Blick glitt zu dem pompösen Bett hinüber. André folgte diesem Blick. Kiara war plötzlich ganz sicher, dass Shiro mit ihr schlafen wollte und sich nur nicht traute, das offen zuzugeben. Sie stand auf und ging auf ihn zu. Er drehte sich zu ihr – angespannt. André beobachtete sie misstrauisch. Fürchtete er, sie würde fluchtartig den Raum verlassen? Shiro gefiel ihr. Er war alles, was Hayato nicht war, und deshalb genau das, was sie jetzt brauchte. Seine ganze Art war zurückhaltend. Er hatte Anstand. Er wirkte wie ein Mensch, der versuchte, niemals einen anderen zu beleidigen, und der sein eigenes Wohl immerzu zurückstellte.

Sie streifte die lange Bluse vor ihm ab, die sie auf Andrés Geheiß hin angezogen hatte. Das weiße Korsett aus Satin kam darunter zum Vorschein. Man konnte unter ihrem langen Rock bereits die Strapse erahnen, die daran befestigt waren. Ganz langsam zog sie die Bluse und den Rock vor den beiden Männern aus, stieg mit den hohen weißen Schuhen aus dem Rock heraus und blieb in sicherem Abstand vor Shiro stehen.

»Möchtest du meine Brüste berühren?« Sie glitt mit der Hand am oberen Rand des Korsetts entlang, griff tiefer. Die Blicke der Männer hingen fasziniert an ihr. Sie mochte das Gefühl, dass sie ihr ihre ungeteilte Aufmerksamkeit schenkten. Beide wirkten hingerissen. Shiro nickte sprachlos. Er stand langsam auf. Kiara ließ ihn auf sich zukommen. Sie hob ihre Brüste leicht an. Auf der einen Seite sah man bereits den dunklen Schatten ihrer Brustspitze. Shiro blieb einen Schritt vor ihr stehen und streckte seine Hand nach ihr aus. Er berührte sie zaghaft, als befürchtete er, sie könnte ihn dafür rügen. Kiara schloss die Augen. Es war ein schönes Gefühl, auf eine so rücksichtsvolle Art berührt zu werden. Sie mochte Shiros Neugierde. Vorsichtig schob er das Korsett ein Stück nach unten, um mehr von ihr zu sehen. André blieb sitzen und sah ihnen zu. Kiara bemerkte das erstaunte Lächeln auf seinem Gesicht. Auch seine Blicke gefielen ihr. Sie griff nach Shiros zweiter Hand und legte sie neben die erste.

»Berühr mich. Fass mich an, wo du möchtest.«

Shiro senkte für einen Moment den Blick, um seine Lippen lag ein schüchternes Lächeln. Seine rechte Hand streichelte ihr Gesicht und berührte die glänzenden silberweißen Ohrringe.

»Du bist schön wie eine Prinzessin, wie ein Mädchen aus einem Manga.«

Nun war es an Kiara, verlegen den Blick zu senken. Sie schloss die Augen ganz und fühlte die vorsichtigen Bewegungen seiner Finger. Er beugte sich vor und gab ihr einen kaum spürbaren Kuss auf den Hals. Dann zögerte er.

Andrés Stimme war weich. »Küss sie tiefer. Du hast sie gehört: Berühre sie, wo du magst.«

Shiro berührte ihre Brust mit den Lippen, streichelte ihre Taille und ihren Rücken und griff schließlich mit rotem Gesicht an ihren Hintern und berührte die Träger der weißen Strapse. Er sah sie fragend an. Kiara senkte nickend den Kopf. Trotzdem löste er sich von ihr. Vielleicht war ihm das alles zu viel. Er wandte sich an André. »Ich will es sehen. Ich will sehen, wie du es machst. Und dann möchte ich es selbst versuchen.«

André stand auf. Er kam auf sie zu. In seinen Schritten lag eine ganz andere Präsenz als in Shiros zögerlichen Gebärden. »Sehr gerne. Du kannst jederzeit dazukommen, wenn du es möchtest.« Er nahm Kiara am Handgelenk und zog sie mit weichem Griff hinter sich her. Shiro folgte ihnen bis zum Bett und setzte sich dort in einen Polstersessel. Er sah mit großen Augen zu, wie André Kiara auf das Bett dirigierte. Kiara legte sich bequem auf den Rücken und ließ André seinen Willen. Jetzt war sie also das Anschauungsobjekt für einen sexuell zurückhaltenden Mann. Es machte ihr weit weniger aus, als sie gedacht hatte. Im Gegenteil. Sein neugieriger Blick erregte sie. Sie rekelte sich auf dem glatten weißen Laken, während André Shiro zeigte, was man mit Händen und Zunge alles tun konnte. Noch ließ er Kiara das Korsett an und berührte sie überall dort, wo er ungehindert hinkam. Seine kräftigen Hände wussten, was sie taten. Er verwöhnte sie gekonnt und ließ sich durch Shiros Blicke nicht aus der Ruhe bringen. Kiara spürte, wie sie unter Shiros intensiven Blicken rot wurde. Vielleicht war sie doch schüchterner, als sie gedacht hatte.

»Zieh sie aus«, flüsterte Shiro mit kratziger Stimme. »Ich möchte sie nackt sehen.«

André setzte sich auf, zog Kiara halb hoch und ließ sie vor ihm auf dem Bett knien. Mit geschickten Fingern löste er die zahlreichen Häkchen auf ihrem Rücken und trennte die Träger der Strapse ab. Kiara saß in der winzigen weißen Satinunterhose vor ihm. Die weißen Strümpfe und die Schuhe hatte sie noch an. Shiro betrachtete ihre Brüste und ihren Bauch. André umfasste sie von hinten und massierte sie. Shiro schien es zu gefallen. Er lehnte sich nach vorne, als hätte er Angst, etwas zu verpassen. Kiara spürte einen Schauer über ihren Körper laufen. André war unbeschreiblich. Sie nahm sich vor, ihm das niemals zu sagen, schließlich war er arrogant genug. Er streichelte ihre Brüste und küsste zugleich ihren Rücken. Sie fühlte seine Lippen auf sich, den warmen Atem, der sie streifte. Sie sah in Shiros Augen, senkte den Blick aber rasch wieder, als sie das Verlangen darin sah. Shiro rutschte auf dem Sessel noch ein Stück vor. Er würde es wohl nicht mehr lange in seiner Beobachterposition aushalten.

Andrés Stimme war dicht an ihrem Ohr, sein Kopf lehnte an ihrem. »Komm ruhig her, Shiro. Das Bett ist groß genug.«

Shiro stand zögernd auf und setzte sich auf die Bettkante. Dabei starrte er Kiara unverwandt an. »Sie soll auch ihre Hose ausziehen.«

André war so frei, das zu übernehmen. Er drängte Kiara

auf den Rücken und zog ihr das Höschen aus. Nun trug sie nur noch Schuhe und Strümpfe. Ihr Kopf lag nah bei Shiro, der die Hand ausstreckte und ihr Haar berührte. Er zog sein Jackett aus und sah sie dabei weiterhin an. André beugte sich über sie und verwöhnte sie mit Händen und Zunge. Kiara stöhnte leise auf, als seine Zunge ihre Scham berührte und sich tief hinabbohrte.

Shiro zog nun auch das Hemd aus. André beachtete ihn gar nicht, und auch Kiara war einen Moment ganz mit sich und Andrés Händen auf ihren Schenkeln beschäftigt. Trotzdem vergaß sie nie, dass sie nicht mit André allein war. Shiro öffnete seine Hose. Seine Hände zitterten dabei. André half Kiara, sich aufzurichten und umzudrehen. Er hielt ihren Kopf und führte ihn zwischen Shiros Beine. Im ersten Augenblick schien es, als wollte Shiro zurückschrecken.

André hielt Kiara an den Haaren fest. »Sie wird nichts tun, was dir nicht gefällt.« Shiro nickte zögernd.

Kiara hoffte, er würde recht behalten. Es kostete sie Überwindung, Shiros Glied ganz in den Mund zu nehmen und ihren Kopf vorsichtig zu bewegen. Aber es drängte sie niemand zur Eile oder gab ihr weitere Befehle. Shiro stöhnte, und sie schmeckte einen ersten Tropfen, der auf ihre Lippen quoll, und den sie fortleckte. Andrés Hände kamen nicht zur Ruhe. Kiaras Verlangen steigerte sich. Sie beugte sich tief in Shiros Schoß und hatte Freude an seinem Stöhnen und seinem zitternden Körper. Welche Lust sie in Männern wecken konnte! Sie folgte seiner Hand, die sie zurückschob und aus seinem Schoß verdrängte. Er wollte wohl nicht zu früh kommen. Seine Hände berührten ihre unbedeckten Brüste und betasteten sie mit ungeschickter Neugierde. Er hob ihre Brüste an, als seien sie Äpfel, die er staunend betrachtete und wog. André rieb sein hartes Glied an ihr. Kiara seufzte lustvoll und fühlte die Härte an ihren Beinen und am Po.

Shiro hob den Kopf und sah André an. Er traute sich nicht, ihr in die Augen zu sehen. »Sie soll sich auf mich setzen.«

André zog Kiara erneut hoch und machte Shiro Platz, der sich endlich ganz auf das Bett legte. Kiara zog ihm unter Andrés aufmerksamen Blicken Hose, Schuhe und Socken aus. Dann schob André sie auf den nackten Mann. Er hob ihr Becken von hinten an. Shiro berührte ihre Brüste. Kiara griff nach seinem steifen Glied und setzte sich auf ihn. Shiro ließ von ihr ab und starrte sie mit großen verwunderten Augen an. Andrés Hände lagen noch immer an ihrem Becken. Kiara fand das Gefühl, zwei Männer zugleich zu fühlen, ungewohnt erregend. Sie berührte mit ihren Händen Shiros flachen Bauch und streichelte mit gespreizten Fingern seine Brust. Langsam hob und senkte sie sich auf ihm. Sie fühlte sein Becken unter ihrem Schoß und sein steifes Glied, das sich in sie drängte. Während Andrés Hände ihren Rücken hinunterglitten, legten Shiros Finger sich auf ihre langen, hellen Schenkel.

Shiro keuchte unter ihr, und wieder suchte er Andrés Blick, als sei Kiara gar nicht da. »Du auch«, sagte er erregt.

Kiara spürte ein beklemmendes Gefühl von Furcht. André drückte ihren Kopf tief hinab auf das weiße Laken neben Shiro, und einen entsetzlichen Moment lang fürchtete sie, er würde sie so von hinten nehmen, wie sie es überhaupt nicht mochte.

Sie wollte schon protestieren, als sie Andrés Glied neben Shiros spürte und überrascht aufkeuchte. Sie fühlte Erleichterung. Gleichzeitig war sie schockiert über Shiros Offensive. Von wegen Zurückhaltung! Nachdem Shiro in Fahrt gekommen war, schien ihn nichts mehr bremsen zu können! Männer! Fehlte nur noch, dass Hayato sich vor sie kniete, und sie ihm einen blasen sollte. Sie schüttelte ärgerlich den Kopf bei der Vorstellung und versuchte sich zu entspannen. Diese Erfahrung hatte sie sich selbst zuzuschreiben. Es war auch nicht so schlimm, wie sie zuerst befürchtet hatte. André war sehr vorsichtig und wusste offenbar, was er tat. Trotzdem war das Gefühl schmerzhaft. Zugleich aber auch ungemein erregend. Allein die Vorstellung, von zwei Männern auf einmal genommen zu werden … Kiara keuchte zitternd und war dankbar, dass André sie hielt und ihre Bewegungen für sie koordinierte. Sie hörte seine flüsternde Stimme an ihrem Ohr. »Ist das erste Mal. Ich kann es spüren.«

Kiara nahm sich vor, ihm für diesen Spruch eine zu verpassen, sobald diese Nummer vorbei war.

Shiro sah zu ihr auf und fuhr sich über die Lippen. »Komm tiefer.«

André beugte sie hinab, ohne ganz aus ihr herauszugleiten, und drückte Kiara nach unten. Shiro berührte ihren Hals, ihre Brüste und schließlich einen Teil ihres Rückens. Er zog sie weiter hinab. André bewegte sich mit ihm, seine Hände lagen auf ihrem Po. Eine Hand löste sich, glitt um sie herum und berührte Kiara zwischen den Schamlippen.

Shiro keuchte unter ihr und griff dabei schmerzhaft fest in ihre Brüste. Er schien es nicht mit Absicht zu tun. Seine Augen waren geschlossen, und die Verzückung auf seinem Gesicht zeigte Kiara seinen nahenden Orgasmus. André küsste ihren Rücken und versuchte Shiros wilde Stöße ein wenig zu mildern. Er zog sich aus Kiara zurück, als der kleinere Mann zu heftig wurde, und obwohl sie Schmerzen hatte, spürte Kiara sie nicht. Sie wurde angesteckt von der wilden Euphorie in Shiros Zügen und war enttäuscht, als er sie im entscheidenden Moment von sich stieß. Er zog sein Glied aus ihr heraus, drängte sie ein Stück zurück und gleichzeitig nach unten. Seine Hände umklammerten erneut ihre Brüste, zwischen denen er sich aufstöhnend rieb. Er legte sein Glied hinein und drückte zu. Seine Augäpfel verdrehten sich begeistert. Sein Stöhnen wurde lauter. Kiara fühlte seinen warmen Samen auf ihrer Haut. Shiro keuchte noch immer und sah dann André an. »Nimm sie so. Lass sie und nimm sie.«

André ließ sich das nicht zweimal sagen. Unter dem erschöpften, aber glücklichen Blick von Shiro brachte er Kiara dazu, all ihre Wut über Shiros plötzliche Dreistigkeit zu vergessen und unter seinen Händen und Stößen zu einem hemmungslosen Orgasmus zu kommen, der sie aufschreien ließ.

Wieder war Andrés Stimme an ihrem Ohr. »Habe ich dir nicht gesagt, dass ich gut bin?«

»Ich hatte schon Besseres«, erwiderte Kiara erhitzt. Sie ließ sich ihre Brüste von André mit einem feuchten Tuch reinigen. Shiro sah ihnen verklärt zu. Sie hatte selten ein so zufriedenes Gesicht gesehen. Anscheinend hatte er bekommen, was er wollte.

Als sie später unten in der Küche saßen, fragte André: »Und? Auf den Geschmack gekommen?«

Kiara schüttelte den Kopf. Zwischen ihren Beinen brannte es. »Es war einzigartig.«

Er warf ihr eine Salbe zu. »Kannst du behalten. Beim nächsten Mal wird es weniger weh tun.«

»Ich sagte einzigartig. Es wird kein nächstes Mal geben«, schnaubte Kiara.

»Dann bin ich ja froh, dass ich die Chance genutzt habe. Ich hoffe, du bist nicht verletzt.«

»Nicht psychisch«, knurrte Kiara übellaunig. Aber sie hatte es ja unbedingt so haben wollen. Morgen würde sie eine neue Strategie versuchen, nicht mehr an Hayato zu denken: Lesen. Das war sicher schmerzfreier und hatte keine Nebenwirkungen.

»Du bist gekommen. Und zwar heftig.«

»O schön, du hast aufgepasst.«

Er grinste. »Darf ich die Aufzeichnung davon haben?«

»Ich töte dich, wenn du sie dir auch nur ansiehst.«

»Wie du meinst. Du bist einfach …« Er streckte die Hand aus und ließ sie wieder sinken. »Es war unglaublich geil.«

»Das ist wohl das größte Kompliment, das ein Mann wie du machen kann.«

Er stand auf und blinzelte ihr kokett zu. »Falls du mal jemanden zum Spielen brauchst: Ruf mich an.«

Kiara sah ihm nach. Mit dem Spielen war es erst mal vorbei. Sie berührte das weiße Korsett aus Satin. Es war schön. Es lag so vertraut und kühl auf der Haut. Vielleicht sollte sie es Jessi abkaufen. Als Erinnerung an einen sehr ungewöhnlichen Abend.

12

Deine Taten verdienen Hass, deine Schönheit schreit nach Liebe: Weh mir, sie wirkt stärker auf mich als ihre Fehler.

Kiara lag im Schatten eines gelb-weißen Sonnenschirmes auf der Terrasse und versuchte zu lesen. Sie wollte endlich über das dritte Buch der »Amores« hinauskommen.

Sie sah auf, als Yukiko an ihren Sonnenstuhl trat. Die Japanerin trug ein langes weißes Kleid, das sie sehr jungfräulich wirken ließ. Unschuldig. Ihre Haare waren aufgesteckt, die vollen Lippen geschminkt. Der Blick ihrer dunklen Augen war eindringlich.

»Glaubst du tatsächlich, es hilft dir weiter, dich quer durch die Mitarbeiter von *Shanaya* zu vögeln?«

Kiara war überrascht, wie derb Yukiko sein konnte. Die kleinere Frau wirkte wütend. Kiara ließ das Buch in ihrer Hand sinken.

»Was stört dich daran? Ich habe André und Jessi wohl kaum etwas angetan.«

»Es geht auch nicht um André und Jessi. Es geht um Hayato.«

Kiara legte die »Amores« zur Seite.

»Hayato? Die Sache zwischen uns ist endgültig aus.«

»Du liebst ihn immer noch. Und er liebt dich. Ist das denn gar nichts wert?«

»Er liebt mich nicht. Er liebt nur sich selbst.«

»Du scheinst die Fehler allesamt bei ihm zu sehen.« Yukiko zog sich demonstrativ einen Korbstuhl neben die

Liege und setzte sich so, dass das Gegenlicht Kiara blendete. »Und keinen einzigen bei dir.«

»Sie liegen bei ihm. Er hat mich betrogen.«

»Du hast ihn dazu gebracht. Ein Stück weit zumindest. Du bist ebenso verantwortlich wie er, Kiara. Höchste Zeit, das einzusehen.«

»Bitte?« Kiara richtete sich auf und schwang die Füße über den Rand der Liege. »Hab ich ihm vielleicht gesagt, er soll auf irgendeiner Party vor allen Leuten mit einer Tänzerin Sex haben und zu allem Überfluss auch noch mein Kaninchen umbringen?«

»Nein.« Kikos Stimme war gelassen. »Aber du hast ihm nie eine Chance gegeben. Tief in dir drin hast du von Anfang an nicht geglaubt, dass er der Richtige sein könnte. Du hast ihm misstraut, ihn machen lassen und dich selbst überhaupt nicht eingesetzt. Aber so funktioniert Liebe nicht.«

»Du hast wohl die Weisheit mit Löffeln gefressen.«

»Sei ehrlich, Kiara Evers. Hast du dich Hayato geöffnet, oder hast du es nicht? Bist du auf ihn eingegangen, oder hast du insgeheim nur darauf gewartet, dass er einen Fehler macht und du ihn in die Wüste schicken kannst?«

Kiara schwieg. In Yukikos Worten lag eine schmerzliche Wahrheit. Sie hatte Hayato nicht vertraut. Sie hatte immer wieder daran gedacht, wann er das erste Mal fremdgehen würde. War sie nur auf ihn eingegangen, um Sex mit ihm zu haben? Aber sie liebte ihn doch. Noch immer. Ob Yukiko die Wahrheit sagte und er sie auch liebte?

»Vielleicht hätte ich ihm vertrauen können, wenn er mir gesagt hätte, dass er mich liebt. Ich weiß nicht, wie du darauf kommst.«

»Man sieht es ihm an. Und man merkt es daran, wie verzweifelt er um dich kämpft. Er hat dir sogar ein Kaninchen vorbeigebracht. War das wirklich so furchtbar für dich?«

»Wenn er mich liebt, so wie du behauptest, warum hat er es mir dann nie gesagt?«

Yukiko lehnte sich weit auf ihrem Stuhl vor. »Vielleicht hast du ihm gar keine Chance gegeben, dir das zu sagen. Wie weit warst du bereit, Gefühle zuzulassen? Wie romantisch war es denn mit ihm? Ich könnte mir gut vorstellen, dass du jede Romantik im Keim erstickt hast.«

Wieder sah Kiara sich am Meer. Es hätte der romantischste Tag ihres Lebens werden können, aber sie hatte nur ihre Lust gefühlt. Überwältigende Lust.

»Ich wollte meine Sexualität ausleben.«

»Das ist ja auch in Ordnung. Aber du solltest beides können. Gib es zu: Du hast ihm nie die Chance gegeben, die er gebraucht hätte. Und jetzt lässt du ihn lieber leiden, als zu versuchen, ihn zu verstehen, oder ihn auch nur zu fragen, warum er so ein Arsch ist.«

»Er hat mich verletzt.«

»Willkommen in der Realität, Bunny. So was passiert. Die Frage ist doch: Seid ihr es nicht doch wert, es noch einmal zu versuchen? Vielleicht solltest DU zum ersten Mal etwas für diese Beziehung tun und ihn anrufen.« Yukiko zog ein Handy aus ihrer weiten Rocktasche. »Glaubst du nicht, es könnte den Versuch wert sein?«

Kiara sah sie wütend an. »Du kannst es nicht lassen, andere miteinander zu verkuppeln, nicht wahr? Du bist großartig darin, sie zu analysieren, und machst dir einen Sport daraus. Aber was ist mit dir? Warum schläfst du nicht mit Kazuya? Hast du Angst, es könnte auf Dauer ernster werden?«

Yukiko ließ das Handy sinken. »Kazuya und ich lieben einander nicht.«

»Vielleicht nicht, aber da ist etwas zwischen euch. Und du versteckst dich davor.«

Yukiko atmete tief ein. »Okay. Ich mache dir ein Angebot: Ich gehe auf Kazuya ein, und du rufst Hayato an.«

»Warum ist dir die Sache mit Hayato so wichtig?«

»Ich mag ihn. Er ist ein wenig wie ich, und ich fühle eben, wie sehr er dich liebt. Jetzt ist einfach nicht der richtige Zeitpunkt, ihn aufzugeben. Ihr seid mittendrin. Er fängt gerade erst an, an eurer Beziehung zu wachsen. Und du kannst das auch.«

»Du meinst, ich kann ihn ändern?«

»Nein. Du kannst für ihn da sein. Ändern muss er sich selbst. Genau wie du, wenn du glücklich werden willst.« Yukiko hielt das Handy nun genau vor ihr Gesicht. »Und? Gilt unsere Abmachung?«

»Nur ein Gespräch?«

»Nur ein Gespräch. Gib ihm eine Chance.«

»Und du wirst Kazuya eine geben?«

»Ja.«

Zögernd nahm Kiara das Handy. »Bitte, ich versuche mein Glück. Aber beschwer dich nicht, wenn es wieder in einem Desaster endet.«

Yukiko lächelte. »Das wird es nicht. Nicht dieses Mal.«

Kiara fragte sich, woher Yukiko das wissen wollte. Misstrauisch sah sie in das schöne Gesicht der Japanerin. Ihre Hand zitterte leicht bei der Vorstellung, Hayatos Stimme zu hören. Yukiko saß noch immer neben ihr. Kiaras hellblaue Augen verengten sich.

»Du wirst nicht mithören«, meinte sie bestimmt. »Ich habe schließlich auch nicht vor, dir und Kazuya zuzusehen.«

Yukiko stand auf und grinste. »Schade. Du wirst etwas verpassen.« Sie ging leichtfüßig Richtung Garten.

Kiara starrte auf das Telefon. Vielleicht war er ja gar nicht zu Hause … Sie wusste plötzlich nicht, ob sie es sich wünschte oder nicht.

Zieh das jetzt durch. Wenn er dich nur verspottet, weißt du zumindest, woran du bist. Kiara atmete tief ein und wählte die Nummer.

Shouta öffnete ihr, als sie klingelte. Sie war so süß, so verlegen. Ihr Name war Tamina. Ihr selbstgewählter Name. Sie war neunzehn und ein Callgirl. Beides Pluspunkte. Und das Beste war – sie war zum ersten Mal bei ihm. Da sie hergekommen war, hatte sie vielleicht nicht mitbekommen, wie ein paar ihrer Kolleginnen von ihm sprachen. Gewisse Dinge machten viel zu schnell die Runde. Sie aber wusste davon nichts, und er genoss ihren schüchternen Blick, die demütig gesenkten Lider. Ihre Wimpern waren dicht und schwer. Die dünne Linie der Augenbrauen anmutig. Sie war perfekt geschminkt. Ein Kunstwerk. Er nahm ihr den hellen Mantel ab und hängte ihn auf. Sie trug ein kurzes schwarzes Kleid darunter und hohe Stiefel, die bis über die Knie reichten. Das Kleid war durchsichtig, zeigte ihren schwarzen Spitzen-BH und das schön geschnittene Höschen. Sie trug Strapse in Schwarz. Strapse gehörten sich wohl für ein Callgirl. Er grinste.

»Du bist umwerfend.« Sein Finger berührte ihr aufgestecktes Haar, strich eine Strähne zurück und wanderte weiter zu ihrem Hals.

»Danke.« Sie wirkte nervös. Vielleicht hatte sie doch etwas über ihn gehört? »Drei Stunden, richtig?«

»Drei Stunden. Ab jetzt. Komm mit nach unten.«

Sie gingen die Treppe hinunter in das tiefere Stockwerk. Er ließ Tamina vorausgehen und betrachtete versonnen ihren Po. Was er damit alles anstellen konnte. »Einfach weiter«, meinte er hinter ihr.

Sie kamen in einen großen Raum mit breiter Fensterfront. Der Boden war gekachelt, in der Mitte befand sich ein riesiger Pool, das große Plus dieser Wohnung. Das Wasser war angenehm temperiert, und Shouta mochte es, darin zu schwimmen, auch wenn die Bahnen sehr kurz waren. Die Kacheln zeigten einfache japanische Muster, schwarz auf weiß. Mehrere weiße Liegestühle standen an der gegenüberliegenden Raumseite. Grünpflanzen gaben dem Raum die Atmosphäre eines Privatschwimmbads. Bambus wuchs aus steinernen Kästen. Am Kopfende des Raumes stand ein weißer Hocker auf einem flauschigen Unterleger.

Wenn sie brav ist, darf sie darauf knien. Wenn nicht, dann eben auf den Fliesen.

Shouta liebte es, sich ihre Überraschung vorzustellen. Noch war er freundlich zu ihr. Noch.

Sie stieß einen erstaunten Ruf aus. »Wow. Hier kannst du richtig schwimmen.«

»O ja. Außerdem hat der Raum eine interessante Akustik.« Man hörte das Stöhnen und Flehen hier ganz anders. Ganz davon abgesehen, hatte er hier eine seiner Kameras versteckt. Seine teuerste und beste. Er würde jede Sekunde dieser drei Stunden aufzeichnen. Auch dafür war der Hocker auf dem Teppich da. Dort hatte er das beste Bild.

Sie ging in ihren hohen Stiefeln vorsichtig durch den Raum. Als sie stehen bleiben wollte, drängte sie Shouta weiter hin zu dem Hocker und dem Tisch, der daneben stand. Auf dem Tisch hatte er die Sachen zurechtgelegt, die er in den nächsten Stunden benötigte. Sie sah lange darauf. Er glaubte Neugier und Abscheu auf ihrem Gesicht zu erkennen. Beides freute ihn. Sie blieb neben dem Tisch stehen. Wie er es gewünscht hatte, war ihre Unterhose unten aufgeschlitzt. Er würde sie ihr nicht ausziehen müssen.

Er hob ein silbernes Halsband auf, das er zuziehen konnte, wenn ihm danach war.

»Leg das um.«

Sie gehorchte zaghaft. Ob sie wusste, worauf sie sich hier einließ? Er hoffte, sie wusste es nicht. Er liebte es, wenn sie ihn anbettelten aufzuhören. Aber er hatte für drei Stunden bezahlt, und er würde sich seine drei Stunden nehmen. Egal, wie sehr die kleine Hure auch flehte.

»Gut so.« Er nahm sie am Halsband und zog sie auf den Boden. »Du wirst mich Herr nennen und mir zu Diensten sein.«

»Wie Ihr wünscht, Herr.«

Sie begriff schneller als ihre Vorgängerin, das musste er ihr lassen. Vielleicht war sie ja doch aus einem anderen Holz geschnitzt, und er konnte sie mehrmals buchen, bis er ihre Grenze erreichte. Aber erreichen würde er sie. Darauf legte er es schließlich an.

»Bleib so.« Er hatte seine Frauen am liebsten auf allen vieren. Noch würde er sie zwar nicht nehmen, aber er mochte diese Haltung. Sie musste auch nicht gefesselt sein. Es genügte, wenn sie sich seinem Willen unterwarf. Fesseln und knebeln würde er sie nur, wenn sie zickig wurde.

Er griff nach dem ersten Dildo. Man durfte schließlich keine Zeit verlieren. Beherzt stieß er zu, was ihr ein leises Keuchen entlockte. »Das magst du, was?« Er stieß noch tiefer vor, bohrte den Stab der Lust in sie hinein, bis sie leise wimmerte.

»Macht weiter, Herr«, flüsterte sie.

Er ließ den Dildo los. »Hast du keine Angst?« Shouta kniete sich vor sie und sah ihr fest in die Augen. Sofort senkte sie den Blick. »Du wirst mir gehören, Hure. Für die nächsten drei Stunden hast du mir deinen Körper verkauft, und ich werde das zu nutzen wissen.«

»Deshalb bin ich hier, Herr«, meinte sie schwach.

»Eine gute Einstellung.« Er griff nach der Peitsche. »Du wirst gar nicht gehen wollen, so glücklich, wie du dich anhörst.«

»Schlagt mich bitte nicht, Herr.«

»Und warum nicht? Hast du Angst, du könntest auf deinem nächsten Gang Striemen haben?«

Sie schwieg. Dann hob sie den Kopf. »Ich muss nicht bleiben.«

»Doch, das musst du. Denn ich werde dich nicht gehen lassen.« Jetzt bekam sie wirklich Angst. Er mochte es. »Aber du kannst deine Strafe abmildern, wenn du dir Mühe gibst. Du weißt, was du zu tun hast.« Er hielt die Peitsche in der Rechten und zog sie erneut am Halsband, dieses Mal ein Stück nach oben. »Zeig mir, wie gut du bist.«

Eilfertig öffnete sie seine Hose und nahm sein Glied in die Hände. Er war hart. Ihr Mund schloss sich um ihn, und er ließ sie gewähren, das Halsband noch immer locker mit der Linken haltend.

»Gib dir mehr Mühe. Wofür hast du eine Zunge?«

Er ließ sie arbeiten. Sie machte ihren Job wirklich gut. Trotzdem zog er ihren Kopf schon nach wenigen Minuten von sich. Sie schnappte nach Luft, als sich das Halsband zusammenzog. »Nicht gut genug, Schätzchen.«

Er ließ sie los und trat hinter sie. Seine ersten beiden Schläge ließen sie aufschreien.

»Nicht, hör auf!«

»Es heißt: Hört auf, Herr!« Die hielt ja noch weniger aus als die Letzte. Die hatte erst nach zwanzig Schlägen angefangen zu betteln. Was schickten die ihm nur für lausige Anfängerinnen?

»Das tut weh!«

»Richtig. Du hast es herausgefunden. Gratulation. Genau darum geht es.«

»Bitte …« Sie versuchte aufzustehen. Er drückte sie nach unten.

»Stell dich nicht so an. Das Geld hast du schon, und genau deshalb werde ich dich nicht gehen lassen.«

»Du kannst es wieder …«

Der nächste Schlag trieb ihr Tränen in die Augen. »Es heißt, Ihr könnt es wiederhaben, Herr …« Er verstummte. Ihr Blick war hilfesuchend zum Eingang des Raumes gewandert. Er folgte ihrer Blickrichtung.

Hayato stand im Durchgang zum Raum. So bleich wie er war, musste er dort schon längere Zeit gestanden haben. Hatte er das Gespräch gehört? Verstand er, was hier los war?

»Hayato … hattest du nicht heute diese Verabredung mit … wie hieß sie gleich? Vivian?«

»Hab ich abgesagt.« Hayato sah krank aus. »Das tust du also, wenn ich nicht zu Hause bin.«

»Jeder auf seine Art. Die kleine Hure und ich haben gerade eine gute Zeit. Sei so nett und lass mir die Wohnung noch zwei Stunden.«

»Die kleine Hure sieht nicht so aus, als hätte sie Lust, die nächsten zwei Stunden mit dir zu verbringen.«

»Das ist doch nur ein Spiel.«

»Warum weint sie dann?« Hayato kam näher. »Warum wollte sie dir eben das Geld zurückgeben? Gehört das auch zum Spiel?«

»Sicher, es …«

»Dich habe ich nicht gefragt!«, herrschte Hayato ihn an. »Ich habe die Frau gefragt, also halt deine Klappe!«

»Bitte …« Sie streckte die Hände nach ihm aus.

»Na schön.« Shouta setzte ein Lächeln auf. Vielleicht war es wirklich zu viel. Er zog den Dildo aus ihr heraus. Sie stöhnte und griff sich zwischen die Beine. »Du kannst abhauen, wenn du willst.«

Tamina stand schwerfällig auf und hastete aus dem Raum, sobald ihre Glieder ihr wieder gehorchten. Auf ihrem Rücken waren geschwollene, dunkelrote Striemen.

»Hast du jetzt den Verstand verloren, ja?« Hayato war nur

drei Schritte entfernt. »Oder warst du schon immer so ein Arschloch, und ich habe es nur nicht erkannt?«

»Beruhige dich, Mann. Es war nur Sex.«

»Was hattest du die nächsten zwei Stunden mit der Kleinen vor? Hättest du sie …?« Hayato brach ab. »Du widerst mich an, Shouta!«

»Behaupte nicht, du hättest keinen Sinn für solche Spiele.«

»Spiele, ja!« Hayatos Stimme drohte sich vor Zorn zu überschlagen. »Aber das hier war kein Spiel, und das weißt du! Ich will das nie wieder erleben müssen! Es ist meine Wohnung, Shouta! Du wohnst hier nur, weil du aus deinem Elternhaus raus wolltest und zu faul warst, dir was Eigenes zu suchen! Der Mietvertrag geht auf mich, und genau deshalb wirst du mit solchen Exzessen aufhören! Und weißt du was: Vielleicht wäre es angeraten, eine Therapie zu machen! Wenn du deinen Machttrieb weiter so schamlos an Frauen auslässt, die daran kein Vergnügen haben, wird dich das in ernste Schwierigkeiten bringen! Mal ganz davon abgesehen, was du den Frauen antust!«

»Ach ja?« Shouta war getroffen. Er spürte, dass Hayato recht hatte, aber ihm stand überhaupt nicht der Sinn danach, sein Leben zu ändern. Dazu machte ihm das Ganze einfach zu viel Spaß. Dumm nur, dass Hayato ihn dabei erwischt hatte. Bisher hatte der Freund tatsächlich nie mitbekommen, wie weit er zu gehen bereit war. Shouta hatte immer gewusst, dass er Ärger mit Hayato bekommen würde, wenn dieser das sehen würde. Trotzdem stieg Wut in ihm auf. Wofür hielt Hayato sich? Es war sein Leben, und den Huren ging es doch nur ums Geld. Davon hatte er genug. Dann zahlte er ihnen eben mehr. Schließlich hatte er nicht vor, sie umzubringen. Er wollte sie nur ein wenig leiden sehen.

»Und was willst du tun, wenn ich mich nicht an deine Spielregeln halte? Es ist mein gutes Recht, mir Huren zu nehmen. Ich bezahle sie schließlich! Willst du mich aus der Wohnung werfen?«

Hayato stutzte, als hätte Shouta ihn eben erst auf die Idee gebracht. »Eigentlich wollte ich dich von der Band beurlauben, bis du dich um deine Probleme gekümmert hast. Aber ja. Aus der Wohnung kannst du auch gleich ausziehen! Das hätte ich vielleicht schon vor langer Zeit tun sollen: Dich hinauswerfen! Ich will mit diesen Sachen nichts zu tun haben, okay?«

»Was ist mit dir los? Hat dir jemand die Eier abgeschnitten?«

»Du überschreitest Grenzen, Shouta! Grenzen zwischen Spaß und Ernst! Wenn du Liz demütigst, ist das in Ordnung – weil sie das will, verdammt! Aber die Nummer eben war nicht in Ordnung! Und das weißt du auch!«

»Moralist!«

»Pack deinen Kram und hau ab! Du hast so viele reiche Verwandte, bei denen du unterkommen kannst. Bau dir was Eigenes auf. Und lass mich eine Zeitlang in Ruhe, ich muss mein Leben neu organisieren.«

»Bastard.«

»Jetzt wirst du unhöflich.«

»Wer hat dich so verändert? War es diese kleine Schlampe Kiara?«

»Pass auf, was du sagst.« Hayatos Stimme wurde gefährlich leise. »Wenn du sie noch einmal beleidigst, findest du meine Faust in deinem Gesicht. Und jetzt geh mir aus den Augen!«

Sie starrten sich zornerfüllt an. Shouta wusste, dass er verloren hatte. Aber er würde nicht so schnell aufgeben. Er hatte mit Hayato ein perfektes Leben geführt. Frei. Ungebunden. Ohne Moral und all die beschissenen Zwänge seines Elternhauses. Das hatte Kiara ihm verdorben. Und zu allem Überfluss bekam er das Video von ihr nicht, das er sich so sehr gewünscht hatte. Er würde sich dafür rächen. Für alles. Sie hatte ihn beim Sex beobachtet und ihn mehrfach abgewiesen. Nun nahm sie ihm auch noch seinen besten Freund. Dafür würde sie bezahlen. Früher oder später würde er seinen Willen bekommen.

Er zwang sich zu einem Lächeln und hob die Hände. Es war besser, Hayato nicht noch mehr zu reizen, sonst riskierte er eine Prügelei oder den endgültigen Rauswurf aus der Band. Hayato konnte sehr jähzornig werden, und die Band bedeutete Shouta tatsächlich etwas. Es war geil, von den kleinen Schulmädchen angehimmelt zu werden.

»Schon gut, Mann. Ich packe meinen Kram und gehe. Aber du wirst mich schnell vermissen und mich anbetteln, wieder einzuziehen.«

»Träum weiter.«

Shouta machte eine wegwerfende Handbewegung und überließ Hayato das Feld. Diese Schlacht hatte er verloren. Aber noch war der Krieg nicht vorbei.

Hayato setzte sich erschöpft auf die Couch. Shouta war weg. Er hatte den größten Teil seiner Sachen dagelassen und hatte auch noch einen Schlüssel für die Wohnung, aber Hayato würde nicht zulassen, dass der Dreckskerl hier wieder einzog.

War er die letzten zwei Jahre blind gewesen? War Shouta schon immer so gewesen? Dieses Mal war er zu weit gegangen. Viel zu weit. Es gab einen Ehrenkodex, der Sexbegeisterte von Vergewaltigern unterschied. War er genauso schlimm gewesen wie Shouta? Er hatte nie eine Frau gezwungen, etwas gegen ihren Willen zu tun, aber bei Licht betrachtet war er ein ziemliches Arschloch gewesen. Zumindest, was seinen Umgang mit anderen Menschen betraf. Männern wie Frauen.

Er schenkte sich einen irischen Whiskey ein. Shouta war ein Arschloch, und doch musste er an Yukiko denken, die ihn selbst nicht gerichtet, sondern ihn verstanden hatte. Shouta hatte sicher Gründe, warum er so war, wie er war. Warum er krank war. Hoffentlich machte er eine Therapie und schaffte es, sich zu fangen. Hayato wünschte ihm nichts Böses. Aber wenn Shouta das nicht schaffte, würde er sich auf Dauer von ihm trennen müssen. Auch in der Band. Die Streitereien zwischen Shouta und Michia machten schon genug Ärger, und Hayato war nicht bereit, Shoutas kranke Spiele zu unterstützen, indem er zu ihm hielt. Manchmal musste man einen Menschen fallenlassen, um ihm zu zeigen, dass er auf dem falschen Weg war. So wie Kiara es mit ihm getan hatte, als er mit »Devil« auf dem Arm zu ihr gekommen war.

Er verschluckte sich, als das Telefon klingelte.

»Takado Hayato.« Mit einem leichten Husten stellte er das Glas ab.

»Äh. Ich bin's. Die Frau, die gerade kein Wort herausbekommt, fürchte ich.«

Hayato sprang auf und stieß das Glas dabei um. »Kiara! Es … es tut mir leid, alles, ehrlich, ich weiß gar nicht, wo ich anfangen soll …«

»Wie wäre es bei der Party im *Indigo*?«

Er seufzte und ließ sich auf die Couch sinken. Sie wusste davon. Damit war alles aus. Wie hatte er auch glauben können, sie würde es nicht erfahren? Yori und Kazuya waren beide in der Band und arbeiteten gleichzeitig in Jessis Club. Yori war sogar auf der Party gewesen.

»Ich könnte jetzt sagen, es war eine riesige Dummheit, und

dass ich es gerne ungeschehen machen würde, aber das willst du wohl nicht hören. Ich war ein Arschloch, und ich habe dich verletzt. Es ist das Beste, wenn wir uns nicht wiedersehen. Im Grunde habe ich das nicht verdient, auch wenn ich es mir mehr wünsche als alles andere auf der Welt.« Er fühlte, was er sagte. Kiaras Zuneigung hatte er verspielt. Sonderbar. Sonst gab er nicht so schnell auf.

Sie schwieg eine lange Zeit. »Warum hast du das getan, Hayato? Was war der Auslöser?«

»Das … kann ich so schlecht erklären.«

»Na schön, dann eben nicht.« Sie klang, als wollte sie das Gespräch beenden.

»Nein! Leg nicht auf, bitte. Ich … ich liebe dich. Ich weiß, es klingt nicht ehrlich, nach allem, was passiert ist, aber es ist die Wahrheit! Bitte leg nicht auf.«

Sie wartete. Er suchte nach den richtigen Worten. »Es wäre mir lieber, ich müsste das nicht am Telefon erklären. Es klingt ziemlich verrückt.«

»Du liebst mich?« Sie klang zweifelnd. »Dann verstehe ich noch viel weniger, was du getan hast. Ist es dir nur mit einer Frau zu langweilig?«

»Nein, damit hat es nichts zu tun. Hör zu. Wie wäre es, wenn wir uns treffen und einfach irgendetwas schrecklich Normales machen? Keinen Sex oder so. Ich will dich einfach nur sehen und in Ruhe mit dir reden können. Das ist alles.«

Sie zögerte. »Nur reden?«

»Genau.«

»Dann komm morgen vorbei. Und … bring dieses Kaninchen mit. Ich will mir einfach nicht vorstellen, wie du es vernachlässigst. Lebt es überhaupt noch?«

»Es geht ihm gut. Ich habe mir ein Buch gekauft.« Hayato wusste plötzlich nicht, ob er das Tier wieder hergeben wollte. Irgendwie hatte er sich in den letzten Tagen an den kleinen Nager gewöhnt. »Klar bringe ich ihn dir mit, wenn du möchtest.«

»Okay. Dann komm vorbei, und wir reden. Aber glaub nicht, ich vergebe dir einfach alles. Ich will es verstehen.«

»Das klingt fair. Bis morgen.«

Sie legte auf. Hayato saß noch eine lange Zeit da, das Telefon in der Hand. Er konnte das Wunder nicht fassen. Jetzt gab es für ihn wieder Hoffnung.

13

Ich wär allein, wäre nicht der wilde Amor bei mir.
Selbst wenn ich wollte, ich werd ihn nirgendwo los.
Eher könnt ich mich sogar von meinen
eigenen Gliedern trennen.

Kiara war so nervös, dass sie Magenkrämpfe hatte. Erst als Hayato mit dem Kaninchen zu ihr kam, wurde es besser. Nach einer sehr steifen Begrüßung gab er ihr den Widderzwerg in die Hände.

»Er heißt Devil.«

Kiara hob das kleine Tier hoch. »Das passt zu ihm. Er ähnelt dir.«

»Wirklich?« Hayato kratzte sich am Kopf. »Da ist mir wohl was entgangen.«

Sie setzten sich nebeneinander auf das ausgezogene Bett unter das aufgehängte Katana.

Kiara hatte sich inzwischen zwei neue Wohnungen angesehen, aber keine davon war geeignet. Sie waren winzig und schrecklich überteuert.

»Ich will wissen, warum du mit diesen Tänzerinnen geschlafen hast.«

»Tänzerin.« Hayato senkte den Blick. Er begann zu reden. Erzählte von dem Gespräch mit Yukiko. Von seinem Wunsch, seinen Eltern zu folgen, und davon, dass in seinem bisherigen Leben gar kein Platz für Partnerschaft gewesen war. »Aber ich will das ändern. Ich möchte jemanden haben. Ich möchte mit dir zusammen sein. Es ist interessant, Sex mit verschiedenen Menschen zu haben, aber es ist nicht befriedigender als mit einer Person. Zumindest für mich nicht mehr. Ich will endlich versuchen, mich auf jemanden einzulassen.«

»Geht mir ähnlich.« Kiara bemühte sich, das alles zu verstehen. Sie sah ihn an. In seinem schönen Gesicht lag so viel Liebe und Zärtlichkeit. »Ich nehme deine Entschuldigung an. Auch wenn ich dir nie vergeben werde, dass du diese verdammte Tür aufgelassen hast. Na ja. Gib mir zwanzig Jahre.«

»Ich …«

»Ja, ich weiß. Du bereust es.«

Hayato beugte sich vor. Kiara konnte nicht anders, als seine Bewegung zu spiegeln. Sie legte den Kopf leicht schief, so wie er, nur zur anderen Seite, und küsste ihn. Er schmeckte nach Liebe. Nach neuer Hoffnung. Nach Glück.

»Lass uns essen gehen«, meinte er leise, nachdem er sich von ihr gelöst hatte. »Ich lade dich ein. Bitte.«

Sie zögerte. »Ich will Devil nicht gleich allein lassen. Er kennt sich hier doch nicht aus.«

»Dann müssen wir wohl solange einen Babysitter für ihn finden.«

Kiara lächelte. »Gut. Wenn Kazuya oder Yukiko Zeit haben, fahren wir zusammen in die Stadt.«

Sie standen vom Bett auf. Hayato fasste ihren Kopf mit beiden Händen und küsste sie auf die Stirn. »Freya. Ich werde dich nie mehr verraten.«

Kiara genoss das Gefühl, von ihm geliebt zu werden.

Als Kazuya in seine Wohnung kam, um nach Yukiko und dem Kaninchen zu sehen, erkannte er die Wohnung kaum wieder. Leise Musik kam ihm entgegen. Sakuhachi und andere traditionell japanische Instrumente mischten sich harmonisch miteinander. Er hatte erwartet, Yukiko auf den Matten am Boden sitzend zu finden, in irgendein Buch vertieft. Stattdessen strahlte seine Wohnung in einem warmen, rötlichen Licht. Yukiko hatte den gesamten Wohn- und Schlafraum mit schwarz-roten Tüchern und gläsernen Windlichtern dekoriert. Seine Waffenstange lehnte als dekorative Zierde an der Wand. Mehrere Steinlampen brannten, einige von ihnen schimmerten roséfarben. Von der Decke hing ein aufgefasertes Tau. Sie hatte es dort befestigt, wo vor einiger Zeit noch sein Sandsack gehangen hatte.

Kazuya streifte sich zögernd die Schuhe ab. Seine Bewegungen wurden dabei immer langsamer. Er konnte den Blick nicht von Yukiko nehmen, die nun von seinem Bett aufstand und in die Mitte des Raumes zu dem Seil ging. Sie trug Schuhe. Schwarze Stilettos, die sich in die Tatamimatten bohrten. Aber kein Mann hätte ihr das übelgenommen. Er nahm es ihr nicht einmal übel, dass sie seine Waffenstange für Dekozwecke missbrauchte. Dafür sah sie viel zu begehrenswert aus.

Kazuya richtete sich auf und betrachtete sie. Sie trug schwarze, halterlose Strümpfe. Um ihren Hals lag eine lange schwarze Federboa. Ansonsten war sie nackt. Ihre Lippen waren dunkelrot geschminkt. Sie waren ein Blickfang, der noch mehr Aufmerksamkeit erregte als ihre ausdrucksstarken Augen mit den schön geschwungenen Wimpern, die unglaublich lang und dicht aussahen. Ihre langen schwarzen Haare waren aufwendig hochgesteckt und türmten sich schwer auf ihrem Hinterkopf. Sie gaben ihr schönes Gesicht mit der flachen Nase vollständig frei.

Yukiko hielt sich an dem Tau fest und begann ihren Körper zu bewegen. Sie wiegte sich im Takt der Musik und sah ihn dabei unentwegt an, blinzelte kokett und streckte sich ihm entgegen. Sie zeigte ihm ihren Rücken und den schön geformten Po auf ihre ganz eigene schamlose und doch zugleich kokette Weise, die er so an ihr liebte. Sie war nur für ihn in diesem Raum, tanzte und bewegte sich nur seinetwegen. Langsam kam er näher. Er sprach kein Wort. Dieses Mal sollte der Zauber zwischen ihnen nicht gebrochen werden. Yukiko sollte ganz ihm gehören.

Ihr Körper lud ihn ein, noch näher zu kommen. Er trat dicht an sie heran und umschloss ihre Hüfte und ihre Brust mit den Armen. Eng aneinandergedrängt tanzten sie. Es war ein Balzritual, das Kazuya aus vollem Herzen genoss. Pfaue waren mit ihren Rädern nicht schöner als seine Kiko. Im Gegenteil. Die Tiere mussten sich ihre Koketterie von Yukiko abgeschaut haben, ihren Stolz und ihre Anmut, die alle Blicke auf sich zog. Yukikos geschmeidiger Körper drängte sich stärker an ihn. Er spürte ihre warme Haut unter seinen Fingern und ließ sich mit ihr treiben. Sein Becken lag dicht an ihrem Po, sein Glied unter dem Hosenstoff hart zwischen ihren Pobacken. Und doch waren all ihre Bewegungen weich und sinnlich. Kazuya schmiegte seine Wange an ihre Federboa, und Yukiko wickelte sie ein Stück ab und schlang sie auch um seinen Hals. Sie fing ihn damit ein, band ihn eng an sich und tanzte weiter. Dabei drehte sie sich um, und er rieb sich an ihrer Hüfte, wann immer sie das Becken zur Seite bewegte. Seine Hände umfassten ihren Rücken, die beiden Daumen lagen über ihrer Wirbelsäule. Sie wanderten hinab bis zu ihrem Po. Dort griff er zu und hielt sie fest.

Ihre Arme waren noch immer am Tau entlanggestreckt, und er bückte sich, um sie in der Achsel küssen zu können. Seine Zunge berührte ihre empfindliche Haut. Er wusste, wie kitzelig sie an dieser Stelle war – aber auch, wie leicht er sie dort erregen konnte. Sie schmeckte süß, nach Vanille und Pfirsich. Noch schwitzte sie kaum. Aber das konnte sich ändern.

Kazuya schickte ein Dankgebet zum Himmel. Er wusste

zwar nicht, woher Yukikos Sinneswandel kam, und warum sie sein sehnsüchtiges Flehen so plötzlich erhörte, doch er war glücklich und dankbar. Zumindest würde er glücklich und dankbar sein, sobald er wieder denken konnte. Kazuya verkniff sich ein Grinsen.

Er umfasste ihre kleinen, wohlgeformten Brüste mit den Fingern und strich mit dem Daumen über ihre aufgerichteten Brustwarzen. Dann wanderte seine rechte Hand tiefer, und er drehte sich trotz der Federboa vorsichtig um sie, so dass er wieder hinter ihr stand. Durch die weiche schwarze Hose konnte er sie fühlen. Yukiko hielt sich noch immer am Tau fest, ihr Körper war in nicht enden wollender Bewegung. Er passte sich ihrem Rhythmus an und griff zwischen ihre Beine auf ihre Klitoris. Mit dem Mittelfinger begann er sie zu massieren. Yukiko schob ihr Becken nun auch nach vorne, seiner Hand entgegen. Sie rieb sich an ihm. Den Kopf hatte sie zur Seite gewandt. Er sah ihr Profil und diese vollen, leicht geöffneten Lippen, die lautlos zu stöhnen schienen.

»Meine Zauberin«, flüsterte er in ihr Haar.

Sie drehte sich erneut innerhalb der schwarzen Boa und nahm nun eine Hand vom Tau, um sein schwarzes Shirt nach oben zu ziehen. Er half ihr dabei. Sie schaffte es, den dünnen Stoff unter den schwarzen Federn hindurchzuwinden, und nahm ihren Arm wieder nach oben an das Tau. Erst dort ließ sie sein Shirt los. Endlich konnte er ihren nackten Rücken und ihre Brüste ungehindert fühlen. Sie schmiegten sich aneinander, genossen noch eine Weile ihre Bewegungen und fühlten ihre Körper.

Yukiko zog ihn an der Federboa auf die Matten. Sie drängte ihn zurück, öffnete die schwarzen Federn und ließ ihn auf den Rücken sinken. Kazuya gab ihr gerne nach. Sie setzte sich auf sein Becken, stützte sich mit den Händen links und rechts von seinem Kopf ab, beugte sich tiefer und leckte zärtlich seine Brustwarzen, die ebenso steif und aufgerichtet waren wie ihre eigenen. Ihre Zunge suchte den direkten Weg, fuhr über Brust und Bauch zielstrebig hinunter zu seinem Schamhaar, während sie seine Hose abstreifte und sein Glied in die Hände nahm. Sie leckte daran. Vorsichtig. Dabei sah sie ihm kokett in die Augen. Es fehlte nur noch, dass sie zu schnurren begann wie eine Katze.

Kazuya legte den Kopf weit zurück, umfasste ihre Oberschenkel und ließ sie gewähren. Ihre Finger schlossen sich fest um ihn. Er spürte diese Hände, das aufregende Gefühl von Enge und Bewegung. Ihre Finger waren so viel geübter als die der meisten Frauen, mit denen er schlief. Sie kamen einfach nicht an diesen Körper heran, der sich auch jetzt noch im Takt der Musik wiegte. Yukikos Becken hob und senkte sich. Sie setzte sich auf ihn, flüssig und weich, als wären sie eine Einheit. Sie begann auf ihm zu reiten. Ihr Oberkörper glitt vor und zurück, sie konnte so unendlich weit ins Hohlkreuz gehen, wenn sie es wollte. Ihre Hände umklammerten wieder das Tau, dieses Mal tiefer. Sie hob und senkte sich auf ihm. Dabei sah sie ihn noch immer mit einem versonnenen Lächeln an, die langen Wimpern gesenkt. Kazuya ließ es eine Weile zu. Er sah an ihren Mundbewegungen und ihren Augen, wie sie geiler wurde, wie die Lust sich in ihr steigerte, und bevor es zu schnell vorüber war, schob er sie von sich, löste sich von ihr und zog sie nach oben.

Sie lächelte ihn an. »Was hast du vor? Kamasutra-Helikopter-Sex?«

Er antwortete nicht und hob sie hoch. Sie saß auf seiner Hüfte und griff nun um das Tau, wickelte ihre Handgelenke darin ein, damit sie einen noch festeren Halt hatte. Kazuya hob ihr Becken an und drang in sie ein. Sie zog sich am Tau nach oben und ließ sich wieder sinken. Ihre Beine umklammerten ihn, seine Arme hielten sie. Er mochte es, wenn sie ihren Kopf zurücklegte und leise stöhnte. Der feine Stoff ihrer Strümpfe rieb an seinem Rücken. Für einen Moment ließ er sie mit einer Hand los und griff in ihre Haare. Sie keuchte auf, als er die komplizierte Frisur auf ihrem Kopf löste und gleichzeitig noch tiefer in sie drang. Er zog die Federboa fort und sah zu, wie ihre Haare sich Strähne für Strähne lösten und mit jedem Stoß tiefer nach unten fielen. Ihr Gesicht war gerötet, der Mund leicht geöffnet. Er beugte sich mit dem Kopf zu ihren Brüsten, leckte und nahm sie, bis ihre Haare sie ganz einhüllten, und er spürte, wie seine Lust immer größer wurde. Er kam kurz nach ihr, und sie schien sich zu freuen, dass er trotzdem nicht aufhörte, sich zu bewegen. Sie stöhnte leise. Eine Weile machten sie weiter. Zuya spürte den Schweiß auf seiner Haut. Er sank auf den Boden, Yukiko noch immer haltend, und legte sie auf den Rücken. Sie sah zu ihm mit glänzenden Augen auf. Ihr Lippenstift war leicht verschmiert, der Kajal verwischt, doch sie erschien ihm schöner als je zuvor.

»Das darfst du jeden Abend haben, wenn du möchtest«, meinte er lächelnd.

Sie lachte. »O sicher, da habe ich keine Zweifel. Vielleicht komme ich ja demnächst darauf zurück.« Sie zog ihn an sich, und er küsste sie erneut auf die Brustspitzen.

»Andererseits …« Kazuya legte sich über sie, drückte sie mit seinem Gewicht schwer nach unten. »Gib mir eine halbe Stunde, und wir probieren aus, was man noch alles mit uns und diesem Tau machen kann.«

Sie erwiderte seinen Blick lächelnd. »Zwanzig Minuten.«

Kazuya beugte sich hinab und küsste sie auf die Stelle zwischen ihren Brüsten. »Ich denke, das genügt.«

Am nächsten Tag hatte Kiara frei, weil Yoki bereit war, für sie einzuspringen. Sie nutzte den freien Abend, um mit Hayato ins *Desire* zu gehen. Es war Hayatos Lieblingsclub, nach dem er auch seine Band benannt hatte. Sie nahmen sich zwischen dem Tanzen viel Zeit zum Reden, auch wenn sie immer wieder unterbrochen wurden. Hayato schien wirklich jeden zu kennen, der dort herumhing. Sie flüchteten sich auf die Terrasse und in dunkle Ecken, nur um ungestört zu sein.

In der Dunkelheit blickten sie auf die Hochhäuser der Stadt, dieses Meer aus unzähligen Lichtern. Kiara erkannte den 54-stöckigen Mori-Tower, der sich in den Roppogongi-Hills erhob – einer Stadt in der Stadt, die allein groß genug war, um dem Namen Großstadt zur Ehre zu gereichen. Sie hatte ihre eigenen Sehenswürdigkeiten und Kunstwerke, wie die zehn Meter hohe Spinne von Louise Bourgeois und den botanischen Garten. Aber all die Hochhäuser mit ihren bunten Schildern und Lichtern wurden überragt vom weit entfernten Rathaus, das einfach nur monumental war. 243 Meter Granit und Stahlbeton, mit dem der Architekt Kenzo Tange sich und der Hauptstadt ein Denkmal gesetzt hatte.

Irgendwo in der Tiefe glaubte Kiara auch einen rötlich angestrahlten Schrein zu erkennen.

Hayato erzählte von seiner Band, wie sie vor fünf Jahren zusammengefunden hatten – wobei einige Mitglieder nicht mehr dabei waren, dafür waren Yori und Kazuya eingesprungen. Eine Weile hörte sie einfach nur zu, eng an ihn gekuschelt, bis er schließlich verstummte. Seine Hand streichelte ihr Haar.

»Und du? Ich rede die ganze Zeit nur über mich – ist so eine Angewohnheit. Was machst du, wenn du nicht gerade auf der Bühne stehst oder probst?«

»Ich gehe gerne schwimmen und Fallschirmspringen.«

»Fallschirmspringen. Wow. Das habe ich noch nie probiert. Wie ist das so?«

»Großartig. Es sind nur wenige Sekunden, die du fällst, ehe der Schirm sich öffnet, aber du fühlst dich einfach irre. Frei, losgelöst von allem.«

»Das würde ich gerne mal probieren.«

»Aus einem Flugzeug zu springen?«

Er nickte. »Aber nur mit dir zusammen. In einem Tandemsprung.«

»Ich weiß nicht …« Kiara zögerte. »Wir können ja bei Gelegenheit mal bei der Schule anfragen, ob das geht.« Eigentlich war es eine schöne Vorstellung, mit ihm zusammen zu springen.

Er küsste sie, und danach wechselten sie das Thema. Kiara taute langsam auf. Sie konnte die Sache mit Corinna nicht vergessen, nahm sie aber immer mehr als Unfall hin. Als er sie spät in der Nacht nach Hause brachte, fühlte sie sich glücklich wie lange nicht mehr.

»Das war ein schöner Abend.«

Hayato nahm ihre Hand. »Ja. Kann ich dich morgen Abend im Club besuchen? Ich benehme mich auch.«

»Gut.« Kiara hob den Kopf. Sein Kuss war vorsichtig, zärtlich, als hätte er Angst, mit zu viel Wildheit diesen Neuanfang zu zerstören. Er löste sich behutsam von ihr. »Dann bis morgen.«

14

Sie umschlang meinen Hals mit den Armen
und gab mir tausend Küsse; Küsse, die
mich vergehen lassen.

Kiara saß in der Küche und schnitt kunstfertig Karotten zurecht, aber es wollte ihr einfach nicht so gut gelingen wie Kazuya. Vielleicht, weil sie dabei an ihr Erlebnis mit Jessi dachte und eine Art verbissenen Eifer entwickelte. Während Kazuyas Karotten aussahen wie Rosenköpfe, wirkten ihre mehr wie verunglückte Kartoffeln. Als Kazuya gehen musste, gab sie es auf und machte lieber wieder Lachshäppchen.

Yukiko kam in die Küche. Ihre Augen strahlten. »Nettes Outfit.«

Kiara trug ein dunkelrotes Kleid mit einem tiefen Ausschnitt.

»Ja, man muss ja den Fundus hier ausnutzen. Du siehst auch umwerfend aus.«

Kiko hatte an diesem Tag ein dunkelblaues Samtkleid an. Eine ungewohnte Farbe an ihr. Dazu eine goldene, mehrfach um ihren Hals geschlungene Kette und goldene Sandalen mit einer Reihe von Schnüren, die sie um ihre Fesseln gewunden hatte. Auch in ihrem Gesicht war Gold und Dunkelblau zu sehen. Wimperntusche und Kajal waren perfekt auf ihre Kleidung abgestimmt. Sie setzte sich neben Kiara auf einen der Küchenstühle.

»Du hast ihm also vergeben?«

»Ich gebe ihm noch eine Chance. Jetzt zufrieden, du Kupplerin?«

»Ich habe mit Kazuya geschlafen.«
»Und? War es schön?«
»Er ist großartig.«
»Kann ich mir vorstellen.«

Yukiko lächelte. »Danke. Ach ja ... die beiden neuen Zimmer sind fertig, aber sie sind noch nicht ... eingeweiht. Ich habe die Schlüssel. Vielleicht willst du eine Weile für mich darauf aufpassen?« Yukiko suchte zwei Schlüssel hervor und legte sie vor Kiara auf den ovalen Tisch.

»Das ist ... warum ...?«

»Ich könnte sie verlieren.« Yukiko grinste. »Du kannst sicher viel besser darauf aufpassen.«

»Na dann.« Kiara griff nach den Schlüsseln. »Danke für das Vertrauen.«

»Gern geschehen. Ich hole sie mir morgen wieder. Viel Spaß.«

Yukiko stand leichtfüßig auf. Kiara sah ihr nach, wie sie gutgelaunt aus dem Raum schwebte.

Hayato saß auf einem der weißen Ledersessel in der Nähe der Voliere, als Kiara zu ihm kam. Sie hielt ihm die Schlüssel hin. »Die hat Kiko mir gegeben. Für das römische Zimmer ... und Jessi hat mir erlaubt, mir ... ähm ... Sachen aus dem Fundus auszuleihen.« Hayato sah auf die Schlüssel in Kiaras Hand und blickte fragend zu ihr auf. Sie nahm all ihren Mut zusammen.

»Du hast doch die ›Amores‹ gelesen, hast du gesagt ...«

Er nickte.

»Ich finde, wir sollten das römische Zimmer einweihen. In traditioneller Gewandung. In den ›Amores‹ gibt es eine Szene, die ich ziemlich erotisch finde und gerne nachspielen würde. Die Szene mit der Dienerin und dem Helden, der zu ihr kommt und …«

»Ich weiß, welche Szene du meinst.« Hayato wirkte überrascht. »Ich dachte, du bist noch so wütend auf mich, dass du erst mal überhaupt nicht mit mir schläfst.«

Kiara spürte, wie ihr Gesicht warm wurde. »Ich denke an nichts anderes mehr. Glaubst du, du kannst das?«

»Den Römer spielen?« Hayato verzog das Gesicht. »Ich sehe miserabel aus in weißen Bettlaken, aber …«

»Jessi hat sehr hübsche Sachen!«

»Für Frauen! Dir steht dieser Wickelkram sicher.«

»Du kannst ihn ja schnell ausziehen.«

»Muss es denn unbedingt traditionelle Kleidung sein?«

Kiara setzte sich herausfordernd auf seinen Schoß. »Willst du nun mit mir schlafen oder nicht?«

»Das ist Erpressung. Wo sind die Klamotten?«

Kiara zeigte sie ihm, schickte ihn dann aber noch auf einen Cocktail weg. Yukiko half ihr beim Ankleiden, Schminken und Frisieren. Sie flocht sogar ein paar Ranken aus dem Garten in ihr Haar, bis sie keine Zeit mehr hatte und Kazuya sie ablöste.

»Sehr niedlich. Du solltest das auf dem Sommerfest tragen.«

Kiara war aufgeregt wie vor einer Abschlussfeier. »Meinst du, ich soll das wirklich machen? Es ist ziemlich …«

»Ich bin der Falsche für moralische Bedenken, Kleines. Ganz ehrlich: Ich finde es immer wieder schön, wenn Menschen ihre Sexualität ergründen und dazu stehen. Also: Nur Mut. Auf in den Kampf, Legionär.«

»Ich bin eine römische Dienerin!«

Zuya schüttelte leicht den Kopf. »Sei, was immer du sein willst. Hauptsache, es macht dich geil. Darf ich noch ein Foto von dir machen?«

Kiara nickte verlegen, und er fotografierte sie mit seinem Handy, ehe er sie gehen ließ.

Kiara ging ohne Hayato vor. Sie betrat den Anbau mit dem römischen und dem griechischen Zimmer. Der Boden war dem im orientalischen Saal ähnlich. Ein grobes Mosaik bedeckte ihn. Im römischen Zimmer war der Boden mit einem schlichten Schachbrettmuster versehen. Der Raum war einem späten Atrium nachempfunden. Es war ein Empfangsraum mit nachgebautem Altar, neben dem die Replik einer Venusstatue stand. Es gab keine Fenster, dafür war in der Decke ein großes Rechteck verglast, unter dem ein Impluvium lag, ein rechteckiges Mosaikwasserbecken, das in früheren Zeiten Regenwasser aufgefangen hätte, hier aber lediglich als Raumverzierung diente. An den Wänden des Raumes waren Reliefsäulen angebracht, die sich in weiten Bogen bis zur Decke schwangen. Der gesamte Raum war bemalt. Die Decke über Kiara imitierte den Himmel. Die Wandseite, in der auch die Tür eingelassen war, zeigte einen erweiterten Raum mit erotischen Szenen. Spärlich bekleidete Männer und Frauen taten recht eindeutige Dinge miteinander. Die andere Seite präsentierte einen aufgemalten Hortus, einen römischen Garten. Bei dem Lager hatte Jessi sich nicht direkt an Vorlagen gehalten. Es bestand aus einem tiefen steinernen Podest, auf dem mehrere Matten und Decken lagen, die mit weißem Stoff überzogen waren. Das viereckige Podest bildete ein räumliches Gegengewicht zu dem Wasserbecken. Auf der dem Altar gegenüberliegenden Längsseite standen drei römische Liegen, zwischen denen ein niedriger Mosaiktisch mit einer Blumenvase prangte. Während Kiara zu einer Liege ging, hörte sie leise Musik. Ob Kiko sie angestellt hatte? Sie setzte sich seitlich auf die Liege und betrachtete das Zimmer. Es war angenehm temperiert. In der Vase auf dem Tisch standen rote Rosen.

Als die Tür sich öffnete und Hayato eintrat, konnte sie trotz der guten Kulisse nicht ganz ernst bleiben. Er hatte tatsächlich eine römische Gewandung in Schwarz gefunden – nicht authentisch, aber immerhin hatte sie einen ähnlichen Schnitt – und sah dennoch ein wenig verärgert aus.

»Sandalen«, schimpfte er und stellte die Schuhe neben sich ab. »Warum müssen es unbedingt Sandalen sein?«

Kiara sprang auf. Die Distanz zwischen ihnen erschien ihr riesig. Der Raum war auch groß. »Versuch es doch einfach. Lass dich darauf ein.«

»Gut.« Er ließ die Schuhe neben der Tür liegen. »Aber dann sei du auch ehrlich. Ich habe die ›Amores‹ gelesen, und Ovids Mann treibt es nicht mit einer Dienerin, sondern mit einer Sklavin.«

Kiara schloss kurz die Augen. »Es fällt mir schwer, dazu zu stehen.«

Hayato kam an das Wasserbecken und betrachtete dabei sie und den Raum. »Warum? Leb doch einfach, was dir gefällt. Du bist keine Frau wie Liz und wirst mit Sicherheit in Zukunft nicht nur diese Art von Sex mögen. Du möchtest einfach nur eine Phantasie ausleben, die dich erregt. Warum nicht? Es muss nicht immer Blümchensex sein. Glaubst du wirklich, du kannst dieses Haus damit beschämen? Es ist für ungewöhnlichen Sex gebaut worden.«

Kiara zögerte kurz. »Stimmt, lass mich deine Sklavin sein. Zumindest für die nächste Stunde.«

»Gern.« Er lächelte und kam auf sie zu. »Ein hübsches Kleid. Du siehst so unschuldig darin aus.«

»Ich bin unschuldig.« Kiara senkte den Blick. »Trotzdem danke.«

»Wofür?«

Kiara versuchte sich ganz in die Rolle dieser Sklavin zu versetzen. Ihre Herrin hatte ihr unterstellt, sich mit ihrem Geliebten eingelassen zu haben. Sie hatte ihr mit der Peitsche und mit Schlägen gedroht.

»Dafür, dass Ihr mich in Schutz genommen habt. Dafür, dass Ihr gesagt habt, dass ich treu zu meiner Herrin war und Euch nicht verführt habe.«

»Ja.« Er setzte sich zu ihr an den Rand der Liege. Seine Finger zupften an einem Blatt, das in ihre Frisur eingearbeitet war. »Du warst treu. Du hast nie versucht, mich zu verführen. Du bist deiner Herrin eine gute Sklavin. Kleidest sie an, umsorgst sie und hältst dich von mir fern.«

»Herr …« Sie schob seine Hand behutsam fort und wollte aufstehen. Er packte sie am Handgelenk und zog sie zurück.

»Bleib sitzen, Sklavin. Du hast mir deinen Dank gesagt. Aber gezeigt hast du ihn mir nicht.«

»Was meint Ihr damit?« Kiara sank auf der Liege zurück, seine Hand lag nun unter ihrem Kinn. Er hob es an und sah in ihre Augen. Sie spürte, wie erregt sie war. Wie sehr der Blick dieser schwarzen Augen sie gefangen nahm und Lust in ihr weckte. Seine Hand schob sich zwischen die Stoffbahnen ihres Kleides und legte sich über ihre linke Brust, als wollte er ihr heftig schlagendes Herz spüren.

»Du wirst mir zu Diensten sein, Sklavin. Aus Dankbarkeit. Andernfalls werde ich deiner Herrin sagen, dass du gelogen und mich sehr wohl verführt hast. Und das möchtest du nicht.« Seine Zunge fuhr vor, leckte über ihren Hals.

»Aber …« Sie versuchte ihn von sich zu stoßen. Er hielt sie fest.

»Du wirst tun, was ich will. Oder ich werde zu ihr gehen und ihr von deiner Untreue berichten. Sie wird dir deine langen blonden Haare abschneiden und sich eine Perücke daraus machen lassen, wird dich schlagen und dich vielleicht sogar fortjagen.« Er zog sie an sich. Seine dunkle Stimme hauchte in ihr Ohr. »Möchtest du das? Schutzlos durch Roms

Straßen irren? Wer weiß, wer dich als Nächstes in seinen Haushalt aufnimmt. Irgend so ein fetter alter Sack, der den ganzen Tag nichts anderes zu tun hat, als sich an dir zu vergreifen.« Seine Hand ließ ihr Gelenk los und stieß zwischen ihre Beine.

»Aber ich habe nichts getan …«

Er ließ auch ihr anderes Handgelenk los und löste die silberne Brosche, die die Stoffbahnen zusammenhielt. Er streifte das Kleid über ihre Schultern zur Seite. Die Stoffbahnen teilten sich weiter. Er lehnte sich zurück und betrachtete ihre Brüste. Als sie die Hände hob, um sich wieder zu bedecken, schüttelte er mit einem warnenden Blick den Kopf. Sie ließ ihre Hände unten. »Nein. Das hast du nicht. Du warst anständig. Aber das interessiert niemanden. Du wirst mir deine Dankbarkeit mit deinem Körper beweisen müssen. Such dir aus, ob ich deine Vagina oder deinen Anus nehmen soll. Oder ich sage deiner Herrin, dass du dich mir hingegeben hast.«

»Ihr zwingt mich, das zu tun, wovor Ihr mich verteidigt?«

»Ja.«

Kiara sah sich hilfesuchend um, als könnten die aufgemalten halbentkleideten Männer und Frauen an der Wand ihr zur Hilfe kommen. Aber trotz all der vermeintlichen Blicke, die sie zu spüren glaubte, war sie mit ihm allein. Sie senkte den Kopf. Ihr Blick fiel auf ihren nackten Oberkörper. »Warum tut Ihr das?«

»Weil ich es kann.« Er beugte sich hinunter und begann ihre Brüste zu küssen. Kiara lehnte sich zurück und atmete heftig ein. »Und weil du schön bist.« Er streifte das Kleid ganz von ihren Armen und von ihrem Oberkörper. Nur in der Mitte wurde es noch von dem silbernen Gürtel gehalten.

Seine Lippen berührten ihre Schultern und Arme. »Sag nicht, dass du es dir nicht wünschst, kleine Sklavin. Du hast davon geträumt. Aber du hattest Angst, entdeckt zu werden.«

»Ihr irrt Euch …«

Wieder versuchte sie aufzustehen. Er packte ihre Schultern.

»Selbst, wenn nicht … selbst, wenn ich mich irre … ich will dich. Das genügt. Küss mich.«

Sie hob ihren Kopf. Ihre Lippen fanden sich. Kiara hielt sich an ihm fest. Er war so überzeugend, seine Stimme allein reichte aus, um sie verrückt zu machen.

Er leckte mit der Zungenspitze über ihre Wange. Sie sah in seinen Augen, wie viel Spaß er an diesem Spiel hatte. Kein Wunder. Er unterschied sich nicht wirklich von dem Helden aus ›Amores‹, der in der Fiktion halb Rom unsicher gemacht hatte.

»Du schmeckst so süß.« Er umfasste ihren Nacken, zog sie nach oben.

»Bitte …« Kiara versuchte halbherzig, sich gegen seinen Zug zu wehren.

»Bitte was? Bitte fick mich?« Er umfasste ihre Brüste.

»Lasst mich gehen.«

»Gerne.« Er ließ sie los, und sie stand hastig auf. Seine Hände legten sich um ihr Becken. »Nachdem ich dich gefickt habe.«

Sie stand still. Seine Hände schoben den Stoff unter dem Gürtel nach oben.

»Halt das.« Sie gehorchte und hielt die Stoffbahnen hoch. Er beugte sich hinab, betrachtete ihr Geschlecht und fuhr mit der Hand durch ihre Nässe. Seine Zunge schmeckte sie. Er fasste hart zwischen ihre Pobacken. »Und? Hast du dich schon entschieden?«

Kiara musste ihre Verlegenheit nicht spielen. »Bitte?«

»Wo hättest du es denn am liebsten? Vorne oder hinten?«

Kiaras rechte Hand löste sich von den Stoffwulsten und legte sich über ihren Schamhügel.

Er schlug ihr leicht auf den Hintern. »Dann nehme ich mir den Rest eben morgen.«

Er drückte Kiara von sich. Sie wollte sich zurück auf die Liege legen.

»Nein. Nicht hier.« Er stand auf und hob sie hoch. Kiara erwartete, dass er sie zu dem weichen Bettenlager brachte, doch stattdessen trug er sie quer durch den Raum, hin zu der Venusstatue und dem niedrigen breiten Altar. Er setzte sie dort ab und löste den Gürtel um ihre Gewandung. Die weißen Tücher fielen auf die dunkle Steinplatte. Er nahm den silbernen Gürtel und wickelte ihn zweimal um ihren Hals, löste auch seinen Gürtel, legte die Kleider ab und hob ihre Beine gegen seine Brust. Sie versuchte ihre Knie zusammenzudrücken.

»Lass das. Oder willst du lieber die Peitsche deiner Herrin?«

»Nein.« Kiara spreizte ihre Schenkel. Sie stöhnte leise, als er in sie drang. Seine Finger gruben sich in ihre Pobacken. Er stieß sie.

»Überleg es dir. Das hier wird lange dauern.«

»Meine Herrin würde mich umbringen, wenn sie das wüsste.«

»Ja. Das würde sie. Und das wäre ein Verlust. Wo wir noch so viel Spaß miteinander haben könnten. Sieh mich an.«

Sie tat es. Er stieß vor, und sie fühlte ihn in sich, spürte, wie sie feucht und weit wurde, wie ihre Muskeln sich verhärteten und anspannten. Blut strömte zwischen ihre Beine und ließ sie noch feuchter werden.

»Lass mich deine Stimme hören. Du möchtest das hier doch so gut machen, dass ich deiner Herrin nichts Schlechtes über dich erzählen muss, oder?«

Kiara stöhnte für ihn.

»Lauter.«

Kiara stöhnte lauter. Es fiel ihr nicht schwer. Wie das Blut strömte die Lust durch sie, und sie ging ganz in ihren Phantasien auf. Hayato nahm ihre Beine links und rechts zur Seite, legte die Hand auf ihren Bauch und zog sie mit der anderen noch näher an sich. Er lächelte.

»Du machst das gut. Ich werde in Zukunft öfter zu dir kommen. Jetzt habe ich ja tatsächlich etwas gegen dich in der Hand.«

»Bitte nicht. Wenn meine Herrin das erfährt …« Kiara konnte kaum noch reden. Ihre Lust ließ sie stöhnen.

Hayato legte ihr einen Finger auf den Mund. »Ganz ruhig, kleine Sklavin. Tu nicht so, als würdest du es nicht genießen. Sag mir, dass du mich willst.«

»Ich will dich.« Trotz des harten Steins wurde Kiara immer erregter. Sie setzte sich auf und stützte sich mit den Händen ab. Hayato nahm das Ende des weißen Stoffgürtels um ihren Hals locker in die Hand.

»Meine bezaubernde Sklavin.« Er zog leicht daran. »Deine Herrin wird es nie erfahren. Es bleibt unser kleines Geheimnis.« Sein Zug wurde fester. Gleichzeitig stieß er heftig zu. »Und morgen komme ich wieder zu dir.«

Kiara schrie auf vor Lust. Er ließ sie los und drückte sie wieder auf den Rücken. Seine Hände fuhren langsam von ihrem Becken und ihrer Hüfte hinauf, über ihren Brustkorb, über Schultern, Arme und Gesicht.

»Bitte nicht. Ich will das nicht.«

Auch Hayato fiel das Sprechen schwer. »O doch. Das ist genau, was du willst.« Seine Stöße wurden noch heftiger. Kiara spürte, wie sie sich immer schneller bewegten. Ihr Herz raste. Sie streckte ihm ihre Brüste entgegen, die Spitzen waren dunkel und fest, luden ihn ein, sie mit dem Mund zu umschließen. Hayato folgte der Einladung, während er sie weiter nahm. Gleich würde sie es nicht mehr ertragen können.

Sie versuchte sich zurückzuhalten, es hinauszuzögern. Sie sahen einander an. Er lächelte.

»Lass dich treiben.« Seine Lippen senkten sich auf ihre.

Als seine Zungenspitze erneut über sie fuhr, wehrte sie sich mit aller Macht dagegen, zu früh zu kommen. Sie spannte ihre Muskeln an, stöhnte tief und lustvoll. Ihr war leicht schwindelig, und der Raum drehte sich um sie, die Bilder an den Wänden schienen sie anzustarren, wie sie entfesselt unter Hayato lag und ihn tief ihn sich spürte. Sie sah die gemalten Frauen, die halbnackt in Liebesspiele versunken waren, und einen Moment lang glaubte sie wirklich, irgendwo in Rom zu sein, in einem Haus jener Zeit, und sich dort der Liebe hinzugeben.

Hayato keuchte über ihr, packte sie erneut an dem Stoffgürtel und zog sie hoch. »Das genügt mir nicht.«

Er löste sich von ihr, dirigierte sie ganz auf den großen Altar und kam zu ihr hinauf. Der harte Stein grub sich in Kiaras Rücken. Er drang erneut in sie ein, drückte sie schwer auf die kühle Platte neben der Venusstatue.

»Spreiz die Beine weiter.«

Sie stöhnte und öffnete sich noch mehr. Er glitt tiefer in sie. Unerträglich tief. Seine Haare bedeckten ihre Schultern und fielen gemeinsam mit ihren eigenen von der Steinplatte Richtung Boden.

Kiara umklammerte seine Schultern. Sie löste den Blick nicht aus seinem. Seine Stöße trieben sie weiter. Sie biss sich auf die Lippen, um noch nicht zu kommen, um nur eine Sekunde länger von ihm genommen zu werden.

Seine Hände packten den Gürtel um ihren Hals. »Freust du dich schon auf morgen?« Er konnte kaum noch sprechen. Stöhnte voll Begierde.

Kiara bäumte sich unter ihm auf, er drückte sie unerbittlich hinab.

»Ja!« Sie keuchte noch lauter. Er zog an dem Band in seinen Händen. Fest genug, um ihr für einen Augenblick die Luft zu rauben. Kiara hielt es nicht mehr aus. Ihr Orgasmus riss sie mit sich, löschte ihr Denken, ihre Zurückhaltung, alles, was sie je gewesen war. Sie schrie, ließ sich fallen und stürzte doch nicht ab. Hayato hielt sie. Sein Blick fing ihren. Er gab ihr, was er hatte. Sie drängte sich ihm ein letztes Mal entgegen, wurde dann ruhiger. Ihr Atem fand nach und nach seinen vertrauten Rhythmus wieder.

Erhitzt starrten sie einander an, aber Kiara fühlte sich nicht unterlegen. Er hatte getan, was sie von ihm wollte, und sie hatten dieses Mal nicht gekämpft, sondern gemeinsam gespielt. Mit gerötetem Gesicht zupfte er an dem Band in seinen Fingern.

»Ich werde wohl noch öfter zu dir kommen müssen, du bist einfach unglaublich erregend.«

»Ihr habt mich in der Hand«, flüsterte sie. Er beugte sich noch weiter vor, zog sie am Gürtel zu sich und küsste sie auf den Mund. Sie konnten nicht mehr damit aufhören, einander zu küssen. Hayato hob sie erneut hoch und trug sie von dem harten Stein fort, hin zu dem weißen Lager, und hörte dabei nicht auf, seine Zunge mit ihrer zu teilen. Sie sanken auf das weiche Lager, streichelten und küssten einander, bis der Schwindel allmählich nachließ und Kiara den Raum wieder deutlich sehen konnte. Er löste sich ein Stück von ihr und sah ihr verliebt in die Augen.

»Und? War es, wie du dachtest?«

»Besser.« Sie schmiegte sich an ihn. »Und? War die Kleidung so furchtbar?«

»Furchtbarer. Aber es hat sich gelohnt. Jederzeit wieder.« Er lächelte sie an.

»Ich denke, fürs Erste reicht das.« Sie zog ihn an seinem Zopf zu sich heran und berührte mit dem Mund zärtlich seine Lippen. Er nahm sie in die Arme, sie kuschelte sich an ihn und fühlte sich geborgen.

»Was soll das?« Shouta wand sich in Kazuyas Griff. Kazuya zerrte ihn unaufhaltsam die Treppe hinunter in die orientalische Halle. Jessi kam ihnen entgegengerannt. Hinter ihnen kam Yoki gelaufen und warf sich in Jessicas Arme.

»Danke! Gut, dass ihr aufgepasst habt, das war echt zu viel.«

»Was hast du dir dabei gedacht?«, herrschte Jessi Shouta an.

Shouta legte sein zuvorkommendstes Lächeln auf. »Es ist nichts Schlimmes passiert.«

Jessi dirigierte ihn in den Umkleideraum, der genau neben ihnen lag. Andere Gäste sahen bereits zu ihnen rüber. Schön. Es war ihm nur recht, keine Szene zu machen. Vor allem, weil er Hayato sah, der neben Kiara bei einem Cocktail auf einem der Ledersessel hockte. Jetzt stand er auf. Musste dieser Mistkerl sich denn in alles einmischen?

Jessi wollte die Tür gerade zuschlagen, als Hayato zu ihnen kam. Er nahm Jessis Hand von der Klinke und schloss für sie die Tür. Seine dunklen Augen waren misstrauisch verengt.

»Was ist hier los?«

Jessi sah ihn warnend an. »Hayato, du bist hier Kunde, und das geht dich nichts an.«

»Eben«, zischte Shouta. »Verpiss dich!«

Yoki trat an den Spiegel, schob das hellgrüne Kleid zur Seite und betrachtete die Striemen auf ihrem Gesäß und auf ihren Brüsten. Kazuyas Griff war noch immer unnachgiebig. Er wirkte wütend.

»Du kannst sie doch nicht ohne Absprache schlagen! Bist du völlig irre?«

»Kazuya!« Jessi schien es überhaupt nicht zu passen, dass Kazuya die Sache vor Hayato austrug. Shouta passte es auch nicht. Er wollte nicht aus der Band fliegen. Er hatte sich schon informiert, wo er ein psychologisches Gutachten kaufen konnte, das ihm seine Gesundheit bescheinigte.

Hayato wies auf Yoki. In seinen Augen lag kalter Zorn. »Du hast es also wieder getan, ja? Bist schon wieder zu weit gegangen?«

»Sie wollte es so!«

Yoki holte aus und verpasste ihm eine Ohrfeige. Shouta versuchte sich loszureißen, doch Kazuya hatte seinen Arm in einem schmerzhaften Hebelgriff.

»Hört auf, euch so anzustellen! Ihr fickt doch alle gerne!«

Hayato schüttelte den Kopf. »Du lernst es nie. Du bist draußen, okay? Es tut mir leid, Shouta, ich hatte echt gehofft, du würdest dich ändern. Aber ich brauche keinen Sadisten in meiner Band. Und auch nicht in meinem Leben.«

»Warum kümmerst du dich überhaupt um mein Privatleben? Es geht dich nichts an!«

»Doch, das tut es. Du repräsentierst *Tokyo Desire*! Und das will ich nicht mehr! Darüber hinaus kotzt du mich einfach nur an! Es war deine Entscheidung, okay? In dem Moment, als du auf Yoki eingeschlagen hast, hast du dich entschieden, die Band für immer zu verlassen!«

»Das kannst du nicht machen!«

»Ich habe es schon gemacht!«

»Das reicht jetzt!« Jessi wies energisch zur Tür. »Raus mit dir, Hayato! Klärt euren Privatkrieg woanders!«

Hayato warf Shouta einen verächtlichen Blick zu. Den Zorn, den Shouta spürte, konnte er nicht mit Worten beschreiben. Dieser arrogante Angeber hatte nicht das Recht, ihn aus der Band zu werfen! Es war auch seine Band, und wenn er nicht mehr darin spielen durfte, würde er sie vernichten!

»Das wirst du noch bereuen! Du wirst schon sehen! Schon morgen wird es dir leid tun! Ich werde allen zeigen, was für ein Scheißkerl du bist!«

Hayato knallte die Tür hinter sich zu. Shouta brüllte hinter ihm her. »Das liegt alles an dieser Schlampe Kiara! An dieser heuchlerischen Schauspielerin! Die sollte man mal mit der Peitsche bearbeiten!«

Kazuya riss ihn heftig herum. »Halt deinen Mund, Shouta! Oder ich sorge dafür, dass du ihn hältst!«

Shouta verstummte. Er sah in Jessis blasses Gesicht. Sie schien erschrocken über seinen Ausbruch zu sein.

Ja, sei nur erschrocken. Hab nur Angst! Denn das werdet ihr mir büßen! Du, dein Club, Hayato, und vor allem – Kiara!

15

Bei Venus schwör ich und dem Bogen des geflügelten Knaben: Das Verbrechen, dessen man mich zeiht, hab ich nicht begangen.

Als Kiara am nächsten Vormittag nach einer ausgiebigen Runde Schlaf in die Küche der Villa kam, war ihre Laune perfekt. Hayato war so zärtlich gewesen, nachdem er ihr ihren Wunsch erfüllt hatte; der anschließende Sex mit ihm war zauberhaft kuschelig gewesen. Das hieß nicht, dass sie jetzt nur noch auf diese Art von ihm geliebt werden wollte, aber es war eine so befreiende Abwechslung. Sie konnten sich auch Zärtlichkeit geben. Sie konnten einander vertrauen, ohne permanent um Macht zu ringen. Ihr Leben war perfekt. Sie brauchte nur eine neue Wohnung – am besten nicht zu weit von Hayatos entfernt –, dann musste sie noch die Trauer um Corinna verwinden. Devil half ihr dabei. Natürlich war es schwer, aber es wurde mit jedem Tag ein bisschen besser. Devil war so frech und aufgeweckt, dass er sie immer wieder zum Lächeln brachte.

Sie war überhaupt nicht auf die vielen Leute vorbereitet, die in der Küche am Tisch saßen: Kazuya, Jessi und Yukiko. Sie wirkten wie Offiziere, die gerade erfahren hatten, dass ihr Land im Krieg lag. Vor Yukiko war eine Zeitung ausgebreitet, sie roch druckfrisch. Auf dem Titelbild war Hayato Takado zu sehen.

»Was …?« Einen schrecklichen Moment lang glaubte Kiara, Hayato hätte einen Unfall gehabt. Vielleicht war er mit seinem Lamborghini auf dem Heimweg mit zu hohem

Tempo von der Straße abgekommen und … Sie wollte nicht weiterdenken. »Was ist los?« Ihre Beine zitterten. Die Gesichter der anderen waren so ernst, als sei jemand gestorben.

»Kiara …« Jessi stand auf und zog den Stuhl für sie zurück. »Setz dich.«

Kiara sank auf den Stuhl. »Ist Hayato etwas passiert?«

»Nein. Frau Chikamatsu vom Kami-Theater hat angerufen. Sie hat unsere Nummer von deiner ehemaligen Vermieterin. Sie … sie will dir kündigen. Ich habe nachgefragt, warum, und sie rückte schließlich damit heraus.« Jessi wies auf die Zeitung.

»Was?« Kiara spürte, wie sie stürzte, wie sie ins Nichts fiel, obwohl sie auf dem Stuhl saß. Das Theater wollte ihr kündigen? Aber warum? Sie hatte doch einen Vertrag! Warum sollte Frau Chikamatsu den auflösen wollen?

»Es ist eine riesige Sauerei!«, meinte Kazuya wütend. »Ich bin sofort los und habe die Zeitung besorgt. Hayato hat dich verraten! Ich bin dafür, wir reißen diesem Bastard die Eier ab!«

»Ich hätte es wissen müssen. Ich habe ihm geglaubt.« Jessi schüttelte den Kopf.

»Und ich erst.« Yukiko hatte die Hände zu Fäusten geballt. »Ich habe ihm auch noch geholfen! Ich dachte, er sei fähig, sich zu ändern!«

»Wovon redet ihr?« Kiara bemühte sich, die Aufschrift zu lesen. Yukiko verdeckte einen Teil davon mit ihrer Hand, doch sie konnte erschließen, was da stand: »Internetskandal. Hayato Takado enthüllt sein Sexleben.«

»Was … worum geht es überhaupt?« Kiara verstand das nicht. Sie verstand überhaupt nichts mehr. Sie stürzte noch immer, und es gab keinen Halt. »Was ist das für eine Zeitung?«

»Nisaki. Ein aktuelles Regionalblatt. Ziemlich reißerisch,

aber es erfreut sich leider großer Beliebtheit. Im Radio haben sie es auch schon gebracht. Das Schlimmste ist die Sache im Internet. Da steht zwar kein langer Text drin, aber dein Name …« Jessi stand mit geballten Fäusten auf. »Ich könnte diesen Bastard umbringen!«

»Gib mir das …« Kiara griff nach der Zeitung. Sie schlug die Seite auf und überflog den Artikel:

Vergangene Nacht gegen Mitternacht wurde in den Tiefen des Internets ein neuer Star geboren: Kiara Evers, eine junge Schauspielerin und ein Opfer des sexbesessenen Sängers Hayato Takado, der für eine Wette alles tut …

In Kiaras Augen traten Tränen, während sie weiterlas. Anscheinend gab es einen Film von ihr und Hayato im Internet, bei irgendeinem kostenlosen Anbieter. Einen Sexfilm! Laut dem Bericht hatte Shouta Osama mit Hayato Takado um ein paar neue Felgen gewettet, dass der Sänger es schaffte, Kiara beim Sex mit ihm zu filmen. Und diesen Film hatte er, ohne sie zu fragen, ins Internet gestellt! Ihr wurde übel bei der Vorstellung.

Die Dreistigkeit, ein privates Sexvideo samt Namen zu veröffentlichen, erschütterte die J-Rock-Szene in Tokio. Man vermutet als Motiv für diese Tat Rache, da Kiara Evers dem Sänger den Laufpass gegeben hat. Laut der Aussage von Bandmitglied Shouta Osama macht Hayato Takado das nicht zum ersten Mal. Er hat auch andere seiner Ex-Freundinnen heimlich beim Sex aufgenommen und die Aufnahmen aus Rache online gestellt, wenn sie mit ihm Schluss gemacht hatten. Es bleibt die Frage, ob das nicht zu viel Skandal ist, und ob Hayato Takado sich die Sympathien seiner vorwiegend weiblichen Fans damit endgültig verspielt hat. So explosionsartig wie »Fever« die Charts erobert hat, wird diese

Band wieder untergehen, wenn ihr Frontmann keinen Anstand beweist und sich zumindest öffentlich entschuldigt.

Kiara konnte nicht sprechen. Hatte er sie tatsächlich verraten? So bitter gekreuzigt? Er musste es getan haben. Er war der Einzige, der überhaupt dazu in der Lage war, eine solche Aufnahme von ihnen zu machen! Was war er nur für ein verdammter Heuchler? Wie hatte er sie so täuschen können? Hatte er nur Rache gewollt? Oder Felgen? Hatte er nur darauf hingearbeitet? Auf ein Sexvideo von ihr? Shouta hatte der Zeitung das alles aus Rache unter die Nase gerieben, das war ihr klar. Er wollte Hayato bloßstellen. Die beiden hatten sich gestritten, und Hayato hatte ihn aus der Band geworfen. Aber das machte Hayatos Tat nicht besser! Er hatte sie schamlos ausgenutzt! Sie gedemütigt wie kein anderer Mensch je zuvor! Der Brechreiz wurde stärker. Sie saß blasser am Tisch als alle anderen und fand keine Worte.

»Ich verlasse die Band!« Kazuya schlug mit der Faust auf den Tisch. »Und vorher breche ich ihm jeden verdammten Knochen! Was bildet dieser Dreckskerl sich eigentlich ein? Wegen einer Wette!«

Jessi stand mit gesenktem Blick neben Kiara. »Ich dachte, er hätte seine Wette aufgegeben. Ich ... ich wusste davon, aber wir haben miteinander geredet, und zu mir sagte er, er würde so etwas nie wieder machen. So, wie es aussieht, hat er gelogen.«

»Vielleicht hat er das mit der Aufnahme vorher gemacht«, murmelte Yukiko dazwischen. »Vielleicht war es, bevor er mit dem Kaninchen zu dir kam und sich entschuldigt hat, Kiara.«

»Und was spielt das für eine Rolle?« Kiaras Stimme war eisig. Alles in ihr war gefroren. »Er hat eine Aufzeichnung von mir gemacht, sie einem anderen Mann gegeben und sie ins Internet gesetzt!«

»Shouta könnte das gemacht haben«, meinte Yukiko schwach. »Er hatte die Aufnahme noch und hat sie vielleicht gestern aus Rache ins Internet gestellt.«

»Glaubst du, ich hätte Hayato vergeben, wenn ich gewusst hätte, dass er mich heimlich für eine Wette beim Sex gefilmt hat?«

Yukiko schwieg.

Kiara fühlte sich hilfloser als jemals zuvor. »Lasst mich allein.«

Kazuya legte seine Hand auf ihre Schulter. »Kira …«

»Verschwindet! Alle!« Sie klang hysterisch, und sie hasste den Klang ihrer Stimme.

Yukiko stand auf. »Kommt schon. Tut, was sie will.«

Leise verließen die anderen die Küche. Kiara packte den Artikel – er war gute drei Seiten lang – und zerriss ihn, Blatt für Blatt, in winzige Fetzen. Das war es also, was es bedeutete, jemandem zu vertrauen. Wie hatte er ihr das antun können?

Kiara konnte nicht einmal mehr an Rache denken. Dafür war sie zu heftig vernichtet worden. Sie war fertig. Lag am Boden. Es war aus. Alles vorbei. Sie wusste, was es hieß, in der Öffentlichkeit zu stehen. Sie brauchte sich nicht einzubilden, doch noch am Kami-Theater anfangen zu dürfen, selbst wenn sie darum bettelte. Frau Chikamatsu hatte ihr nach dem Vorsprechen sehr deutlich gesagt, was sie von Skandalen hielt. Kiara ließ den Kopf auf die Tischplatte sinken. Es gab nichts mehr zu retten. Gar nichts mehr. Frau Chikamatsu würde sie nicht mehr am Theater annehmen. Kiara war auf eine andere Weise in Tokio berühmt geworden, als ihr lieb war. Ihr Leben war zerstört, endgültig vernichtet. Hayato hatte sie verraten, und ihren Traumjob hatte sie verloren.

Eine Zeitlang schluchzte sie hemmungslos. Wie hatte er

ihr das antun können? Hatte er nur gelogen? Diese herzzerreißende Story über seine Eltern, ihren Tod und seine Probleme damit ... alles nur Show? Alles nur inszeniert, um sie vor einer Kamera herumzukriegen?

Ihr Leben lag in Scherben. Ein entsetzliches Gefühl von Leere drohte sie zu zerreißen, und sie wusste nicht, ob ihr Schmerz jemals enden würde.

Seit dem Aufwachen war sein Leben die Hölle. Er verstand es nicht. Hayato versuchte aufrecht zu stehen, aber er spürte, dass er eigentlich auf den Knien lag und um sein Leben winselte. Seine Wohnung wurde belagert, das Telefon hörte nicht auf zu klingeln, und wie es Kiara jetzt ging, wollte er sich überhaupt nicht vorstellen.

Wer hatte ihm das angetan? War es Shouta gewesen? Oder eine seiner Verflossenen? Er hatte so viele Menschen in seinem Leben verärgert, dass es schwer werden würde, den Schuldigen zu finden. Im Moment konnte er nur seine Unschuld beteuern, und er wusste, wie verflucht wichtig Zeit war. Ein Gegenstatement hatte er bereits verfasst, es ins Internet gesetzt und es der Zeitung geschickt. Um den Film hatte er sich ebenfalls gekümmert. Er war nicht mehr im Netz. Seit fünf Stunden hatte er das Gefühl, nicht mehr zum Atmen zu kommen. Zu allem Überfluss war Tante Nanami bei ihm aufgetaucht und hatte ihn mit seinem eigenen Staubsauger bedroht! Eine skurrile Situation. Sie war eine Stammleserin der Regionalzeitung »Nisaki«. Es hatte fast zwanzig Minuten gedauert, sie zu überzeugen, dass er nicht für diese Schweinerei verantwortlich war! Und wenn es bei ihr schon so schlimm war – sie hatte ihn immerhin fünf Jahre lang aufgezogen! –, wie heftig würde es dann mit Kiara werden?

Würde sie ihm überhaupt die Chance geben, sich ihr zu erklären? An ihr Handy ging sie nicht.

Es klingelte an der Haustür. Hayato ging hin. Er durfte sich jetzt nicht verstecken. Er musste das ausstehen, auch wenn sich seine Beine anfühlten, als hätte ihm jemand Messer in die Kniekehlen gebohrt. There's no bizz like showbizz. Wenn er überleben wollte, musste er jetzt bluten. Nur so konnte er sich retten. Und vielleicht auch Kiara.

»Ja?« Seine Stimme war gehetzt.

»Ich bin's. Zuya.«

»Den Göttern sei gedankt! Komm hoch!« Kazuya konnte mit Kiara reden! Kazuya würde ihm zuhören und verstehen, was hier los war! Zuya war immer der Besonnene, der Durchblicker, der Freund. Mit seiner Hilfe konnte er vielleicht noch etwas retten.

Er öffnete die Tür einen Spalt. Dort draußen waren gut zehn weibliche Fans, die sofort versuchten, seine Wohnung zu stürmen! Die Polizei war schon zweimal vorbeigekommen und hatte sie fortgescheucht, doch sie gingen immer nur ein, zwei Blocks weit und kamen wieder, sobald der Polizeiwagen fort war. Er musterte die jungen Dinger. Mit zwei von ihnen hatte er geschlafen. Gut, er hatte sie nicht ganz nett behandelt, aber sie übertrieben es. Sie hatten Pappkartons mit Eiern dabei, die sie auf ihn und die Tür warfen. Die Mädchen machten erst Platz, als ein Mann sich mit Gewalt durch die Menge hindurchschob: Kazuya.

Hayato atmete auf. »Zum Glück bist du …«

Weiter kam er nicht. Kazuyas Faustschlag holte ihn fast von den Beinen. Er taumelte unter dem Gejohle der Damen zurück in die Wohnung. Kazuya schloss die Tür mit einem Fußtritt.

Hayato wischte sich über die Nase. Er blutete.

»Hallo auch«, murmelte er schwach.

»Du elender Bastard! Kiara ist meine Freundin! Du hast ihr nicht nur das Herz gebrochen, nein! Du hast ihr auch noch ihren Traumjob verdorben! Diese Frau vom Theater hat Kiara gekündigt! Und das, nachdem Kiara jahrelang hart dafür gearbeitet hat! Wie konntest du nur …?!«

»ICH BIN UNSCHULDIG!« Hayato brüllte so laut, dass Kazuya tatsächlich verstummte. Das alles war zu viel. Am liebsten hätte er den Freund in den verdammten Boden seiner Wohnung hineingebrüllt! »ICH HABE DAS NICHT GETAN! HÖRST DU MICH?«

Kazuya ließ die Fäuste sinken. »Aber … der Bericht.«

»Ich weiß ja, dass ich oft genug ein Arschloch war! Aber dieses Mal habe ich wirklich nichts damit zu tun! Ich liebe Kiara! Ich …« Er holte mit dem Bein aus und trat gegen den Wohnzimmertisch, der mit einem lauten Krachen zur Seite flog. »Ich weiß nicht, welches Arschloch das war! Vielleicht eine Ehemalige! Oder Sakura, wegen ihrer Scheißschlange, oder Shouta, weil ich ihn aus der Band rausgeworfen habe!«

»Shouta.« Kazuya wurde plötzlich ganz ruhig. »Ja, das könnte sein. Es wäre nicht die erste Aufzeichnung, die er ins Internet gesetzt hat. Vor drei Jahren hat er das schon mal gemacht. Irgendeine Handyaufzeichnung von sich und einer seiner Gespielinnen. Aber woher hatte er das Band?«

»Ich weiß es nicht.« Hayato schüttelte den Kopf. »Ich weiß gar nichts mehr.«

Über Kazuyas Gesicht ging ein Leuchten des Verstehens. »Natürlich! Dass mir das nicht sofort eingefallen ist. Du warst es tatsächlich nicht! Shouta hat die Aufzeichnung letzte Nacht aus dem Club gestohlen! Es muss eine Szene von dir und Kiara im römischen Zimmer sein!«

Hayatos Augen wurden zu schmalen Schlitzen. Er holte aus und schlug mit der Faust gegen die Wand.

»Nicht auch noch das! Ich bringe ihn um! Dieser verdammte Hurensohn!«

Als er erneut zuschlagen wollte, fing Kazuya seine Faust ab. »Hayato, beruhige dich! Okay, ich wollte dir eben gerade auch noch jeden einzelnen Knochen brechen, aber …« Kazuyas Blicke wanderten durch den Wohnraum. Der Tisch war nicht das Einzige, was Hayato in den letzten Stunden zerlegt hatte. Vom Staubsauger erkannte man nur noch Einzelteile. »Ich glaube dir, okay? Ich glaube dir! Du hast den Film NICHT veröffentlicht. Shouta hat gelogen.«

Hayato atmete heftig. »Danke.«

»Wir müssen jetzt zusammenhalten! Die ganze Band! Wir brauchen eine Krisensitzung und einen Pressetermin!«

»Ich muss zu Kiara! Ich will schon seit Stunden zu ihr, aber immer gibt es etwas, das ich erst noch klären muss, und sie geht nicht ans Telefon! Wenn ich mir vorstelle, wie sie sich jetzt fühlen muss.« Hayato sank auf die Knie und legte den Kopf auf die Beine. »Scheiße, das ist ein Tag, an dem sich das Aufstehen nicht gelohnt hat, Mann.«

Kazuya zog ihn auf die Füße. »Okay. Ich fahre dich. Erst Kiara, dann die Band. Lass uns die anderen unterwegs anrufen.«

»Ich habe schon alle angerufen, aber sie legen auf, sobald ich mich melde.«

»Ich mache das für dich. Ich sage ihnen, was los ist. Wir schaffen das! Komm schon!«

»Die da draußen werden uns massakrieren!«

»Du hast doch sonst keine Angst vor Frauen. Ich passe schon auf deinen Arsch auf. Und jetzt los!«

Hayato sah in das Auge, das nicht von Kazuyas Pony bedeckt war. »Danke, Mann. Dafür schulde ich dir was.«

Kazuya legte seine Hand auf Hayatos Schulter. »Schon gut. Du kannst Shouta zusätzlich von mir und Kiara eine verpassen, wenn er dir über den Weg läuft.«

Gemeinsam kämpften sie sich durch die wütenden Fans. Als sie endlich an Kazuyas Auto ankamen, musste Hayato sich Eiweiß aus dem Gesicht wischen. »Ich hoffe, dieser verdammte Tag nimmt irgendwann ein Ende.«

Sie fuhren nach *Shanaya*. Hayato saß am Steuer, während Kazuya sich um die Band und den Pressetermin kümmerte. Sie hatten ihre Krisensitzung in drei Stunden, den Termin mit der Presse in fünf Stunden.

Hayatos Herz hämmerte wie verrückt. An Kazuyas Seite lief er über den Parkplatz zur Villa. Sie stiegen die Treppen empor, eilten durch die Vorhalle und stürzten gemeinsam in die Küche.

Jessi saß allein am Tisch, mit Devil auf ihrem Schoß. Sein Käfig stand neben ihr auf dem Boden. Sie drehte sich zu den Männern um. Ihr Gesicht war verschwollen. Als sie Hayato sah, sprang sie auf, setzte das erschrockene Kaninchen in seinen Käfig und fuhr zornentbrannt herum. »Du verdammter Bastard!«

Ihr Blick wanderte zu den Küchenmessern. Kazuya schob sich schnell vor Hayato, damit sie ihn nicht attackieren konnte.

»Er war es nicht! Es war Shouta! Shouta hat den Film aus dem Club gestohlen und ihn ins Internet gestellt! Er hat das alles inszeniert!«

»Was?« Jessi musste diese Nachricht erst mal verdauen.

Hayato sah sich gehetzt in der Küche um. »Wo ist Kiara?«

Jessi sank auf ihren Stuhl zurück. »Sie ist weg. Frau Chikamatsu vom Kami-Theater hat noch mal angerufen, und danach war Kiara ganz ruhig. Sie meinte, es sei das Beste, nach Deutschland zu ihrer Schwester zurückzukehren. Ich soll dir Grüße bestellen, Kazuya. O Göttin, sie denkt, du bist das gewesen, Hayato! Ich habe sie noch nie so fertig erlebt! Völlig gebrochen …« Neue Tränen stiegen in Jessis Augen. Auch Hayatos Augen waren feucht.

»Leute …« Kazuya atmete tief durch. »Hört auf mit der Flennerei! Hier wird erst aufgegeben, wenn es vorbei ist! Jessi, du suchst nach Kiara! Trommel die Leute vom Club zusammen und finde raus, wo Kiara steckt! Schaff sie nach Möglichkeit hierher! Wir müssen zu dem Treffen mit der Band. Falls wir es nicht rechtzeitig schaffen, müsst ihr Kiara unbedingt zu diesem Pressetermin schleppen! Und wenn ihr sie vorher bewusstlos schlagt!«

»Okay.« Jessi wischte sich die Tränen fort. »Ich werde mit Yukiko und den anderen losziehen. Vielleicht erwischen wir sie am Flughafen.«

Kazuya wandte sich an den Freund. »Komm, Hayato. Wir bringen das hinter uns.«

Hayato nickte grimmig.

Hayato überlegte fieberhaft seine nächsten Schritte. Er musste Shouta aushebeln, aber dafür musste er ihn erst mal erwischen! Shouta hatte bewiesen, wie gefährlich er sein konnte, und wie viel Schaden er in der Lage war anzurichten. Hayato brauchte neue Wege, um seinem Feind zu begegnen.

Ich muss ihn mit seinen eigenen Mitteln schlagen, nicht mit meinen. Hayato sah angespannt auf die Straße, als ihm eine Idee kam. Es gab keinen Menschen, der Shouta etwas bedeutete. Keinen, der ihn zur Vernunft bringen konnte. Aber stimmte das? Zumindest einen wichtigen Menschen gab es im Leben von jedem, und Hayato wusste auch, welcher Mensch das für Shouta war.

»Kazuya! Ruf Shouta an und sag ihm, wie empört die Band wegen dieser Sache ist. Dass sie alle auf mich wütend sind und überlegen, mich aus der Band zu werfen! Außer dir weiß ja niemand von meinem und Shoutas Streit. Sag ihm, das Treffen findet ohne mich statt. Am besten empörst du dich dabei ein wenig darüber, dass ich ihn gestern so hart angegangen bin, obwohl ich selbst so ein unverschämtes Arschloch bin.«

»Glaubst du, er fällt auf so etwas rein?«

»Er wird neugierig sein. Und er will die Band im Grunde nicht verlassen. Sein Wunschdenken wird stärker sein als seine Vernunft. Ich habe einen Plan. Du musst ihn nur eine halbe Stunde später bestellen, damit ich die Band einweihen kann.«

»Gut.« Kazuya griff nach seinem Handy. »Hoffentlich beißt er an.«

Kazuya gab alles. Es war ein sonderbares Gefühl, jemanden derart schlecht über sich reden zu hören. Er titulierte Hayato mit Schimpfworten, die diesem gänzlich fremd waren. Hayato schüttelte den Kopf.

Er war sehr gespannt, ob Shouta es wagen würde, im Probenraum aufzutauchen. Hoffentlich war dieser Bastard so dumm. Im Allgemeinen nutzte dieses Riesenarschloch die Chance, die Ergebnisse seiner Taten zu genießen, und dank Kazuyas Gespräch musste er sich sicher fühlen.

Endlich legte Kazuya auf.

»Dieser elende Mistkerl!« Kazuya stieß noch eine Reihe weiterer derber Flüche aus. »Er war total scheinheilig, ging voll darauf ein! Wenn man ihm zuhört, glaubt man, er sei ein Engel und du ein Psycho! Er dreht einfach alles herum! Aber so leicht geben wir nicht auf! Du wirst deine Beziehung und diese Band retten!«

»Ach ja?« Hayato fühlte sich mutlos. »Und wie?«

»Du bist Hayato Takado. Lass dir was einfallen. Du kannst Shouta nicht den Sieg überlassen! Das hier ist vielleicht die größte Herausforderung deines Lebens. Jetzt kannst du endlich beweisen, wer du bist.«

Hayato nickte langsam. Die Entschlossenheit, die in ihm heranwuchs, überraschte ihn selbst. Er würde nicht aufgeben. Er würde kämpfen. Für sich. Und für Kiara. »Das werde ich.«

Er würde seine Idee in die Tat umsetzen, auch wenn sie ungewöhnlich war. Und er würde noch mehr tun.

Sie trafen sich ein Stück entfernt von ihrem Proberaum. Auf dem Weg dorthin holten sie jemanden ab.

Hayato war noch immer völlig aufgelöst, weil Jessi Kiara nicht finden konnte. Bisher schien sie nicht am Flughafen aufgetaucht zu sein. Er hatte Angst, Kiara könnte Japan verlassen, bevor er Gelegenheit hatte, mit ihr zu reden.

Kazuya fasste seine Schulter. »Es wird schon. Jessi findet sie.«

Hayato ging in dem kargen, schallisolierten Hochhausraum auf und ab. Es dauerte nicht lange, bis alle Bandmitglieder anwesend waren. Yori, Amaya und Michia wirkten sehr mitgenommen. Dank Kazuyas Hilfe wussten sie zumindest schon, dass Shouta für den Skandal verantwortlich war, und nicht Hayato.

Hayato erklärte so knapp er konnte, was er vorhatte. Außerdem setzte er Mia davon in Kenntnis, dass es unzählige Aufzeichnungen von ihr beim Sex gab. Sie war alles andere als begeistert und verzog sich für zehn Minuten hinter ihr Schlagzeug, um darauf einzuprügeln.

Shouta war pünktlich. Er betrat den Raum, in dem ihre Instrumente und elektrischen Geräte auf einem roten Teppich aufgebaut waren. Wie immer sah er perfekt gestylt aus. Sein Anzug saß, wie er sitzen sollte. Er bewegte sich selbstsicher durch den Raum. Unter einem Poster der Band blieb er stehen.

Hayato hatte sich zurückgezogen und blieb außer Sichtweite. Zwei aufgebaute Pinnwände mit Postern und Flyern von *Tokyo Desire* trennten ihn und seine Begleiterin von den anderen. Er sah auf die gut angezogene Frau neben sich, die schweigend wartete. Ja, es war nicht fair. Aber es war vielleicht Shoutas letzte Chance. Gespannt sah er in den Raum.

Kazuya trat Shouta entgegen. »Wir müssen reden.«

»Ach ja?« Shoutas Lächeln wurde schmaler. »Über Hayato?«

»Über dich.« Kazuya sah sich um. Die anderen waren hinter ihn getreten, alle bis auf Hayato. Sie waren in der Überzahl, und allein das musste bedrohlich auf Shouta wirken. Gerade deshalb bemühte Kazuya sich, ruhig zu sprechen und Shouta nicht sofort in die Flucht zu jagen. »Wir haben die Vermutung, dass du diese Aufzeichnung gestohlen hast, und dass die ganze Sache von dir inszeniert ist. Du versuchst Hayato und dieser Band zu schaden.«

Shouta wirkte verunsichert. »Warum sollte ich das tun?«

»Ich habe mitbekommen, wie Hayato sich gestern mit dir gestritten hat, weil du eine Prostituierte geschlagen hast.«

»Das war doch nur Sex, Mann. Ihr wisst, dass ich mir öfter Callgirls nehme, und was ich mit ihnen mache, ist allein meine Sache.«

Hayato bewunderte, wie ruhig Kazuya blieb. Immerhin arbeitete sein Freund selbst in diesem Gewerbe, und er hatte eine verdammte Wut auf Shouta, was man an einem leichten Zittern seiner Beine erkennen konnte.

»Hayato hat dich aus der Band geworfen, weil du eine sadistische Neigung hast. Und weil du nicht bereit bist, dich um dieses Problem zu kümmern. Du schadest anderen Menschen.«

Mia trat vor. »Ist es wahr, dass du unzählige Aufnahmen von mir beim Sex gemacht hast?« Sie sah ihn zornig und herausfordernd an. »Aufzeichnungen mit deinen verfluchten Kameras?«

»Hat Hayato dir das erzählt?« Shouta wich einen Schritt zurück, sein Blick ging zur Tür. Hayato hoffte, dass er nicht die Flucht ergriff. Noch nicht.

»Shouta …« Mias Stimme war wütend. »Ich bin deine Freundin und weiß nicht mehr, ob ich dich lieber köpfen oder vierteilen will! Du stellst dich hin, missbrauchst mein Vertrauen und zerstörst auch noch aus Rache diese Band! Und warum? Weil du nicht in der Lage bist, dich um deine Probleme zu kümmern? Ist dir denn gar nichts heilig?«

Shouta ballte die Hände zu Fäusten. »Hayato hat mich rausgeworfen! Und dafür hat er Strafe verdient!«

»Das, was du getan hast, war kriminell«, sagte Kazuya ruhig. »Genauso, wie es kriminell ist, Prostituierte zu schlagen und Frauen heimlich beim Sex zu filmen. Wir werden dich anzeigen.«

»Na und?« Shouta setzte ein überhebliches Gesicht auf. »Meine Familie holt mich da wieder raus! Sie holen mich immer aus allem heraus! Ihr wisst gar nicht, was man alles mit Geld machen kann. Meine Mutter schenkt mir eine eigene Firma! Und ihr könnt zurück in den Dreck kriechen, aus dem ihr gekommen seid, wenn die Fans und die Presse mit euch fertig sind!«

»Deine Familie ist sehr konservativ.« Mias Stimme wurde nun ebenfalls so ruhig wie die von Kazuya. »Glaubst du, deine Mutter wird glücklich sein, wenn sie erfährt, dass du Frauen schlägst und andere kriminelle Dinger drehst?«

Shouta packte Michia an den Schultern. »Willst du etwa zu meiner Mutter rennen? Das wagst du nicht! Wenn du das tust, werde ich dich …«

»Lass sie los!«, Kazuya zog Mia zu sich. »Du hast schon genug angerichtet!«

Aber Shouta konnte sich nicht beruhigen. »Wenn du zu meiner Mutter gehst, vernichte ich dich, das schwöre ich dir! Ich setze jede einzelne Aufzeichnung über dich ins Internet, die ich habe! Und deine Adresse samt Telefonnummer gleich dazu! Du wirst dich nicht mehr auf die Straße trauen!«

»Das reicht.« Die Stimme der Frau neben Hayato war beherrscht. Er freute sich nicht, ihr das anzutun, aber er kannte Shouta gut genug, um zu wissen, dass es nur einen Menschen auf dieser Welt gab, der ihn zur Vernunft bringen konnte: seine Mutter.

Ikuna Osama. Es war erstaunlich, wie viel Macht diese winzige Frau ausstrahlte. Sie behielt die Fassung. Ihre Haltung war vorbildlich, als sie zu der Gruppe trat.

»Shouta Osamasan – wir sprechen später miteinander über deine Probleme. Jetzt solltest du dich entschuldigen. Du hast etwas sehr Schlechtes getan, und du solltest die Gelegenheit nutzen. Ich warte an deinem Wagen.« Sie ging erhobenen Hauptes aus dem Raum. Ihre Schritte waren fest, der Klang ihrer Absätze bestimmt.

Shouta sah zu Hayato. »Du …! Du …! Du hast meine …«

»Was?« Hayato kam ihm angriffslustig entgegen. »Hast du Angst um deine Firma?«

Shouta schlug zu. Hayato blockte den Schlag und versetzte Shouta einen ordentlichen Kinnhaken. »Schmecken dir deine eigenen Intrigen nicht? Ich hatte zuerst mit dem Gedanken gespielt, hier eine Kamera aufzubauen, dich bei dem Gespräch zu filmen und das Ganze ins Netz zu stellen – aber weißt du …« Hayato schlug erneut zu. »Das hier ist heilsamer! Du solltest dein Problem dort klären, wo es liegt.«

Amaya schrie auf. »Hört auf! Damit macht ihr es doch nicht besser!«

Hayato fühlte sich schon deutlich besser! Er verpasste Shouta noch einen Leberhaken von Kiara und einen Schlag in den Magen von Kazuya. Yori blickte geflissentlich zur Seite, während Mia voller Freude zusah. Ihre Beziehung zu Shouta hatte sich soeben erledigt.

Amaya riss an Hayatos geflochtenem Zopf. »Hör auf! Ihr und eure verdammte Selbstjustiz! Wir zeigen ihn an und werfen ihn aus der Band, das sollte genügen! Den Rest muss seine Familie übernehmen!«

Hayato richtete sich auf. Er hatte etwas von seiner Würde zurückgewonnen. »Auch wenn du mir das nicht glaubst: Wir waren Freunde, Shouta, und du bist auf einem falschen Weg. Vielleicht ist deine Familie die letzte Chance, die du hast! Du solltest froh sein, jemanden zu haben, der dir helfen kann!«

Shouta stand langsam auf. »Soll ich dir etwa noch dankbar sein? Du bist kein Engel, und du wirst nicht ungestraft davonkommen! Du wirst diese Band nicht mehr retten können! Sie werden auf dich herabsehen und dich verachten! Das kannst du nicht mehr ändern!«

»Ich bin Hayato Takado. Sag mir nicht, was ich nicht kann.«

Shouta sah sie alle hasserfüllt an. Besonders Mia warf er einen sterbenswütenden Blick zu. Sie lächelte süßlich.

»Schmeckt dir das Gift nicht, das du sonst anderen in den Wein mischst?«

Shouta wollte auf sie zugehen, Kazuya und Yori stellten sich ihm in den Weg. »Du bist hier nicht mehr willkommen! Wir sehen uns vor Gericht.«

Mit einem zornigen Blick in die Runde verließ Shouta den Raum.

Hayato seufzte auf, als sei eine Last von ihm abgefallen. Er sah ziemlich zerrupft aus. Auf seinem Hemd klebte verschmiertes, eingetrocknetes Eigelb.

Yori sah ihn mitleidig an. »Sie haben Eier auf dich geworfen?«

Hayato versuchte ein müdes Lächeln. »Wofür hat man Fans?«

Amaya schüttelte den Kopf. »Ich wohne am nächsten. Ich schlage vor, wir fahren bis zum Pressetermin zu mir, dann können Kazuya und du sich noch mal frisch machen.«

»Ich muss Kiara finden!« Hayato würde keine ruhige Minute haben, ehe er nicht mit ihr gesprochen hatte. Sie durfte einfach nicht so sang- und klanglos aus seinem Leben verschwinden!

Kazuya hielt ihn fest. »Überlass das Jessi. Sie wird Kiara finden und zum Pressetermin bringen. Wenn wir uns jetzt nicht der Öffentlichkeit stellen, werden wir zerrissen.«

Hayato gab sich geschlagen. Hoffentlich fand Jessi seine Freundin. Wenn sie bereits in einem Flieger nach Deutschland saß, würde er sich das niemals verzeihen.

16

Wenn mir ein Gott sagen würde: »Leb ohne Liebe«, würde ich das ablehnen: Ein solch süßes Übel ist das Mädchen.

Kiara stand im Flughafengebäude am Schalter eines Last-Minute-Büros und wusste nicht, was sie der freundlich lächelnden Japanerin in ihrer feschen Uniform antworten sollte. Die Dame glaubte, Kiara hätte sie nicht verstanden und wiederholte geduldig ihre Frage: »Möchten Sie das Ticket für den Achtzehn-Uhr-Flug?«

Kiara zögerte. Sie musste an Devil denken. Ob Jessi und Yukiko sich auch gut um ihn kümmerten? Schlimmer noch war der Gedanke an Kazuya. Sie wusste, dass sie wieder dabei war, davonzulaufen. Würde Kazuya ihr das verzeihen?

»Kiara!« Jessi kam über den glatten Steinboden auf sie zugelaufen. »Dem Himmel sei Dank! Ich habe gehofft, dass du hier auftauchst! Yukiko und Hiroki sind auch am Flughafen. Wir suchen seit Stunden nach dir!«

»Was ist denn passiert?«

Jessi packte ihre Hände. »Hör zu: Ein regionaler Fernsehsender hat Interesse an der Story gezeigt, nachdem Hayato mit ihnen geredet hat! Die Band hat den Pressetermin um eine Stunde verschoben und ihn an einen anderen Ort verlegt. Er findet auf Odaiba statt. Das wird eine ganz große Sache! Am besten, wir fahren sofort los.«

Die Dame am Schalter sah Kiara noch immer freundlich lächelnd an. »Wenn Sie das Ticket nicht wollen, gehen Sie bitte aus der Reihe.« Über ihnen ertönte eine Durchsage.

Jessi zog die verwirrte Kiara zur Seite. »Komm bitte mit! Wirklich, Kiara, wir setzen hier Himmel und Hölle in Bewegung, damit du dorthin kommst! Bitte, lass mich dich dahin bringen.«

»Zu einem Pressetermin? Was hat Hayato vor? Will er mich jetzt auch noch im Fernsehen verspotten?«

»Hör dir selbst an, was er dir zu sagen hat. Wichtig ist jetzt erst mal nur, dass Hayato das Band nicht ins Internet gestellt hat. Er hat es auch nicht Shouta gegeben. Er wusste nichts davon.«

»Ach ja?« Kiara glaubte ihr kein Wort. »Und wer soll es dann getan haben?«

»Shouta selbst! Er hat das Band aus dem Club gestohlen! Sie haben ihn aus der Band geworfen.«

»Das ist doch nur wieder eines seiner dummen Spiele! Hayato hat mich verraten, und jetzt versucht er, einem anderen die Schuld dafür in die Schuhe zu schieben! Und du bist auch noch auf seiner Seite!«

»Kiara ...« Jessi seufzte schwer. »Okay, ich habe auch Mist gebaut, aber ich lüge dich nicht an! Wenn du mir nicht glauben möchtest, bitte. Es ist deine Entscheidung. Aber komm mit zu dieser Insel! Du musst Hayato zuhören!«

»Seid ihr jetzt alle wahnsinnig?«

»Willkommen in meiner Welt. Und jetzt ab in mein Auto, oder ich tue, was Kazuya mir aufgetragen hat, schlage dich bewusstlos und schleife dich zu Hayato!«

Kiara musste an Kazuyas Worte denken, als sie nach Corinnas Tod einfach gehen wollte. Sie wollte nicht davonlaufen. Nicht dieses Mal. »Nicht nötig. Ich komme mit und höre es mir an. Und danach lege ich Hayato Takado um!«

»Das klingt annehmbar.« Jessi ging voran.

Kiara folgte ihr benommen. Sie bemühte sich, kühl zu wirken. Distanziert. Konnte es sein? Konnte Shouta das alles allein inszeniert haben? Zuzutrauen wäre es ihm. Aber Kiara konnte es nicht glauben. Sie hatte Angst. Angst, neue Hoffnung zu haben, die wieder vernichtet wurde. Jessi hatte selbst gesagt, dass Hayato ihretwegen irgendeine alberne Wette abgeschlossen hatte. Er war kein Unschuldslamm. Ihre Gefühle waren in den letzten Stunden Achterbahn gefahren, die keine Pausen kannte. Unentwegt stürzte sie in die Tiefe, wurde wieder nach oben gezogen, nur um aus einer noch größeren Höhe zu fallen. Sie hatte Angst. Angst, noch tiefer zu stürzen. Angst, dass man ihr ins Gesicht trat. Aber weglaufen wollte sie auch nicht. Diese Zeit war vorbei. Sie sagte auf der ganzen Fahrt kein Wort.

Ihre Gedanken fuhren ebenso wie ihre Gefühle noch immer Achterbahn, als sie die Insel über die Rainbow-Bridge endlich erreichten. Odaiba war einfach nur schick. Sexy. Irgendwie passte die Insel zu Jessi, wenn man einmal davon absah, dass Odaiba eine Müllinsel war. Aber das sah man der Insel nicht an. Die niedrigen Hochhäuser standen großzügiger verteilt als in der Stadt. Es gab weite freie Plätze, und Kiara konnte die Replik der Freiheitsstatue sehen, die auf Odaiba stand. Es ging ein leichter Wind. Jessi suchte nach einem Parkplatz. Sie schien sich hier auszukennen.

»Venus Fort.« Jessi deutete seufzend zu einem Luxuskaufhauskomplex, keine vierhundert Meter entfernt. »Mein absoluter Lieblingsort.«

Kiara hatte nicht viel Interesse an dem Shoppingcenter. Sie spielte in Gedanken durch, wie sie Hayato erwürgen würde, falls er auch nur einen falschen Ton von sich gäbe. Ihr Inneres fühlte sich noch immer verbrannt an vor Kälte. Sie biss die Zähne hart aufeinander, als sie Jessi folgte.

Sie bahnten sich einen Weg durch die Menschenmenge. Manche Leute murrten, doch einige erkannten Kiara aus dem Internet, und man machte ihr schnell Platz. Zwei Typen stießen anzügliche Pfiffe aus.

»Die kralle ich mir später«, drohte Jessi. Wie es aussah, wollte sie mit Kiara ganz nach vorne zum Anlass des Spektakels. Kiara hob stolz den Kopf. Ihr Gesicht glühte. Dort vorne wartete die Band, gemeinsam mit Hayato. Kiara erhaschte einen kurzen Blick auf ihn. Er lehnte lässig an seinem Wagen und lächelte immer wieder in die sensationslüsterne Menge.

Typisch! Parken konnte er auch nicht, ohne aufzufallen! Der Lamborghini stand genau am Abgrund, mit der Vorderseite zum Meer. Er wirkte, als wollte er sich in die Wellen unterhalb des Steilhangs stürzen. Es sah bedrohlich aus, so als würde der Wagen jeden Moment in den Abgrund rollen. Als Hintergrund dieser Szenerie hatte Hayato die spektakuläre Sicht auf die Stadt mit ihren zahlreichen Hochhäusern gewählt. Der Tokyo Tower ragte unter ihnen besonders heraus.

Hayato entdeckte sie. Kiara glaubte die Erleichterung in seinem Blick zu fühlen. Er sah plötzlich tatsächlich gelöst aus. Sein lässiges Benehmen war nur Gehabe gewesen, das er nun ablegen konnte. Langsam ging er an das aufgebaute Mikrofon.

»Wie ich sehe, ist die wichtigste Person dieser Veranstaltung nun eingetroffen. Tut mir einen Gefallen, Leute: Lasst sie bloß nicht gehen! Bitte, Kiara, hör dir das hier bis zum Ende an.«

Es wurde schlagartig still. Kiara kam sich unwirklich vor unter dem blauen, wolkenlosen Himmel auf dieser Insel der Tokyo Bay, auf der viele Schaulustige standen. Was hatte Hayato vor? Würde es die Sache besser oder schlimmer machen?

»Zunächst einmal«, setzte Hayato an, »möchte ich mich offiziell entschuldigen. Diese Aufzeichnung sollte niemals den Weg ins Internet finden, und der Verantwortliche musste bereits erste Konsequenzen dafür tragen: *Tokyo Desire* hat

Shouta Osama aus der Band geworfen, da er diese Aufzeichnungen illegal in meinem Namen veröffentlicht hat. Des Weiteren werden wir Herrn Osama anzeigen und hoffen, dass er uns nie wieder über den Weg läuft. Er hat einen enormen Vertrauensschaden angerichtet, das ist uns bewusst. Und wir bedauern es. Besonders ich bedauere, was er mit dieser Tat Kiara Evers angetan hat. Und ich bedauere noch einiges mehr. Kiara Evers hat mir erst vor Kurzem gesagt, ich sei das Schlechteste, was ihr je passiert ist. Das kann ich so nicht stehen lassen. Weil sie das Beste ist, was mir je passiert ist. Leider reicht es nicht, ihr das nur zu sagen. Manchmal sind Worte nicht genug. Und deshalb sind wir hier.

Kiara hat meinetwegen einiges einstecken müssen. Sie hat ihre Wohnung und ihren Job verloren, und durch mein Verschulden ist ihr Kaninchen gestorben. Für ein paar neue Felgen hätte ich fast ihr Vertrauen verraten. Ich habe es nicht getan, aber ja, ich habe daran gedacht. Bevor mir klar wurde, was sie mir bedeutet. Und das ist nicht das Schlimmste. Zu allem Überfluss habe ich sie betrogen. Zu sagen, dass es mir leid tut, ist nicht ausreichend. Manchmal muss man zeigen, dass es einem ernst ist. Ich tue das für dich, Kiara. Und ich hoffe, du verstehst, was es bedeutet.«

Hayato drehte sich um und öffnete die Tür seines Wagens. Er beugte sich hinein und hantierte im Inneren.

Ein Raunen und Flüstern ging durch die Menge, einige Zuschauer zeigten mit den Fingern auf den Wagen.

Kiara stand erstarrt. Sie ignorierte die Kameras, die auf sie gerichtet waren. Hatte er den Wagen absichtlich so geparkt? Er wollte doch wohl nicht …

Der Wagen rollte auf der Schräge langsam an. Hayato hatte die Handbremse gelöst.

»Ach du Scheiße!«, entfuhr es einem Schaulustigen neben ihr.

»Völlig irre!«, hörte Kiara ein Schulmädchen in Uniform kichern. Entsetztes Raunen war zu hören.

Kiara verharrte wie hypnotisiert. Der Wagen glitt dem Abgrund entgegen. Millimeter für Millimeter. Es fehlte nicht mehr viel, und er würde über den Rand der Insel ins Meer stürzen. Unaufhaltsam strebte er dem Untergang entgegen. Die Kameras dokumentierten sein nahendes Ende vor der Skyline von Tokio.

Hayato wandte sich um und suchte Kiaras Blick. »Es tut mir leid, Freya. Ich wusste nichts von dieser Internet-Sache, ehrlich.« Er atmete tief ein und schloss die Augen. Dann fuhr er herum und verpasste dem träge dahinrollenden Wagen einen ordentlichen Schub. Ein Aufschrei ging durch die Menge.

Kiara erwachte endlich aus ihrer Starre. Sie rannte ihm über die Wiese entgegen.

»Nein! Das ist ein Lamborghini Gallardo Spider!«

Der Wagen rollte über den Rand vor dem Abgrund. Einen Moment hing er wie unschlüssig in der Luft, dann siegte die Schwerkraft, und er stürzte den steinigen Abhang hinunter, prallte krachend gegen die Flanke des Hanges, ehe er mit einem vernichtenden Klatschen im Meerwasser aufschlug.

Kiara hetzte ganz nach vorne an diesen Abgrund und starrte mit geweiteten Augen hinunter. Hayato umfasste ihre Schultern, als wollte er sie festhalten, damit sie nicht dem Wagen hinterher in die Bucht vor Tokio stürzte.

»Ich liebe dich.«

Kiara fuhr zu ihm herum. »Du verdammter Idiot! Ich glaube dir! Das wäre doch nicht nötig gewesen!«

»Das war genau das, was nötig war.«

Er umfasste ihren Kopf, berührte ihre Haare und zog sie zu sich. Kiara drängte sich an ihn und erwiderte seinen Kuss.

Erst das laute Klatschen der Menschen um sie herum riss

sie aus der anderen Welt, in die sie gemeinsam mit Hayato geraten war, und in der sie gern geblieben wäre.

Eine Gruppe Schuljungen pfiff anerkennend. Hayato drehte sich mit ihr im Arm zur Kamera. »Das hier ist Kiara Evers. Sie fängt in der nächsten Saison beim Kami-Theater an, und ich rate jedem von euch, dorthin zu gehen. Bestellt euch besser gleich heute Karten für die Premiere, bevor es keine mehr gibt. Ich werde da sein, und ich hoffe, euch dort zu treffen.« Er zwinkerte vielversprechend.

»Hör auf!«, flüsterte Kiara verlegen.

Er legte seinen Kopf nah an ihr Ohr. »Die werden es gar nicht mehr schaffen, dich loszuwerden, Kiara. Du wirst ihr neuer Star sein. Was glaubst du, wie viele Menschen diesen Bericht sehen werden?«

»Ich will es gar nicht wissen.«

Hayato wandte sich mit einem Lächeln wieder der Kamera zu. »Vielen Dank für Ihre Mithilfe. Und jetzt werde ich mich mit Kiara verabschieden. Sie wissen ja, junge Liebe. Ein Teil der Band bleibt noch eine Weile hier, um Fragen zu beantworten. Vielen Dank für Ihre Zeit.« Er zog Kiara mit sich.

Jessi und Kazuya warteten mit dem Wagen. Erst als sie im Auto saßen, sagte Hayato: »Verlass mich nicht. Nicht noch einmal.«

Kiara lehnte sich an ihn. »Ich habe wirklich geglaubt, du hättest das getan. Entschuldige.«

»Schon gut.« Hayato zog sie an sich. »Dein Misstrauen war ja nicht ganz unbegründet. Los, Kazuya, bring uns weg von den Leuten.«

Kiara wollte ihn nie wieder loslassen. »Wo willst du überhaupt mit mir hin?«

»Ins Grand Hyatt. Die Suite wird dir gefallen.«

Er küsste ihre Wangen.

Sie schloss die Augen und kuschelte sich an ihn. Wieder

und wieder sah sie den Wagen in die Tiefe stürzen. Was für eine verrückte Tat! »Warum hast du das gemacht? Das mit dem Auto?«

»Um dir zu zeigen, dass du für mich einzigartig bist.«

Kiara spürte Tränen auf ihrer Haut. Aber dieses Mal waren es keine Tränen der Trauer oder der Wut. Sie war glücklich. »Danke.«

Auf dem Weg zum Hotel rief Frau Chikamatsu an. Sie hatte Hayatos öffentliche Entschuldigung im Fernsehen gesehen und war bereit, Kiara wieder einzustellen. Anscheinend hatte Hayatos Aufruf bereits dazu geführt, dass die Premiere restlos ausverkauft war. Kiara strahlte nur noch. Es war fast zu schön, um es ertragen zu können.

Hayato verschwand im Hotelzimmer erst einmal unter der Dusche, während Kiara das teure Zimmer bestaunte. Das riesige Bad hatte einen Flachbildschirmfernseher. Sie schüttelte den Kopf. Die Suite ließ keine Wünsche offen. Überall glänzte Hightech, und das Bett bot mehr als genug Platz für sie beide. Sie ließ sich mit ausgebreiteten Armen darauf fallen und blieb mit weit aufgerissenen Augen liegen. Atmen. Einfach nur sein. Das war genau das, was sie nach all der Aufregung brauchte.

Sie stand auf, als ein freundlicher Angestellter vom Service dezent klopfte. Er brachte Wein und Käse und verließ den Raum, als sei er nicht mehr als ein guter Hausgeist, der sich sofort wieder in Luft auflöste. Kiara nahm den geöffneten Wein lächelnd entgegen. Chianti. Damit hatte es auf der Yacht angefangen. Sie widerstand der Versuchung, Hayato aus Schabernack ein Glas über das weiße Hemd zu kippen, das achtlos auf dem Fußboden lag. Überhaupt konnte man Hayatos Ausziehspur sehr genau verfolgen. Kiara entschied sich dagegen, zu schnell mit ihm zusammenzuziehen. Sie wollte erst einmal eine eigene Wohnung in der Nähe von seiner mieten. Schlafen konnte sie ja trotzdem bei ihm. Sie goss zwei Gläser halbvoll und stellte sie auf dem Tisch ab. Hayato kam nackt aus dem Bad und nahm sich sein Glas.

»Das haben wir uns verdient, denke ich.« Er stieß mit ihr an. »Das war der längste Tag meines Lebens.« Kiara trank und stellte das Glas zurück. Ihr Blick lag intensiv auf seinem Körper.

»Noch ist der Tag nicht zu Ende.«

Die Balkontür stand offen, sie hörten die Geräusche der vorbeibrausenden Autos. Es wurde langsam dämmrig. Die Hochhäuser waren in ein unwirkliches violettrotes Licht getaucht.

Hayato stellte ebenfalls sein Glas ab und zog sie an sich. »Du solltest mit ins Bad kommen. Die Badewanne ist eher ein Pool und groß genug für uns beide.«

Sie sah mit leichtem Bedauern auf das große weiche Bett. »Und das da?«

Hayato hob ihre beiden Hände zum Mund und küsste sie. »Da drin wachen wir morgen früh auf.«

Sie lächelte. »Überredet.«

Sie nahmen den Wein und den Käse mit. Hayato entzündete zwei lange rote Kerzen, die in silbernen Haltern steckten. Mehr Licht brauchten sie nicht. Das heiße Wasser war wohltuender, als Kiara gedacht hatte. Wie in Japan üblich, duschte sie sich zunächst ab und wusch sich, bevor sie zu Hayato in das Badewasser stieg. Er machte ihr Platz, und sie setzte sich vor ihn zwischen seine Beine. Aufseufzend lehnte sie sich an seine Brust und schloss die Augen. Ein süßer Duft nach Rosenblüten stieg vom Wasser auf.

»Was denkst du …«, fragte sie zögernd. »Wie viele Menschen haben diesen Film im Internet gesehen?«

»Ich habe nicht nach den Hits geschaut, sorry. Ich habe mir das Ding nicht mal angesehen, sonst hätte ich gleich gemerkt, dass Shouta dahinterstecken muss. Ich wollte es nur so schnell wie möglich aus dem Netz haben.«

»War es dir peinlich?«

»Nein, gar nicht. Es dürfte für jeden Mann eine Ehre sein, mit dir im Internet verewigt zu sein – aber mir war klar, dass es dich stören würde.«

»Tut es auch. Ich meine ... das, was wir da gemacht haben, war privat. Es tut mir weh, wenn ich mir vorstelle, wie andere es sehen ... und peinlich ist es mir auch.«

»Du musst dich nicht dafür schämen. Du hast nichts Verbotenes getan. Im Gegenteil. Es ist wundervoll mit dir. Alles.« Seine Lippen strichen über ihren Hals. »Du bist wundervoll.«

Sie schmiegte sich an ihn. »Vielleicht komme ich ja leichter darüber hinweg, wenn du mich tröstest.«

In dem warmen Wasser strich er über ihren Bauch und über ihre Brust. »So oft und so lange du möchtest.« Mit der anderen Hand griff er nach dem Käse.

»Hast du Hunger?«

»Riesigen Hunger. Ich bin den ganzen Tag noch nicht zum Essen gekommen.«

»Frag mich mal.« Er fütterte sie und hielt ihr danach das Glas an den Mund. Sie musste sich alle Mühe geben, den teuren Wein nicht zu verschütten. Er schmeckte herb und kräftig und passte gut zu den verschiedenen Käsesorten, die auf der Platte lagen. Sie kicherte und fütterte Hayato ebenfalls. »Iss ruhig so viel, wie du willst. Du wirst in nächster Zeit viel zu Fuß unterwegs sein.«

Er kitzelte sie an der Seite. Sie zuckte zusammen. »Wenn du frech wirst, werde ich es auch.«

Sie stieß seine Hand kichernd fort und lehnte sich wieder

zurück. »Ich nehme an, du überlegst schon, was für ein Auto du dir als Nächstes kaufst?«

»Ich dachte an einen Ferrari. So in fünf Jahren. Bis dahin benutze ich dich als Taxi.«

»Ich habe doch gar kein Auto.«

»Hm. Dann wirst du wohl dein Fahrrad zur Rikscha umbauen müssen.«

Nun zwickte Kiara ihn. Einen Moment drohten die Gläser samt Inhalt auf dem Boden zu landen. Hayato zog sie lachend hoch und drehte sie um, so dass sie auf ihm sitzen konnte. Seine Hände streichelten ihren Po und ihren Rücken.

»Ich bin so froh, dass du nicht abgehauen bist. Ich werde wirklich versuchen, mich in Zukunft zu benehmen. Versprochen. Glaubst du mir?«

Kiara nickte. »Und wenn du es gar nicht mit nur einer Frau aushältst, sag es mir bitte, bevor du fremdgehst.«

Er zog sie zu sich und küsste sie. »Ich kann mir nichts Schöneres vorstellen, als nur mit dir zusammen zu sein.«

Kiara berührte sein Gesicht. »Und das nicht nur in einer Hinsicht«, murmelte sie, als sie seine Erregung in ihrem Schoß fühlte. Sie lehnte sich eng an ihn. Es war wundervoll, seinen Körper so nah an ihrem zu spüren. Sie küsste seinen Hals und seine Schultern. Ihre Daumen fuhren über die dornenumrankten Engelsflügel auf seiner Brust. Sie hob das Becken an, und er half ihr, als sie sich behutsam auf ihn setzte. Das Wasser schwappte und platschte in der großen Wanne. Hayato fuhr die Rundungen ihrer Brüste nach und sah ihr unentwegt in die Augen. Sie umfasste seine Schultern und ließ sich von ihm liebkosen. Sie wiegte sich bedächtig auf ihm. Das warme Wasser umspülte ihre Beine und ihr Becken. Er richtete den Oberkörper so weit auf, wie er konnte, und teilte ihre Lippen mit seiner Zunge. Sie schmeckte ihn, den Wein, und spürte die Zärtlichkeit, die er ihr geben konnte.

Hayatos nasse Hände malten Bilder auf ihren Rücken. Sein Griff war sinnlich, nicht zu weich, nicht zu fest, als er ihre Hüfte umschloss. Er hörte nicht auf, seine Zunge mit ihrer zu teilen, und Kiara spürte, wie sie sich einem tiefen, erlösenden Orgasmus entgegenwiegte. Sie küsste ihn weiter. Er hielt sie. Fast gleichzeitig stöhnten sie auf. Sie schmiegte ihre Wange an seine und hörte seine Stimme an ihrem Ohr. »Ich liebe dich.«

Sie streichelten sich noch eine ganze Weile weiter, ehe Hayato das Wasser abließ und der quiekenden Kiara lauwarmes Wasser über den Kopf laufen ließ. »Das muss sein«, meinte er grinsend. »Mit ungewaschenen Haaren nehme ich dich nicht mit runter ins Restaurant.«

»Wenn du zu frech bist, werde ich deinen neuen Wagen eigenhändig versenken«, drohte sie.

»Erst mal muss ich einen haben.« Hayato stellte das Wasser ab, griff nach dem riesigen flauschigen Handtuch und wickelte sie ganz darin ein.

Kiara schmiegte sich in den weichen Stoff. »Du hättest mir auch ein Lied schreiben können, anstatt deinen geheiligten Wagen zu versenken.«

»Das habe ich mir auch erst überlegt. Aber das fand ich zu einfach. Ich habe schon ein Lied über dich geschrieben, weißt du?«

»Und das sagst du mir erst jetzt? Wann?«

»Gleich in der ersten Woche, nachdem wir einander begegnet sind. Deine kühle Ausstrahlung hat mich fasziniert.«

.Er trocknete sie ganz ab und sah sie liebevoll an. Kiaras Augen strahlten.

»Und? Wirst du es mir vorsingen?«

»Ja. Auf der Party. Bei Jessi. Das Lied passt zwar nicht zum Sommer, aber es passt zu dir.«

17

Wer nicht träge werden will,
soll lieben!

Shoutas Plan, die Band aus Rache zu zerstören, war nicht aufgegangen. Die öffentliche Versenkung eines Gallardo Spider in der Bucht von Tokio erzeugte eine gewaltige Aufmerksamkeit und drängte den Skandal um die Aufzeichnung im Internet rasch in den Hintergrund. Man sprach von Hayato nicht mehr als dem Mann, der seine Band und seine Liebe verraten hatte. So heftig die Presse ihn zerrissen hatte, so schwungvoll hob sie ihn nun in den Himmel und pries ihn als romantischen Helden, als einzig wahren Mann und Beschützer der Unschuldigen. Im Netz ließ sich die Aufzeichnung nicht mehr finden, und Kiara hoffte, dass es nicht allzu viele Downloads gab, oder dass die Menschen zumindest den Anstand hatten, diese dann nicht wieder im Netz zu zeigen und sie ohne viel Aufsehen zu genießen. Gut fühlte sie sich bei dem Gedanken nicht, aber das Geschehene ließ sich nicht rückgängig machen.

Das Verfahren gegen Shouta lief. Er hatte sich dreifach zu verantworten: vor der Band, vor Hayato und Kiara und vor dem Kami-Theater, das ihn ebenfalls auf Schadensersatz verklagte. Dabei konnte das Theater sich nicht beschweren. Der Vorverkauf für die nächste Saison lief bereits und war weit besser als jemals zuvor.

Soweit Kiara wusste, bekam Shouta seine Firma nun doch nicht, da seine Familie über seinen Lebenswandel empört war.

Kiara trug ein langes weißes Kleid und betrachtete den stilvoll dekorierten Club mit all den Lampen, Kerzen und Stoffgirlanden. Es war das Fest zum Abschluss des Sommers. Eines viel zu langen, viel zu heißen Sommers, aber trotz all der Hitze war es der schönste und verrückteste Sommer ihres Lebens gewesen.

An einer der Nachbartischgruppen saßen Laura und Takeo. Sie wirkten glücklich. Jessi setzte sich eben zu ihnen. Ihre Stimme klang fröhlich und ausgelassen.

»Und? Ihr habt noch gar nichts erzählt! Wie war es in Deutschland?«

»Großartig. Besonders die Gefängnisse.« Takeo warf Laura einen liebevollen Blick zu.

»Die Gefängnisse?« Jessi wirkte irritiert. »Ihr wart im Gefängnis?«

»O ja. Wir sind beim Sex im Olympiastadion erwischt worden. Aber wir hatten Glück. Wir sind auf eine freundliche Polizistin gestoßen, die uns zusammen in eine Zelle gesperrt und uns danach einfach hat gehen lassen. Wahrscheinlich hat ihr Lauras Stöhnen so gut gefallen.«

»Glaub ihm kein Wort, Jessi. Tante Kitty musste kommen und uns auslösen.«

»Was?!«

Takeo hob beschwichtigend die Hand. »Wir machen nur Scherze, Jessi.«

Kiara grinste in sich hinein. Mit solchen Freunden wurde es zumindest nie langweilig.

Sie blickte auf, als Hayato ein neues Lied ansagte. Endlich. »Winternacht«. Das Lied, das er über sie geschrieben hatte. Sie schloss die Augen. Diese Stimme sang nur für sie.

Als sein Auftritt beendet war, gingen sie zusammen durch den Garten. Hayato setzte sich mit ihr vor den nachtdunklen Teich auf die Steinbank. Singzikaden zirpten, und sie hörten einen Frosch, der unerbittlich quakte.

Hayato nahm sie in den Arm. »Ich bin froh, dass ich dich gefunden habe. Auf eine verrückte Art und Weise ergänzt du mich perfekt.«

Sie lehnte sich an ihn. »Jetzt gibt es nur noch eine Sache, die ich unbedingt ausprobieren muss, ehe der Herbst kommt und es kühler wird.«

»Noch mehr Sex im Freien?« Hayato schwang das Bein über die Bank und fasste ihre Hüfte. Er beugte sich vor. Kiara erwiderte seinen Kuss.

»Zwei Sachen«, räumte sie ein. Sie musste daran denken, dass Yukiko mit Kazuya im Club saß, und das Netz im Ahornbaum noch immer drapiert war. Sie stand auf und zog Hayato mit sich. Er folgte ihr vergnügt. Nach dem Singen war er meistens in guter Stimmung. Er summte »Winternacht« vor sich hin. Kiara lief über das glänzende Gras, auf das die Bäume nachtgraue Schatten malten. Der Mond über ihnen stand silbern am Himmel und beleuchtete ihren Weg. Sie kamen an einer Steingruppe vorbei. Kiara fasste Hayatos Hand fester, hob mit der anderen den Schleier hoch, der vom Baum herabfiel, und zog ihn darunter. Unter dem Baum wuchs dichtes Moos, das sich angenehm anfühlte, als Kiara sich darauf sinken ließ und die Beine anwinkelte. Hayato setzte sich neben sie. Er lächelte.

»Und? Soll ich dich an diesen Baum flechten?«

»Ich könnte dich an diesen Baum binden.«

»Och. Ein bisschen Wechseln ist immer drin. Hauptsache, du wirst nicht so eine Zicke wie Sakura.«

»Sicher nicht.«

Er legte den Arm um sie. Kiara schmiegte sich an ihn. Ihre Nase berührte seinen Hals. Sie liebte den Geruch seiner Haut.

»Diese Nacht ist viel zu romantisch für solche Gedanken.«

»Sie wäre noch romantischer, wenn du nackt wärst. Eine

verlorene Elfe, die den Weg zurück in ihr Reich nicht mehr findet.«

Kiara lächelte ihn an und stand auf. Langsam streifte sie das weiße Kleid ab, das in der Dunkelheit schimmerte. »Ich fühle mich eher so, als wäre ich gerade nach Hause gekommen.«

Sie zog sich aus und stand nackt vor ihm.

Eine Weile betrachtete er sie einfach nur verträumt, dann zog er sie zärtlich zu sich auf den Boden und küsste sie auf den Mund. »Meine Elfe.«

Kiara kitzelte ihn am Nacken. »Und was bist du? Der Teichtroll?« Sie grinste frech.

»Na warte! Von wegen Teichtroll!« Er schubste sie zur Seite und rollte sie auf den Rücken. Sie wehrte ihn lachend ab, war dabei aber so halbherzig, dass er sie bald unter sich brachte und auf sie blickte.

»Ich bevorzuge die Umschreibung ›Elfenjäger‹.«

»Und? War die Jagd erfolgreich?« Sie mochte es, sein Gewicht auf ihrem Körper zu fühlen.

Er berührte ihre Wange und strich darüber. »Sehr.«

»Was wirst du tun mit deiner Beute?«

Hayato küsste ihre Stirn und ihre Wangen. »Alles, was sie will. Was wünscht sie sich denn?«

»Küss mich weiter.« Kiara blieb liegen und schloss die Augen. »Und zieh dich aus.«

Er tat, was sie wollte. Kiara streichelte über seine glatte warme Haut. Sie ließ sich viel Zeit dabei. Sie versanken in neuen Küssen. Als er dieses Mal in sie drang, tat er es behutsam. Sein Gewicht drückte sie in das Moos. Das Netz umgab sie wie ein schützender Schleier. Kiara seufzte glücklich unter ihm. Das Mondlicht zeichnete schattige Muster auf seinen Rücken, über die ihre Finger glitten, ohne sie berühren zu können.

Seine Bewegungen waren weich und zärtlich. Sie griff in

sein langes Haar und fühlte das feine Gespinst in den Fingern.

»Pass auf. Manchmal lässt die Beute den Jäger nie wieder los«, flüsterte sie an seinen Hals.

»Ja.« Hayato sah verliebt auf sie herab. »Manchmal hat man einfach mehr Glück als Verstand. Besonders als Troll.«

Sie gaben sich einander hin. Hayato war so einfühlsam, dass es sie überraschte. Kiara genoss es aus vollem Herzen. Ein schöneres Ende dieses Sommers hätte sie sich nicht vorstellen können.

Sie stöhnte leise unter ihm, als sie kam. Ihn hörte sie kaum. Seine Laute waren nicht mehr als ein Flüstern, leise wie der Wind und doch laut genug. Es war alles, was Kiara in diesem Augenblick brauchte. Das Gefühl in ihrem Innern war nicht heftig, nicht vernichtend. Einfach nur schön. Silbern wie der Mond. Über ihre Wange lief eine einzelne Träne, die er fortküsste.

Er konnte nicht damit aufhören, ihr Gesicht zu streicheln. Seine Stimme war tief und gelöst, alle Sorgen waren von ihnen gewichen. »Und was war das zweite, das du unbedingt noch machen wolltest?«

Kiara lächelte ihn an. »Das zeige ich dir nächste Woche.«

Hayato stand dicht hinter ihr in dem weißen Schulterdecker, als sie die Tür öffnete und der fauchende Wind gemeinsam mit dem Brüllen des Motors ihm zeigte, auf was er sich da eingelassen hatte. Unter ihnen lag das Land. Ein winziges Spielzeugreich, fern jeder Realität. Sie konnten silberne Rinnsäle und Miniaturhäuser erkennen. Auch das Gebäude der Fallschirmschule war zu sehen. Es ruhte inmitten von grünbraunem Land. In der Ferne lag Tokio. Ein grauer Schleier, unendlich weit fort.

Kiara drehte sich zu Hayato um.

»Bist du sicher, dass du das machen willst?!«

»Mit dir gehe ich überall hin!« Er küsste sie.

»Dann los!«

Kiara gab ihm das Zeichen. Sie sprangen. Überschlugen sich gemeinsam. Fielen gelöst und doch aneinandergekettet der Erde entgegen. Kiara hörte Hayatos ausgelassenes Jubeln über sich. Es schien ihm zu gefallen. Ihre Stimmen verschmolzen über ihnen zu einem einzigen Jauchzen. So, wie es aussah, würde sie sich in Zukunft die Flüge mit ihm teilen.

冬の夜

俺達の上の冷たい星
雪のように貴方の白い肌
貴方のももに触れている俺の手
俺の炎を上げても
貴方は溶けない
氷の像俺の憧れをいじめている月の光貴方の髪貴方の瞳
は遠い氷の山を映している氷河の青狼の歌声を聞こえないか？
俺の息の熱さを感じてないか？
貴方の首に触れた唇は凍えてりる
貴方を温めたいならどうすればいい？
何故貴方は雪の香りをするだろう？
貴方に沈んでもまだ離れている気がする遠く離れている気がする
冬の国への扉俺が理解出来ない国へ貴方の太陽に成らせてくれ
貴方に炎を持って行かせてくれ熱い赤で貴方が燃えたい
貴方に俺の跡を残したい入れてく白い不思議な国よ

Winternacht

Kalte Sterne über uns. Deine Haut
weiß wie Schnee.
Meine Hand auf deinem Schenkel.
Ich gebe dir mein Feuer,
aber du schmilzt nicht.
Statue aus Eis verspottet meine Sehnsucht.
Mondenlicht dein Haar.
Deine Augen spiegeln ein fernes Eisgebirge.
Gletscherblau.
Hörst du den Ruf der Wölfe nicht?
Spürst du nicht die Hitze in meinem Atem?
Meine Lippen erfrieren an deinem Hals.
Was kann ich tun, um dich zu erwärmen?
Warum nur riechst du nach Schnee?
Wenn ich mich in dir versenke, bin ich
doch fern. Unendlich fern.
Ein Tor ins Winterreich, in ein Land,
das ich nicht verstehen kann.
Lass mich deine Sonne sein. Lass mich dir
das Feuer bringen.
Glühend rot will ich dich versengen.
Meine Male auf dir hinterlassen.
Weißes Wunderreich, lass mich ein.

Astrid Martini

Zuckermond

Roman

ISBN 978-3-548-26688-6
www.ullstein-buchverlage.de

Die Künstlerin Helena lernt auf einer Vernissage den umwerfenden Leonhard kennen. Sie erleben eine unvergessliche Nacht miteinander, aber Leonhard ist einer der teuersten Callboys der Stadt – Helena sollte ihn besser vergessen. Doch Helenas Eltern fordern immer drängender einen künftigen Ehemann und so stellt sie ihnen Leonhard vor. Sein Preis für das Spiel ist jedoch hoch: Sie muss ihm zwei Wochen lang als sein persönliches Callgirl zur Verfügung stehen …

»Astrid Martini hat Worte für Erotik.« *Rhein-Zeitung*